天下霸唱 作品

中国文联出版社
http://www.clapnet.cn

【目录】

第一章　龙虎山得道

功名利禄朝朝，

荣华富贵渺渺；

尘世滚滚如潮，

几人成仙得道？

闲话不提，单讲一部《崔老道捉妖》。开头说的是清朝末年，东平府有个姓尤的汉子，家穷命苦没大号，只因在家中排行第一，相识的都叫他尤老大。此人占据了一座伏虎山，专做剪径的勾当，说白了就是拦路抢劫。如有往来的客人从山下经过，尤老大便持刀蹿出来，拦住来人去路，口中念动山歌："此山是爷开，此树是爷栽，要打此处过，十个驮子留九个，牙崩半个说不字，一刀一个草里埋！"可是说一套做一套，你十个驮子留十个，他照样一刀一个，管杀还不管埋。纵然有走镖的护送，也都不是他的对手，一样成了刀下之鬼。尤老大一介山贼草寇，怎么这么厉害呢？因为从风水形势上来说，这座山可了不得，形如一头猛虎，过往之人来在山下，仰头望见山势险恶，免不了心惊胆战，本领再大也施展不得。尤老大居高临下从山上冲下来，猛虎在他背后，人借虎威，虎助人势，一分威风变成十分，谁挡得了他？

尤老大心黑手狠，凭借身后猛虎的杀气，抡刀砍人从没失过手。这叫“不怕千招儿会，只怕一招儿熟”，程咬金还得三斧子半，尤老大只有这一刀。他也不挑三拣四，不分良贱贫富，来一个是一个，有什么抢什么，身上有钱的当然好，没钱只带了半个窝头的也照抢，宰完人还得把衣裳扒走。这就是没本儿的买卖，一来二去积下许多财帛。到后来上了岁数，不再杀人越货了，在伏虎山下造了一座山庄，成了个为富不仁的大财主，又勾结官府，欺压良善，什么买卖缺德干什么买卖，钱还越挣越多。

不过人总有一死，再怎么有钱，买不通催命的阎王。尤老大也躲不过吹灯拔蜡的一天，他一撒手闭眼，山庄内免不了大设灵堂，尸首成殓入棺。但是一直没埋，三道大漆上金边的棺材就跟灵堂上摆着，为什么呢？因为他这几个儿子知道，尤老大威风一世，神佛不惧，全凭伏虎山形势绝险，借了猛虎的威势，这可是个风水宝地，得请一位精通堪舆点穴的高人，指点出坟穴方位，挖出五色祥土，再把尤老大埋下去。旧时迷信风水阴宅，认为坟穴选得好，可保子孙后代封王拜将。

尤老大的大儿子——如今山庄的大庄主，派人到处寻访，一来二去听说有一位在邑的白鹤真人，可以说是“明晓阴阳，暗通八卦”。虽说道法了得，其实没人见过，风水看得可是真准，“相形度势，堪舆点穴”堪称一绝，当世无人能出其右。大庄主一想：此等高人，不可怠慢，我亲自走一趟，方才显得意诚。当即出了山庄，在一群家奴的前呼后拥下，来到白鹤真人的卦摊前。先是施了一礼，又从怀中摸出二十两蒜条金，满脸横丝肉挤出一个笑来。白鹤真人“前知八百年，后知五百载”，没等大庄主开口，已经知道此人的来意了。按说方外之人不能够助纣为虐，可他一个行走江湖摆摊算卦的老道，如何惹得起有钱有势的土皇上？敢说一个“不”字，自己这项上人头不保。万般无奈，只好叹了口气，带上身边一个小道童，跟随大庄主来到伏虎山。山上山下看罢多时，白鹤真人给尤大庄主指点出一处坟穴，位于半山虎头之上，可称“虎头穴”，又指点说：“安葬尤老大，宜用白棺，虎头上有个‘王’字，‘白在王上’刚好凑成另一个字，后世子孙贵不可言。”

大庄主不是傻子，明白这个字不可说破，这个坟穴选的正合他心意，甘愿以重金相酬。白鹤真人却分文不取，自带道童下山去了。

等来到没人的地方，道童忍不住问白鹤真人：“师父，尤家乃是地方上的恶霸，以拦路剪径发迹，向来欺男霸女、作恶多端，老百姓对这一家子恨之入骨，您为何给他们指点这处风水宝穴？”

白鹤真人对徒弟说：“事到如今，也不瞒你了，为师我这两下子，无非江湖上的生意口、套子话，讲究一个马俩脑袋，再精明的人也能给绕进去，真本领却不敢用，因为一旦开了道眼泄露天机，轻则缺胳膊少腿，重则性命不保。可这尤家是杀人不眨眼的山贼出身，如若不给他们指点宝穴，你我师徒哪里还有命在？为师无奈之下道破了天机，如今被虎所伤，只怕命不久矣。自古说：‘善有善报，恶有恶报，不是不报，时辰未到。’尤家纵然占了宝穴，也是多行不义必自毙，将来这一家老小，全得让这只猛虎吃了。”

道童听不明白师父的话，问道：“伏虎山是座山，虽然险恶无比，可也不是真虎，如何吃的了人？”白鹤镇人却不再答言。

赶等发送尤老大这一天，师徒二人躲在山上窥觑。眼见尤家这场白事办得太阔了，出堂发引之前，大门口先放三声铁炮，请来了文官点主、武将祭门，几个抬棺材的杠夫将棺木请出门外，送殡的人等摆开一字长蛇五里阵，前边挑起两根长杆，上挂素鞭开道，后边是一百二十名吹鼓手，紧跟三丈六的旌幡，接下来是一对对纸人纸马。庄主爷手持孝子幡、怀抱哭丧棒，走在棺材前头，孝子贤孙、和尚老道尾随在后。浩浩荡荡的大队人马，出了山庄直奔白鹤真人指点的风水宝穴而去。一路之上吹吹打打、鼓乐齐鸣，鞭炮一挂接一挂，有多少放多少，全是一万头雷字号的浏阳响鞭，一来壮大声势，二来显摆有钱，声响震彻了山谷。一行人埋棺入土，按照白鹤镇人的交代，安葬完了刚要往回走，蓦地刮起一阵黑风，飞沙走石，遮蔽了天日。

白鹤真人告诉身边的小道童，尤家庄在山下正对虎口，出这场大殡敲锣打鼓放了那么多鞭炮，果然将这只伏虎惊了，虎口一张，尤家庄的人一个也跑不了。确如其言，打从尤老大下葬以来，尤家庄的人接连横死暴亡，山庄也让一把大火烧成了平地。

回过头来再说白鹤真人，自知道破了天机，必遭天报，临死前交代给徒弟一件事：“伏虎山形势仍在，将来还会有人借虎威为害一方，你从后山斩断虎尾，绝了它的形势，让作恶之人无所凭仗，这也是阴功一件。”说罢摸了摸小道童的头顶，叹了口气说：“你跟随为师这几年，虽教了你许多江湖上的伎俩，却不曾传授你五行道术，只因你没有成仙了道之命，不可强求……”

小道童听到此处，顿觉心中一凉，怎知师父话锋一转，又说：“你虽没有仙根，却合受人间富贵！”

这个道童姓崔，从小羡仙慕道，虽然家境贫寒，但他一不愿意去当学徒学个养家糊口的手艺，二不愿意出苦力挣吃饭，偏爱听说书先生讲《神仙传》。他寻思：人活一世，草木一秋，若不成就一番惊天动地的丰功伟业，留名于万代之下，则一堆黄土埋于荒冢，纵使后人见之，也不辨龙蛇。又想世上有“释、道、儒”三教，自古说“红花、青莲、白藕，三教本是一家”。然而释教太清苦，讲究修来世，谁见过下辈子的事？儒教太繁复，什么父父子子、君君臣臣，修身、齐家、治国、平天下，在尘世之中争名夺利，终日奔波忙碌；唯有道门变化无端，最为洒落。朝游三山，暮踏五岳，心似白云常自在，意如流水任东西，那是何等的逍遥？

有了这样的念头还怎么当老百姓？他只好从家中跑出来，拜白鹤真人为师，得了个道名“崔道成”。想不到今天师父说自己没有成仙了道的命，却合受人间富贵。道童听这话耳熟，想当初昆仑山玉虚宫的元始天尊跟徒弟也这么说，这位门人弟子是谁？开周朝八百年的姜尚姜子牙。元始天尊说的也没错，灭了殷商之后封了三百六十五路正神，只有姜子牙留在尘世掌管封神榜。可他这一辈子也不亏，八十三岁封侯拜相位极人臣，扶保周朝八百载，一世英名，万古流芳，享尽人间富贵，后来还当上了巡天督御史。道童寻思：成不了神仙，当个大财主也挺好，至少吃喝不愁。忙跪下磕头请教：“万望恩师明示，弟子这富贵从何而来？”

师父说："江西龙虎山乃祖师爷得道之处，想当年祖师爷还在山上的时候，常有一只三条腿的小蛤蟆不离左右。想不到这小小蠢物，居然也一心向道。祖师爷去哪儿它去哪儿，祖师爷给门人传道，它便在旁边一动不动地听，久而久之成了金身。在祖师爷眼中这顶多是个小玩意儿，但这小金蛤蟆也不简单，可以聚财，放金库中金满、放银库中银满、放米缸中米满，取之不尽，用之不竭。后来小金蛤蟆找了个机会问祖师爷，它几时可以下山见识见识？听说人世繁华，也想开开眼界。祖师爷心想：这东西可以招财，放它下山入世，定会惹出祸乱。有心把它一巴掌拍死，却又于心不忍，就让它在五雷殿守护天书，有个时限，只守一昼夜便可，等到功德圆满了，才放它下山走一趟。相传有一部玄天所授的《鬼门天书》，封于石匣之中，从来无人得见，仅有其中一页被刻在龙虎山五雷殿的石壁之上，绝不容世人窥觑。从此这三条腿的小金蛤蟆一直趴在五雷殿中，看守刻在石壁上的一页天书。祖师爷又安排了一个火工道人，躲在五雷殿对面的山峰之上，天一黑就捧出铜镜，用一道金光将五雷殿罩住，殿中亮同白昼。小金蛤蟆等来等去，从东汉年间等到此时此刻，这一天也没过完。"

白鹤真人讲完前事，从怀中掏出一个锦囊，让徒弟收好了，下了龙虎山再打开，又叮嘱他："你切记为师之言，如此这般，这般如此，上龙虎山五雷殿盗宝无妨，可千万别看石壁上的天书，否则你也会落得为师这个结果。你命中富贵全在这金蛤蟆身上，错过这个机会，不免一世贫苦，切记切记。"说完口诵一声道号，竟此与世长辞。小道童跟随师父日久，情分已深，不免大哭一场，将师父遗蜕藏入一个山洞，又遵师嘱暗中截断虎尾形势，千里迢迢直奔江西，一路之上不敢耽搁，孤身一人来到龙虎山下。

相传此山乃祖师爷得道之处，丹成而龙虎现。五雷殿隐在十里雾中，峰高路险，又有深涧阻隔，凡人无从接近。道童按师父指点进山，带上干粮躲在峰下看了几天。当真和他师父说的一样，五雷殿对面有座山峰，每天天一黑便射出一道金光，照得五雷殿一片通明。只有先将这道光收住，金蟾才下得了山。道童发财心切，看明白了情况，心中有了计较，连夜攀上险峰，到上边天也快亮了，忽见一个火球飞将上来，疾如流星快似闪电，只觉眼前一花，那个东西就一下子落在了峰顶。

小道童揉了揉眼，定睛一看，却是一只高冠彩羽的大公鸡，比一般公鸡大出去一倍有余，头顶上的鸡冠连同脖子下边的肉垂儿，红得如同烈火一般。大公鸡正落到一块青石板近前，石板上躺定一个破衣烂衫的火工老道，满身枯枝败叶，两只干瘪的枯手将一面铜镜抱在怀中，容貌奇古，脸如死灰，七窍之中有许多虫子爬进爬出，可把道童吓得够呛。这火工老道不似活人，分明是一具僵尸！

道童伏在乱草丛中不敢作声，屏住呼吸，瞪大了双眼去看。只见大公鸡抖了抖羽翼，将火工老道身上的小虫一条一条啄下来吃，直啄到红日西沉。说也奇怪，老道身上的虫子越来越少，脸上渐渐有了血色，胸口一起一伏好似恢复了气息。大公鸡啄完了虫子，振翅而起，一道火光飞下山去不见了。再看老道，伸个懒腰坐起身来，掸去身上的枯枝败叶，抬头看看天色渐黑，捧起手中铜镜照亮了对面山峰的五雷殿。

道童在一旁看傻了眼，原来老道并非僵尸，白天睡觉，夜里举镜，身上长出的虫子乃是“瞌睡虫”。大公鸡从清晨到日落把虫子全部吃尽，老道方能醒转，在此举镜一夜，天一亮又在峰顶高眠，如此周而复始。道童怕惊动了老道，不敢轻举妄动，挨到东方渐白，老道身上、脸上又爬满了虫子，倒在青石板上，再次变成了一具干尸。过不多时，一团火球落在切近，大公鸡再次来啄老道身上的虫子。道童趁机溜下山，等到大公鸡下来的时候，出其不意用道袍将公鸡兜住。没了大公鸡吃掉瞌睡虫，山上的老道这一觉不知要睡多少年。他仗起贼胆，摸黑上了五雷殿，按师父之前所说，先到供奉黑虎玄坛武财神赵公明的偏殿，点起一根蜡烛，提心吊胆磕了几个头，蹑手蹑脚来至近前，战战兢兢在坛下摸出一枚老铜钱，也不知何朝何代之物，但见上铸“落宝金钱”四字。小道童以红线绳拴定金钱，拎在手上进了“五雷天罡殿”。

殿中多年不见人迹，却是一尘不染，道童只将手中的“落宝金钱”一晃，便听得“咕”的一声响，跃出一只三条腿的小金蛤蟆。这蠢物生来贪心，见到“落宝金钱”眼都直了，道童手中的金钱往东它不往西。眼见钓上了金蟾，只要带下山去放进一个匣子之内，从此匣中金银取之不尽，用之不竭。

道童心中大喜，正想带金蟾下山，一抬头瞧见石壁上密密麻麻凿刻了许多文字，心中“咯噔”一下。师父死前说过，龙虎山五雷殿中的天书一眼也不能看。可石壁上的天书近在眼前，好不容易来到殿中，这是何等的机缘，只看一眼又有何妨？这个念头一起，登时好似百爪挠心，再也降压不住，借烛光往壁上观瞧，他不瞧则可，一瞧进去，便如痴如醉，两只眼再也移不开了，直到蜡烛烧尽，烫得他一缩手，才发觉天光已然大亮，想不到看了整整一宿，要问这一宿看了多少？两行半！

咱们说两行半可不少了，换个没慧根的人，一个字也认不得，想当初这一页天书传到世上，姜子牙看过三行，开周八百年；张良张子房看过两行，立汉四百载。这个道童看了两行半，不敢说比得了姜太公，比张子房那是绰绰有余。正当他得意忘形之际，忽然想起师父说他命浅福薄，担不住五行大道，有了道术也不能用，不用还好，用了一准儿倒霉，轻则折胳膊断腿，重则送了性命，既然如此，真不如带上金蟾下山，享受一世荣华富贵。这会儿才想起自己上龙虎山五雷殿来干什么，可再低头一看，三条腿的金蟾和“落宝金钱”都不见了。

道童捶胸顿足、追悔莫及，不该不听师父的话，贪恋道术放跑了金蟾，错失了这一场大富贵，当真连肠子都悔青了。又怕惊动了巡山的神将，也不敢再打天书的主意，只落得两手空空，灰头土脸地下了山。

咱们说的这个小道童正是崔老道，据说他放走的金蟾，下山借了一个人的肉身，此人正是憋宝的窦占龙。此后的窦占龙胯下一头黑驴，走南闯北四处憋宝，腰间挂着一枚“落宝金钱”，片刻不曾离身。他一辈子躲过九死十三灾，皆因贪恋俗世荣华，不肯再回龙虎山。

崔老道本名崔道成，擅长降妖捉怪，不过这一身的本领从不敢用，常年吃苦受穷，乃天津卫四大奇人之首；二一位是目识百宝的窦占龙；三一位是水上公安屡破奇案的河神郭得友；还有一位火神庙派出所的所长飞毛腿刘横顺，性如烈火、疾恶如仇，凭一双快腿追凶拿贼，民间都说这是火神爷下界，脚底下有风火轮，否则跑不了这么快。这四位中的任何一位，拎出来都够说一部大书，包括《河神郭得友》《火神刘横顺》《崔老道捉妖》《窦占龙憋宝》，这一整套书合称《四神斗三妖》。咱们今天说的是《崔老道捉妖：夜闯董妃坟》。

第二章　夜闯董妃坟（上）

1

天津卫有句老话："包子有肉不在褶儿上，人有能耐不在脸上。"这句话有一讲，咱先说包子，这里说的包子，单指"狗不理包子"。如今提起这个字号，可谓无人不知，无人不晓。早先的买卖没这么大，连个巴掌大的店面也没有，只在南运河边儿上摆摊儿。常年支一个席棚，里头没别的，桌椅板凳、炉子笼屉、筷子醋碟儿，外加两辫子大蒜，谁吃谁自己往下揪，吃多少揪多少。

卖包子的姓高名贵有，小名狗子。周周围围从来没有人叫他的大号，他自己也不好意思提，什么高贵有，一个摆小摊儿卖包子的，能高贵到哪儿去？可以说一百个人中也有九十九个不知道他的大名，不过一提狗子可都知道。狗子名气大是因为他做的包子好吃，别家的包子都不如他。摆摊儿卖小吃的，当然不能跟大饭庄子比。过去的天津卫五方杂处，这地方的人又讲究吃，一个比一个嘴刁。正所谓“吃尽穿绝天津卫”，有的是大饭庄子，烹龙煮凤、南北大菜，只有你没吃过的，没有你吃不着的。而在路边卖小吃的，比不了大饭庄子，您跟他说“给我来一个蒸熊掌”，那是成心逗闷子，他整个摊子还不如熊掌上一个脚豆儿值钱，顶多能做一两样吃食。可如果说没有绝活儿，吃着都一样，甚至还不如别人家的，这个买卖准干不下去。

狗子做的包子在天津卫占一绝，这话说得可一点不夸张。首先包子馅儿特别讲究，人们评价它是“馅儿大油多、肥而不腻、清香可口”。这三句评语来得十分不易，不是光凭拿嘴说，没有独到的东西不成。馅儿料最大的讲究在于搭配，春夏秋冬一年四季时令不同，搭配的比例都有变化，肉馅儿里的香油、葱、姜放多放少全有定量，不凭眼力，必须看秤下料，讲究个精准，不敢说分毫不差，可也就是毫厘之间。最关键的一点，那时候没有味精，全用骨头汤、鸡汤调味儿，半点来不得假。旧时的老百姓肚子里没多少油水，吃这个肉包子一咬一嘴油，满口留香，吃半斤当玩儿，肚子撑破了嘴还不觉得够，就这么好吃。

狗子把生意做得越来越火，回头客也越来越多，来买包子的人都排长队，更有不少外地的慕名而来，就为了尝尝这一口。小买卖犯不上雇人，挣的就是个辛苦钱，里里外外全凭他一个人忙活，无奈排队买包子的人太多，实在忙不过来了，只好想了个办法，在眼前放一个大碗，无论谁买包子，先把钱扔到碗里，他不用抬头，一看碗里是多少钱，该给几两包子就给人家拿好了递上去，只看钱不说话，连头也不用抬，也是真顾不上，能省的动作全省了，就是一个快。大伙儿拿他开玩笑，说狗子卖包子不理人，一来二去叫成了“狗不理”。不承想这个字号越叫越响，周周围围没有不知道的。从运河边摆小摊儿的变成了包子铺，又从包子铺变成了饭馆子。清朝末年天津卫是驻军的地方，有袁世凯的部队在小站操练新军，兵营里某位带兵的军官，听说了狗不理包子的美名，赶上不当差那天特意跑过去品尝，买来包子往嘴里一放，那味道又香又鲜，不由得心中赞叹，果然是名不虚传。又过了些天，恰逢袁世凯做寿，上上下下都得有所表示，这个军官发愁送什么贺礼，袁世凯手握重兵，要钱有钱，要权有权，结交的全是名公巨卿，这样的领导你能送什么礼？礼轻了不仅拿不出手，还有可能得罪上司，礼重了又送不起。这军官想来想去，想起前两天刚吃的狗不理包子，到袁世凯袁大人做寿的日子，他拎了两盒狗不理包子去贺寿。袁世凯尝了一个也是连声称好，真是跟一般的包子不同，味道实在难得，还都是十八个褶儿，一个不多一个不少，看着好看，吃着好吃，能拿这个做贺礼，还真是动心思了。从此把这军官视为心腹，带在身边着重提拔。

要说袁世凯后来能当上袁大总统，那肯定不是一般人，心眼儿少得了吗？眼睫毛都是空的，随便摘下来一根就能当哨儿吹，专会花小钱办大事。等到慈禧太后做寿，那是皇上的娘，尊称得叫老佛爷。为了给老佛爷贺寿、讨老佛爷欢心，各路封疆大吏、文武大员纷纷入京进献奇珍异宝。袁世凯野心勃勃，决不能错过这次拍马屁的好机会，不过给老佛爷送什么东西好呢？俗话说“富贵莫过帝王家”，皇宫大内什么好玩意儿没有？你花上几千万两银子也未必入得了老佛爷的法眼，不是出奇的玩意儿，送了也是白送。袁世凯学这个军官的法子，决定带狗不理包子进京贺寿。要说咱这位袁大人绝对是胆大包天，怎么呢？慈禧老佛爷什么好东西没吃过？能看得上几个包子？万一老佛爷不高兴了一皱眉头，往轻了说顶戴花翎不保，往重了说项上人头也得搬家。但是袁世凯心里有底，想好了就干，绝不拖泥带水，立马让人带狗子进京，当场在宫门口包了一屉包子，准备好食盒，装上了热气腾腾刚出笼屉的包子，片刻不敢耽搁，骑上老佛爷赏赐的穿朝御马径直送入大内。

所谓的"穿朝御马"，并不是一匹马，而是一副紫色的缰绳，不论什么马，套上这个缰绳，这就叫穿朝御马，骑上它进宫不用下马，可以一直骑到金銮殿前。因为包子不能凉，一凉油就凝了，再好的包子也不能吃了。何况慈禧老佛爷的嘴有多刁，口条尝尽了天下的美味，袁世凯胆子再大也不敢把凉包子呈给老佛爷，那就真是不要命了。他得用棉被包好了，又不能捂坏了，还得留出气孔，总之是小心翼翼、谨慎万分，不敢有半点闪失，比伺候亲爹还在意。这食盒之中装的不仅仅是几个包子，更是他袁大人的锦绣前程，那可不是闹着玩儿的。

慈禧老佛爷在宫里天天吃御膳，御膳房里什么样的包子不会做，往夸张里说，龙肝凤髓当馅儿也不为过，却罕有这种民间小吃的风味。慈禧本来就是只老馋猫，一吃就吃上瘾了，龇着大板牙笑得前仰后合，不住地夸好，还认为袁世凯身为朝廷高官，整日里军务繁忙，却连这普通百姓才吃的包子都知道，必定是一位体恤民情的好官，当真是股肱之臣！要说皇上是天，老佛爷就是天外天，她高兴了怎么着啊？就一个字——赏！袁世凯从此更得势了，不说是一人之下，万人之上，可也是权势滔天，在朝中说一不二。所以说狗不理包子不光解馋，还能让人飞黄腾达。

由此可见，老时年间的狗不理包子当真与众不同，“包子有肉不在褶儿上”这话其实多余，是包子都有褶儿，没褶儿那是馒头。再说这“人有能耐不在脸上”，这句话也单指一人，说的正是崔老道。

2

崔老道常年在天津卫南门口摆摊儿算卦，以此挣钱养家糊口，他是个火居道，也叫天师道。以前的道人分为“出家、在家”两大派。出家的是全真道士，从穿衣打扮上可以看出来，首先就是蓄发。这跟和尚正相反，和尚得剃光头，谓之剃度，剪去三千烦恼丝，从此不问红尘事，为的是六根清净。道家则追求天人合一、道法自然，所以满头须发任其生长从不修剪，头上高绾牛心发髻，横插一根簪子，顶九梁道冠，当中一块无瑕美玉，三缕长髯飘洒胸前，身穿道袍，上绣八卦阴阳鱼，水袜云鞋脚下踩，背插宝剑、手持拂尘，口念法号无量天尊。

过去有这么一段话形容全真道人的打扮：“头戴青巾一字飘，迎风大袖衬轻绡，麻鞋足下生云雾，宝剑光华透九霄，葫芦里面长生术，胸内玄机隐六韬，跨虎登山随意去，三山五岳任逍遥。”入了这个道门，既不能吃荤，也不能娶妻生子，常年在道观中修行，打坐炼丹、参悟道藏。不过他们衣食无忧不用出去挣钱，因为道观有皇封的田产，还有善男信女捐的香火钱，不愁吃不愁喝的，避开了俗世搅扰。

崔老道这路在家的火居道则不同，没什么清规戒律，不必住道观穿道袍，吃饭荤素不忌，想吃什么没人管你，大鱼大肉随便。可你得自己凭本事挣钱来买，没人给你捐香油钱，只要你养得起，尽可以娶妻生子、传宗接代。但也是真正的道人，也有门派师承和箓书，以什么为生呢？算卦、测字、相面、看风水、打鬼胎、卖野药、画符念咒、降妖捉怪，没有不会的，总而言之就是行走江湖混一碗饭吃。

崔老道的能耐不在脸上，全在嘴上。在过去来讲“金、皮、彩、挂，全凭说话”。这个“金”字，指的就是算卦相面，跟说书唱戏、变戏法、打把式卖艺的一样，全靠说话挣饭吃。

您可别小瞧这个会说话，往小了说“话能开心锁”，心里有什么别扭想不开的，三五句话可能就给说开了，如若闷在心里头，钻了牛角尖儿出不来，寻了短见也不一定。

要往大了说，那叫“一言可以兴邦，一言可以亡国”，古往今来多少大事的成败都在一张嘴上。比如说诸葛亮三气周公瑾，周瑜周公瑾那是多大的能耐，七岁学文，九岁习武，一十三岁官拜水军大都督，统带千军万马，执掌江东六郡八十一州之兵权，人称“世间豪杰英雄士，江左风流美丈夫”。这样的人物愣让诸葛亮那张嘴给活活气死了。还有司徒王朗，也被骂死在了两军阵前，可见嘴皮子比刀剑更厉害。再说春秋战国时代的苏秦苏季子，仅凭一张嘴口若悬河，说得六国合纵抗秦，身背六国相印，使得强秦十五年不敢出函谷关；另有一位能人叫张仪，也凭三寸不烂之舌，又把六国给说掰了，打得跟热窑似的。

如果把崔老道这张嘴比成“苏秦之口，张仪之舌”，能把死汉子说翻了身，崔老道还得不服，因为他觉得自己比这二位能耐大，只不过生不逢时，否则定会名垂青史。崔老道也常自比二人，比谁呢？一位是开周八百年之姜子牙，另一位是立汉四百载之张子房，也就是张良。这叫“好马出在腿上，好汉出在嘴上”。反正没人见过姜子牙和张子房，不怕吹破了牛皮。

咱们简单地说吧，崔老道从龙虎山回了老家天津卫，从此当了个火居道，在南门口摆摊儿算卦，挣个仨瓜俩枣的进项，吃不饱也饿不死，勉勉强强娶妻生子。日子虽然过得清苦，倒也结交了不少江湖上的朋友，还陆陆续续收了几个小徒弟。南门口这个地方挺热闹，熙来攘往十分繁华，人多好做生意，算卦相面的也不少。过去的人们大多以为算卦相面的先生有真本事，不说全是得道的高人吧，起码精通阴阳八卦，能够未卜先知、断人吉凶祸福。所以谁家有个大事小情的，都得找个先生问问，不然心里不踏实。其实算卦也好，相面也好，只是江湖上的一门生意，跟别的行当一样，无非混口饭吃。咱也不能一棒子全打死，说算卦的都不灵，也保不齐有灵的，没准儿真能蒙上一回两回的，不过绝大多数和崔老道一样，靠嘴上的花活儿、手里的戏法骗饭吃。崔老道赖以为生的卦术，全是糊弄人的江湖手段，连他自己都不信，唯独看风水看得准，这个是真本事，找他选祖坟的都错不了。不过崔老道不愿意替人看风水选坟地，前有车后有辙，他师父当年怎么死的，可没人比他更清楚了。泄露了天机，不折寿也得消福，说不定还得遭天谴，因此仅以算卦为生，凭耍嘴皮子吃饭。崔老道算卦批命的本事说不上高明，可仍有不少人很信服，皆因他脑子快，话茬子厉害，凭一套江湖上绕搭人的铁齿铜牙，两头堵八面封，一个马俩脑袋，怎么算怎么准，怎么说怎么有，算准了都不用自己说，上当的人就出去替他扬名了。

比如前清之时，有三位赶考的举子，进京途中路过崔老道的卦摊儿。三个人一路上都在想，不知这次进京能不能皇榜高中，走着走着抬眼一瞧，正好这有个老道会算卦，正襟危坐，道貌岸然，边上还有好几个徒弟，这个肯定了不起啊！何不花几个钱找他扯上一卦，心里也算有了底。

三个举子商量定了，一同来到卦摊儿跟前，拱手施礼问声道长："我们哥儿仨要进京赶考，您给瞧瞧我们三人能否金榜题名？"

崔老道坐在卦摊儿后面，抬起头挨个儿看了看这三位举子，旋即点了点头，不动声色地伸出一根大拇指，作势比画了一下，始终没有开口说话。

三个举子你瞧瞧我，我瞧瞧你，都觉得莫名其妙，老道这是什么意思?

过去听人说过，这叫打哑谜，不能说话，怕的是道破神机，不过伸一个手指头是什么意思呢？这三个人各怀心事，当时可就琢磨上了。

头一位举子心想："一个手指自是说仅有一人能够金榜题名。我刚生下来就找人看过，天庭饱满、地阁方圆，准头端正、大耳朝怀，乃是天生的富贵之相。要说只有一个人能金榜题名，理所当然应该是我。这天机不可明言，说破了就不灵了，让我两位兄弟知道了，他们也会生闷气，我自己心里有数就得了。"于是摸出钱来，毕恭毕敬地送给崔老道，付了很多卦钱，兴冲冲地去了。

其余两位举子和先前这位想得差不多，都以为崔老道这一根手指，是暗示自己能够皇榜高中，俱是心中窃喜，不敢表露出来，也都加倍付了卦钱，拱手告辞，欣然离去。

崔老道旁边的徒弟都看傻了，什么意思啊这是？师父也太厉害了，一句话没说，只用手比画了一下，那三位就心甘情愿付了这么多卦金，钱来得也太容易了。

崔老道告诉徒弟："你们看着容易，为师这一指里的学问可大了。这一根手指可以解释成三人中只有一人考中，或是三人中只有一个人考不中，还可以看成三个人里一个也考不中。不管结果怎样，那三个举子都会觉得为师卦术如神未卜先知，这算命卜卦的江湖手段，就看你会不会左右逢源了，有此则神，离此则庸。"

这就如同某人问算命先生家有兄弟几人，算命先生说你必是"桃园三结义孤独一枝"，全是模棱两可的套话，怎么说都准。

以前有个散尽家财、走投无路的人来算卦，这人是个二世祖，以前家里有钱，想怎么花就怎么花，除了花钱什么也不会，赶等老子撒手归西，剩下他继承家业。无奈不会做买卖，干什么都赔钱，最后把房产都搭进去了，万贯家财一朝丧尽，只落得个一穷二白，什么都没剩下。走投无路实在没办法了，只得去找算命的指点。

以往那些算命的先生，如果得过真传，必然知道一个秘诀，当时正值战乱，算命先生收了卦金，就说你这人乃是武曲星转世，武运亨通，应该去当兵，到时候定能挂帅封侯。那个人还真信了，反正家业都赔进去了，孑然一身无牵无挂，听了算卦先生的话去当兵打仗，从死人堆儿里活了下来，几年之后成了一个独霸一方的大军阀，带着金条来跪谢算命先生，承蒙先生当初指点迷津，才有今日的造化，否则还不知道在哪儿要饭呢！说不定早已沦为了饿死的路倒尸。

其实他不知道，这算命的遇上他这样的主儿，全往军队里打发，个个是武曲星下界，他这是歪打正着蒙上了。因为这种人什么都不会，你指点他别的营生肯定做不好，到时候还得找你来。脾气好点儿的找你讨要卦金，赶上那脾气不好的，上来先把摊子给你砸了，倒多大的霉全得赖在你头上。而在战乱之时去当兵的，十个里头死了九个，死人肯定不会回来找他，剩下一个只要活到最后，怎么还不混个一官半职的，当然认为算命先生是神卦了，却不知这算命的身后跟着多少枉死鬼。

崔老道就以这些本事赚钱，不必为穿衣吃饭发愁，一家老小饿不死可也撑不着，过着粗茶淡饭的日子，倒也是安生自在。直到有这么一天，有个大户人家许以厚报，请他去看风水选坟穴，崔老道一时起了贪念，鬼迷心窍泄露了天机，才引出一段“夜闯董妃坟”。

3

老时年间，在天津卫提起董家，真可以说是没有不知道的，乃是地方上首屈一指的大户，人称“金鸡董家”。家有良田千顷，仆役成群，骡马满圈，地里头雇着长工短工，还有交钱种地的佃户，平时光收租子钱就吃不了花不完，何况还开着买卖商号，比起“八大祥、四大楼”也不多让。别看家里有的是钱，却没有权势，因此常被官府盘剥。你官面儿上没人，买卖也顺当不了，三天两头找你麻烦，都想从你这儿咬一口，叼一块肉走，董家总在这方面吃亏。

董地主多少次都是哑巴吃黄连——有苦说不出，觉得自己这辈子是没指望了，便许下大愿，将来一定让儿孙里有人做大官。否则再怎么有钱也没用，人家照样欺负你，赚多少钱都得让人切一刀。老话不是讲了吗？穷不跟富斗，富不跟官斗，这都是讲理的话。清朝开国皇帝传下的规矩“汉不掌兵，满不点元”。在当时来说，汉人当官只有科举这一条路。为了让几个儿子考取功名，教书先生请了不少，钱也没少花，奈何家里这几个儿子读书不成，没有一个争气的。董地主干着急也没有用，仗着家里有钱捐个官儿做吧！那时候的官缺可以用钱买，明码标价，花多少钱做多大官，文可以捐至道员，武可以捐至总兵。

有的地主大户捐个官只吃俸禄，封了官衔却不要实权，为的是光宗耀祖、显赫门庭。你把钱给到了，四品五品都不成问题。

有的捐官则是为了掌权，把做官当买卖干，将本求利。俗话说“三年清知府，十万雪花银”，一年回本，两年看利，以权牟私，刮尽地皮。当然了，太大的官买不了，你说我有钱买个当朝一品，来个什么兵部尚书、殿阁大学士当当，那准得让人家啐回来。

董地主家舍得花钱，捐的是实缺，不指望搜刮民脂民膏，就为了权势地位，可也不知道是运气不好还是怎么这么倒霉，家里人刚当上官就出事。没到任之前地面儿上挺太平，到任之后净是无头官司。牵连众多，盘根错节，断也没法断，管也不能管，到最后甚至自身难保，这身官袍硬是穿不稳。赔钱丢人事小，搞不好还得把命搭上。

董地主万般无奈，儿子们是指望不上了，再这么折腾非得绝了后，想起自己还有个闺女，生得花容月貌、美似天仙，家里有钱也会捯饬，往那儿一站亭亭玉立，明艳不可方物，画中的美人儿也不过如此。老两口子视作掌上的明珠一般，捧在手里怕摔了，含在口里怕化了。以前有人出主意，让董地主把女儿嫁给王公贵胄也能借势，那时候没舍得，如今狠下心了，但是不嫁王爷，重金买通了宫里的总管，让女儿进宫当贵妃，成为皇上枕头边的人。

在当时来说，进宫当贵妃可不容易，先别说你家这闺女漂亮不漂亮，有没有才情，这尚在其次，单是汉人这一条，就进不了宫。那个时候满汉不通婚，此乃太祖定下的规矩，可也不是没有别的法子。俗话说："是官就有私、是私就有弊。"董地主想要送闺女进宫，必须先花钱"抬旗"。那位问了，什么叫"抬旗"呢？说白了就是花钱把户口簿上"民族"那一栏改了，偷梁换柱改汉为满，冒充八旗子女。此等瞒天过海的勾当，往大了说这叫欺君之罪，万剐凌迟也不为过，不过有钱能使鬼推磨，老董家别的没有，钱可有的是，花钱能办到的，那就不叫事儿了。

董地主上下打点，好处一直送到了皇上身边的顶礼大太监手上。这个太监了不得——先帝爷托孤的老臣，皇太后的义子干儿，跟皇上论哥们儿，贵为九千岁，皇上是万岁，他只比皇上少一千岁。皇上是他从小看起来的，在圣驾之前不敢说一言九鼎，至少也有三分薄面，通常情况下只要他开了口，皇上基本上不会驳他。主要是他最了解皇上的心思，八旗的美女都快选尽了，万岁爷也想换换口儿，对于这样的举动睁一眼闭一眼，只要姑娘漂亮又有才情，又何乐而不为呢？您想想，办成这样的事得使多少银子？

董家为了能攀上皇亲，真可以说下了血本，就说是有钱，那也伤筋动骨了，可借此当上了皇亲国戚，董地主成了皇上的老丈人，董宅变成了国丈府。由打这儿起，别说地方上这些官员了，京官见了董地主也得毕恭毕敬，出来进去骑马坐轿、前呼后拥。没想到威风了还不到半年，宫里头出了大事。

原来这董妃在宫中并未受到皇上宠爱，皇上三宫六院七十二嫔妃，媳妇儿太多了，不是八面玲珑的得不了宠。董妃在家是说一不二的大小姐，到了宫里可不一样了，她又不明白宫中的明争暗斗，最后不知道怎么得罪了太后，随便安了个罪名逼着她吞金而死，可到死也没明白是为了什么。按照当朝的律法，董妃死后不能进大清的后龙禁地，尸首送回来让家人自行安葬。董地主全家上下大哭了一场，一是伤心女儿惨死，二是哀叹董家气运不好。

哭归哭闹归闹，事已至此，再说什么也没用了，哭闹完了这棚白事儿还得办。有明白人给董地主说，你董家祖坟的风水旺财不旺官，要想得势，还得再找块好坟地，改改运势。董地主越想越觉得有理，堪舆点穴之事须请高人，就想起崔老道来了。

自古道“风水先生没地葬，算命先生路边亡”，又道是“十个堪舆九个贫，一个不贫靠骗混”。只不过常听人说南门口摆摊儿算卦的崔老道懂眼，别看算卦那套玩意儿不灵，阴阳风水上却正经得过传授，有真本事，找他准没错。当即派人过去，恭恭敬敬把崔老道请至家中，好吃好喝一通招待，恳求崔老道无论如何也得帮这个忙，并且许下重诺，只要崔老道能给找一块好坟地，把董妃埋进去，让董家有钱有势光耀门庭，今后有董家一天，就拿崔老道当祖宗孝敬一天。

崔老道那时候年轻识浅，人称崔老道，可并不老，只是个绰号。摆摊儿算卦要穿道袍，就跟这说相声、说评书的得穿大褂一样，这是个行头，穿上这身道袍，甭管你多大岁数，都叫老道。崔老道当时脑子里一糊涂，也不知怎么的，就鬼迷了心窍，信以为真了。足吃足喝了一通，再想想自己家的穷日子，摆摊儿算卦太清苦，这些天生意一直也不太好，再不开张一家老小就该挨饿了，倘若今后有董地主这样的大户人家做靠山，吃喝不愁就不用提了，下半辈子也算是有了指望。还别说把自己当祖宗孝敬，平日里祈福祭天、开坛做法能照顾照顾自己，那便有饭辙了。

董地主见崔老道点头应允，当即请崔老道出去找一块上好的坟穴。

崔老道一看，这也太着急了，忙摆手说："现上轿现扎耳朵眼儿可来不及，运气好的寻一块宝地也得个一年半载，运气不好那就没准儿什么时候找着了，等找着坟地，就这大热天的，董妃娘娘的尸首也该臭了，那还谈什么入土为安？要说合该了您转运，贫道早看好了一块宝地，跟谁都没提过，这也是董妃娘娘的造化，你依贫道指点，直接把董妃安葬在那儿，保你今后大富大贵、权势熏天。"

董地主将信将疑：既然崔老道早已觅得一块风水宝地，为什么不自己用，把自己的祖坟迁过去，一家人转运发财不是更好，会这么好心告诉我吗？

崔老道看出董地主的疑虑，坦言道："实不相瞒，一分宝地一分福，吉地留与吉人来。咱有什么说什么，贫道命浅福薄，只恐受不了那么大的福分，反而招灾惹祸。"

董地主一听也有道理，崔老道是个臭算卦的，你把个龙穴给他，他也成不了太子，这才放下心来。又请教崔老道这块风水宝地的详情，在什么地界什么山，到底怎么一个好法。

崔老道看看左右无人，招呼董员外附耳过来，跟他说："距县城十里，有这么一座壶山，此山势形同一个酒壶，山中一道清泉飞流直下，有如壶中倾出的琼浆玉液，此乃难得的风水宝地。”

董地主听了仍是一脸迷惑，不明白其中有什么讲究。崔老道说：“这地方可不得了，简直就是贵不可言！董妃这座坟应当选在壶山下面，坟前立块碑，坟怎么样不要紧，坟前的碑可太重要了，奥妙全在这里边了，配上此山，那就凑成形势了。这里头有个说法唤作‘单杯饮酒水长流’，你照我说的给董妃娘娘下葬，我说怎么办你就怎么办，从今往后，您就丈母娘看姥姥——等着瞧好吧。”

4

崔老道的这张嘴可以把死汉子说翻了身，假话都说得天花乱坠，不由得人不信，何况这一次说的还是真话。

董地主喜出望外，对崔老道千恩万谢，不过董妃刚死，尸骨未寒，要尽快入土为安，答谢崔老道这件事得先往后推一推。

崔老道根本没多想：“此乃人之常情，理应如此。”还帮着指点董家怎么选坟，坟坑挖多深，坟头起多高，那石碑的朝向方位，事无巨细，全给说到了。

董家舍得花钱，这场白事办得很大，开水陆全堂的道场，僧道尼姑轮番上阵，不分昼夜念经超度亡魂。到了送葬那一天，前头是吹鼓手开道，后面举着三丈六的引魂幡，跟随着几十对纸人、纸马、纸牛、纸轿。纸人过去四对香幡、八对宝伞，再往后有七个大座带家庙的席棚，用马车拉着。僧道尼姑总共请了一百六十名，道队抬着口大棺材，这棺材那叫一个贵气，三道大漆挂金边儿，头顶福字脚踩莲花，气派非常。从杠房请来一百二十人的大杠，四十个杠子手三班轮换。杠夫们一个个头戴红缨帽，身穿绿马甲，全家送殡的足有好几百位，浩浩荡荡跟在最后，场面那叫一个大。瞅着不像是给董妃出殡，倒像摆阔的招摇过市。

董家有的是钱，也不在乎这个，要的就是个排场，浩浩荡荡来到壶山底下，按照崔老道的指点，把那口大棺材埋葬入土，起了一座大坟，坟前立了一块石碑。您还别说，从此之后果然官运亨通。董家本来就财大气粗，如今家里又有人做了朝廷命官，结交了很多权贵，连本地的县太爷见了都是毕恭毕敬、唯董家马首是瞻，有什么好东西都争先恐后往董家送。董地主这口气算是出了，成天马上来轿上去，威风八面，不可一世。

他们家是风光了，却把答应酬谢崔老道的事忘到了后脑勺。实际上不是真忘了，董地主虽然有钱，却是个老财迷，觉得老董家如今时来运转，乃是命中注定，那坟地里只不过埋了董家一个女儿，又不是祖坟，怎么可能左右家门兴衰。崔老道吃的是江湖饭，凭着耍两下嘴皮子，就想讹我董家一辈子，门儿也没有啊！

崔老道不肯甘休，找上门来理论。董地主也知道他不会善罢甘休，早吩咐好了手下人，只要崔老道一来，问都不用问，更不用向我禀报，直接乱棍打出去。

正所谓“狗仗人势”，头顶上的主子横了，手底下这些奴才们一个个也是如狼似虎，揪着崔老道往死里打，嘴巴抽累了换鞋底子，胳膊酸了拿棍子打，怎么狠怎么来，倒像挖了他们家祖坟似的。老爷吩咐了，打出人命官司来都不怕，真把他打死了倒也省心了。

崔老道这一顿打挨得透透儿的，命虽然保住了，却也让人打断了一条腿。他心里知道这是报应，谁让自己一时贪心，忘了恩师的前车之鉴，把那块风水宝地告诉了董地主。此乃泄露天机，事后必遭天报，捡回来一条狗命，已然是他的造化了。董家如今有钱有势，他一个摆摊算卦的可惹不起，因此不敢声张，只得躲回乡下老家，俩肩膀一抱——忍了。

人的这张嘴，什么东西都能往下咽，唯独这口气不好咽，上不来下不去，就跟胸口这儿堵着，真叫一个憋屈。崔老道可也不是省油的灯，吃了这么大的亏，无论如何也得报这个仇。他深知董家能有今天，全凭壶山那块宝地，养好了断腿之后，有心要请几个朋友坏了董妃坟。一是那个坟里的宝贝不少，陪葬的东西他见过，怎么下葬也是他安排的；二一来也可以破了董家的风水，报断腿之仇，否则出不了心中这口恶气。无奈董地主把壶山那块地买下来了，专门有守坟的人住在山下，有事没事儿就牵着狗满山转悠，三班轮换从不间断。

崔老道可不是个善男信女，打定主意想干的事，怎么着都得干成了，他一计不成又生一计。这一计更狠，他到处散播风声，说壶山附近是块风水宝地，当成坟地必主富贵，家门兴旺。董地主只买了山下一块地，周围全是荒山野岭，挡不住别家来山里埋死人，谁都想沾这个光，很快壶山四周的坟头就连成片了，大小坟包子漫山遍野，坟前的石碑也是高低起伏，什么样的都有。从风水上说，如此一来又成了形势，唤作“群杯饮尽壶中酒”。果然没出几年，壶山上的清泉彻底干涸，这也许是坟地太多造成水土流失，甭管什么原因，总之是再也没有水了。

董家的家境从此一落千丈，运势一天不如一天。董地主明白这是崔老道搞的鬼，想起一句老话叫“宁得罪君子，不得罪小人”，崔老道既然有办法让他们董家大富大贵，也就有办法破了风水、毁了前程。有心去求崔老道再给想个法子，拉下老脸上家里去找，看看怎么把形势再扳过来，崔老道却躲在乡下避而不见。不久之后，董地主夹气伤寒一命呜呼，剩下的人分了家产，投亲靠友各寻生路去了。如此显赫的一个大户人家，转眼间树倒猢狲散。

回过头来再说崔老道，大仇得报但也是损人不利己，他自己这日子也不好过，一场恩怨之后，什么好处没捞着，还搭进去一条腿，成了个瘸子。此时已然是民国初年，赶上到处打仗，兵荒马乱的没法再摆卦摊儿了。本来手里也没什么存项，又在乡下老家坐吃山空，眼瞅家中米缸见底了，正坐屋里发愁呢，忽然有人找上门来，要跟崔老道合伙夜闯董妃坟。

来找崔老道的这位不是一般人，清末民初之时，天津城赫赫有名的大盗，绰号“燕尾子”。这可是个行窃的大飞贼，高来高去蹿房越脊，来时无影去时无踪，并非寻常的贼偷可比。清末民初，江湖上出过好几个以“燕子”为号的飞贼：

大清同治年间，北京城擒获飞贼大盗燕子李，押到菜市口砍了脑袋，惊动了整个北京城。民国时北平有个燕子李三，那也是出了名的飞贼，可以说是无人不知无人不晓，街头巷尾传得神乎其神，后来被侦缉队抓获挑了脚筋。因为这个人身上的本领太高，有缩骨法，不挑了脚筋关不住他，结果还没等到处决，燕子李三已经在大狱中憋屈死了。后来公安人员在山东济南逮到过一个贼，也叫燕子李三，跟前边那位同名同姓又是同行，却不是同一个人。这个李三在公审大会之后就让人民政府给枪毙了。有人认为这几个姓李的飞贼，都是同门同宗。其实只是都姓李，又叫一样的外号，彼此之间并没有任何关联。

过去给飞贼喝号喜欢用这个“燕”字，是因为有个成语叫“身轻如燕”，正好对应他们这一行吃饭的本事。天津卫的飞贼“燕尾子”，也是真有其人。在民间传说这个人的本事大到什么程度呢？那简直太厉害了！据说他能纵身跃到半空之中，伸手抓住掠过的燕子。可能是误打误撞，偶然抓到一次从身边飞过的燕子，才得了这么个绰号。燕尾子自幼练的功夫，最擅长轻功，不敢说蹬萍渡水、走谷粘棉，蹿房越脊却也如履平地一般。夜间高来高去，没有他进不去的宅子，号称“猫蹿狗闪、兔滚鹰翻、蛤蟆蹦骆驼纵”，实际上属于天赋异禀，全凭腿脚利落跑得快能翻墙。他凭这一身的本领做过许多案子，曾在一夜之间连偷十四家商号，还在墙上写下自己的名字。明告诉你们是我燕尾子偷的，你还就是拿不着我。

盗贼也是分门别类，各有不同。大体上分为两路：一是偷路人，这叫“近身儿”，讲究的是手疾眼快、不知不觉，东西就到手了。偷完了东西不能急于出手，带在身上等三天。如果三天之内有行里人来找你，告诉你这东西的主人有来头，你还想吃这碗饭就得给人家送回去。送回去可是送回去，不能直接上人家去扔地上就完了，怎么偷来的怎么还，神不知鬼不觉地把事办了，这就是这一行的规矩。

另一路是燕尾子这样进千家入万户的飞贼。他这也有讲究，老话说“做贼剜窟窿，全凭不吱声”。过去的大宅门儿和大买卖家儿，都有巡更护院的守卫，常在河边走没有不湿鞋的，倘若有个马高镫短失了手让人家逮住，甭管怎么挨打，也得咬紧牙关一声不吭，就得硬扛着。因为按大清律法，不出声的为偷，出了声的即为抢。所谓“偷轻抢重，沾花要命”，偷东西让人逮住了，至少可以保住一条性命，明抢那就严重了，不杀也得充军发配，如若再起色心动了女眷，那就得掉脑袋，放在当今也是如此。

燕尾子自打行窃以来，从没有失过手，不过这次的案子做大了，到处贴满了告示，悬赏缉拿飞贼。他一看风头太紧，城里实在躲不下去了，迫于无奈来乡下找崔老道。论起来燕尾子也不是外人，当年是崔老道的盟兄弟。江湖路上几个人拜把子结义，那可是一个头磕在地上，对天盟誓有福同享，有难同当。燕尾子年岁最小，排到最后是老疙瘩。

早听说董妃的陪葬品中有很多珍宝，董家在当地声名显赫，不仅有钱，董妃又是在皇上身边待过的人，少不了有从宫里带出来的好东西。不论得不得宠，好歹是皇上的媳妇儿，陪过王伴过驾、龙床上睡过觉，多多少少总也得过赏赐，棺中还能没有几件皇宫大内的奇珍异宝？天下大乱，官司王法形同虚设，可谓天赐良机，他想趁机连夜扒开董妃坟，得了坟中珍宝远走高飞，从此隐姓埋名，过半世逍遥日子。不过隔行如隔山，他当飞贼的本事再大，偷坟掘墓的门道却一窍不通，端什么碗吃什么饭，干什么吆喝什么，什么事外行也是不行。他燕尾子是钻天的贼，没有入地的本事，只会偷活人，不会偷死人。况且壶山周围坟头太多了，又隔了这么多年，董妃坟前的那座石碑早就不见了，而今除了崔老道，外人谁都找不着。他此番前来，正是为了劝崔老道“阴间取宝，阳间取义”，把这个活儿做了，二人平分了钱财，下半辈子就不用再发愁了。

这番话正搔着崔老道的痒处，他也早有这个心思，想了还不是一天两天了。如今天下大乱，刀兵四起，老百姓能混口饭吃就不错，备不住哪天就饿死了，谁还顾得上找他算卦？他早动了挖董妃坟的念头，奈何拖着一条瘸腿，一个人无从下手。正好燕尾子找上门来，真是想吃冰下雹子、想娶媳妇儿天上掉下个林妹妹，可见时机已到，不容错过。崔老道怕让家里人听见，当时没敢多说，把燕尾子带到村里一个小酒馆中，看看没什么人，找了个角落坐下，要了几个菜，打上一壶酒，两人推杯换盏，密谋取宝的勾当。

5

按照燕尾子的意思，这个活儿容易，可以说手到擒来。崔老道认识坟头，他身上又有能耐，哥儿俩找个月黑风高的晚上动手，过去直接挖开坟土撬开棺材，把里边的宝贝取到手，再原样填埋上，不等天亮就完活儿了。得了东西二一添作五，两人对半平分，神也不知、鬼也不觉，此后改名换姓，远走高飞，再也不回来了。

崔老道听完燕尾子一番话，把脑袋摇得跟拨浪鼓似的，说：“兄弟你是钻天的本事，入地却是外行。事情可没这么简单，壶山那地方不算太偏僻，离城也不过十里，周围还有村舍人家。天黑下手天亮走人是没错，可只有你我两个人不行。我当年是亲眼看着董妃那口大棺材埋到坟里，埋得多深怎么个方位，都是我给提前算好的，坟土可不浅哪。仅凭你我二人干这个活儿够呛，还得再找两个帮手才行。”

崔老道说的这番话不仅是实情，他心下也有个计较。这事不能两个人干，一旦扒开董妃坟，见到了陪葬的金银珠宝，保不齐燕尾子因财损义。虽说是结拜的弟兄，可这燕尾子是飞贼，是贼就有贼性，上有贼父贼母、下有贼子贼孙，安分守己的人做不了贼。论身上的能耐，自己比人家差着六里多远，到时候万一燕尾子翻脸不认人，他崔老道可没咒念，一瘸一拐地跑都跑不了，那就得跟董妃娘娘埋到一个坑里并了骨。想到了这一节，才说应当再找两个帮手，人多了好干活儿，互相之间也有个牵制。

燕尾子没有崔老道那么多心眼儿，根本就没往那上边想，他的本事都长在身上，没长在脑瓜子里，觉得崔老道所言句句在理，当即说道：“兄长所言极是，可眼下还能找谁帮忙呢？”

崔老道说：“贤弟不用担忧，这件事为兄早想好了。好几年前就有这个打算，奈何那时候董家还有守坟的人，根本没有机会下手。眼下连大清国都没了，军阀成天就是你打我、我打你，活人都顾不过来，谁还管得了死人的事？此时下手正是时机，合该咱们兄弟发这个财。人选我也早物色好了，这俩一个是石匠李长林，一个是专门吃倒斗扒坟这碗饭的二臭虫。如若有这两条好汉相助，夜闯董妃坟易如‘探囊取物、反掌观纹’，咱这个事儿就成了！”

崔老道提起的这两个人，并不是凭空想出来凑数的。头一个石匠李长林，那是这附近村子里的一条好汉，性子耿直，胆子大，气力过人，但家中贫寒，除了一身用不完的力气，再没别的本事。平日里以开山凿石为生，凭着卖力气吃饭。掘坟是个累活儿，身上没力气不成，不仅是臂力和膀力，连腰带腿都得跟着使劲儿。燕尾子和崔老道这二位，一个是靠腿一个是靠嘴，都不是力气把式，不会抡锹挥镐，他俩干不了这个。李长林以开山砸石为生，全凭一身使不完的力气，干这个正合适。正所谓靠山吃山，乡下有不少穷汉子干这行，因为它不用本钱，拎着锹镐就能干，山上石头有的是，挣多挣少全看你出多少力气。石匠李长林从小身大力不亏，别看家徒四壁有上顿没下顿的，可吃什么都长肉，身高八尺往上，肩宽背厚膀大腰圆，鼻直口阔虎目圆睁，一对大眼珠子跟两个铜铃铛似的，走起路来在眼眶子里直晃荡。两膀子疙瘩肉，四棱子起金线，胳膊根子比崔老道腰都粗，挖坟土砸棺材离不开这样的人。

第二个是倒斗的老手二臭虫。此人跟李长林正好相反，长得瘦小枯干，跟一片树叶似的，单薄到什么程度呢？胸口上拍上点儿水，后背都能湿透了；进屋不用开门，从门缝挤进去就行；侧身往太阳底下一站，照不出他的人影，您说得瘦到什么程度。咱再说二臭虫这张脸，活脱脱是一只地洞里的耗子，三角脑袋老鼠眼，一嘴蒜瓣儿牙，三分不像人七分好像鬼，乍一看能把人吓一跟头。如若在大晚上出来劫道，都不用动手，一龇牙就能把人吓死。落草儿的时候不到三斤重，浑身肉皮儿皱皱巴巴往下当啷着，不会哭只会叫，抿着三瓣子小嘴儿一张一合，怎么看怎么像耗子。刚生下来就让家里人当成怪胎给扔了，不过越是这样的人越是命大，也不知道怎么活下来的，又跟着个掏坟的师傅打下手，连个名姓都没有。后来师傅死了，他穷得没衣服穿，只好去挖坟包子，扒死人身上的装裹，棺材里的东西顺手掏出来，卖掉换饭吃。一来二去尝着甜头了，觉得这也是个吃饭的行当，白天睡觉晚上出门，专到乱坟岗子上翻东西，不挑不拣，是个坟头就扒，有什么拿什么。乡下坟地里没什么值钱的物件，许多家里穷的连棺材板也没有，拿捆草席卷上就埋了，更别说陪葬了。偶尔寻得个银首饰、瓷碗之类的，卖个仨瓜俩枣儿，勉强混口饭吃，倒也饿不死他。不过二臭虫掏土挖洞的手艺很高，称得上天赋异禀，娘胎里带出来的能耐。说把洞打到棺材头，绝不会打在棺材尾。干别的不行，掏坟的勾当却没人比他更熟，能够拉上他入伙，此事就成了一半了。

燕尾子拍案称好："想不到兄长早打好主意了，当真是运筹帷幄之中，决胜千里之外。有石匠李长林和倒斗的二臭虫相助，挖董妃坟还不是手到擒来？事不宜迟，咱赶紧找人去吧。"

6

二人商量好了，起身离了小饭馆，前往附近的村子，先找到石匠李长林。石匠李长林认识崔老道，只不过没有深交，见崔老道突然登门，心中也是纳闷儿。但他头脑简单，对崔老道这样的人很是尊敬，赶紧尊了一声："崔道长，哪阵风把您吹来了，找我这个石匠有何见教？"

崔老道说："没别的事儿，久闻阁下是条好汉，苦于无缘往来，今天老道和这位兄弟做东，想请你喝杯酒，能给老道这个面子吗？"

李长林一听那是受宠若惊，长这么大从没人请咱喝过酒，谁会看得起他一个凿石头的，更何况是崔道长这等人物，平时想高攀都高攀不上，这得是多大的面子？当时就把手头的事儿放下了，又带崔老道和燕尾子去找二臭虫。此时还是白天，二臭虫正在家睡大觉，一听有人叫门，还以为是偷坟掘墓犯了案。这也怪不得他多想，就冲他干的那些勾当，别人平时躲他还躲不过来，谁会上他家来串门？当时吓坏了，蹿出去就跑，让燕尾子三步两步追了回来。二臭虫一看跑不了了，连忙跪地求饶，磕头如捣蒜。

崔老道赶紧把二臭虫搀扶起来，说："兄弟别怕，我们来找你喝酒，可不是抓你去吃官司。"当下把对李长林说的原话又跟二臭虫说了一遍。二臭虫的心这才放到肚子里，听说有酒喝，他也挺高兴。一行四人出去打了些酒，买了几包卤肉卤菜，回到二臭虫家共谋大计。

这二臭虫又丑又穷，也没有媳妇儿，穷光棍儿就一条，家住在村子外头，孤零零一间破房子。崔老道见这个地方十分荒僻，没什么人经过，正好商量大事。喝过三杯酒，先把燕尾子介绍给那两个人，免不了连吹带捧，将飞贼燕尾子说成了绿林中的英雄、江湖上的豪杰、劫富济贫的侠盗。李长林和二臭虫一听这个人可了不得，佩服得五体投地，大有相见恨晚之意。

过去有这么句话"酒越喝越近，钱越耍越薄"，要说哥儿几个凑在一起打牌，肯定都憋着赢钱，谁输了谁别扭。别看平常称兄道弟，你请我下馆子我请你喝酒，牌桌上欠一个大子儿也不成，耍来耍去输不起了，摔牌骂骰子那还是好的，急眼了动刀动枪闹出人命来也不是没有可能，什么哥们儿义气都顾不上了。可要说是喝酒，尤其是几个大老爷们儿坐在一处，哪怕从前互不相识，三杯酒下肚，天南海北一通胡吹，很快就聊熟了，你拍我我捧你，越喝交情越深。这四位也是，虽说酒不是好酒，菜也不是好菜，却是把酒言欢，倾心吐胆、无话不谈。

等到酒喝得差不多了，崔老道觉得火候已到，脸色一正对那三人说道："咱这几个人能捏到一块儿，也是难得的缘分，既然如此投契，何不趁此机会结为异姓兄弟，今后吉凶相救，祸福与共，不知兄弟们意下如何？"

李长林和二臭虫一听这话大喜过望，他们俩一个是卖苦力的，一个是吃臭的，穷得都掉渣儿，谁能把他们这样的人放在眼里，平时根本没什么朋友，何曾有人这么抬举过他们？况且是眼前这二位，一个是江湖上的铁嘴霸王活子牙崔老道，一个是绿林道上赫赫有名的燕尾子，求之尚且不得，哪还有不愿意的道理？

四人当即撮土为炉、插草为香，指天为誓、歃血为盟，一个头磕到地上拜了把子。崔老道年岁最大当了大哥，说是老道，这时也就三十多不到四十；倒斗的二臭虫三十一岁，做了二哥；三兄弟是燕尾子，二十九岁；石匠李长林块头大胳膊根子粗，长得魁梧岁数却最小，只有二十七岁，所以他是老四。四个人赌咒发愿，皇天在上，后土在下，有福同享，有难同当，不求同生，但求同死，若违此誓，天打雷劈，不得好死。

四个人称兄道弟，拜完把子接着喝酒。李长林和二臭虫也是明白人，脑仁儿再小也知道崔老道不可能跟他们无缘无故拜把子，那就别藏着掖着了，索性把话挑明了说："大哥跟三哥是无事不登三宝殿，咱干脆打开天窗说亮话。承蒙二位看得起，我们哥俩儿虽然没什么本事，可甭管有什么事，只要从大哥你嘴里说出来，咱兄弟赴汤蹈火绝没二话，让我们怎么着我们就怎么着。”

崔老道等的就是这句话，一瞧火候到了，便将挖董妃坟的念头，一五一十跟这两个人说了。常言说“物以类聚，人以群分”，这四个穷光棍儿凑在一起，憋不出什么好屁来，身上都有能耐，无奈生不逢时，从无用武之地，也是穷怕了，得知有这条发财的道路，当然是一拍即合。二臭虫听完这话，喜得抓耳挠腮：“大哥你怎么不早说啊！这个活儿要是做成了，那真是遂了我二臭虫一世的心愿，能发财不说，咱也见一见皇上的娘们儿长什么样。”

李长林一向心直胆壮，可他那个胆子，只是天不怕地不怕，也可以说是天之下地之上的不怕，地底下的就说不准了，对这勾当多少有些发怵。因为那会儿的人都迷信，棺材不过埋在地下三尺深，却是阴阳相隔。但他也是穷怕了，俗话说“撑死胆大的，饿死胆小的”，想发财不担风险可不成，况且是跟这三位兄长合伙，想来也不会出什么岔子。牙一咬心一横，当场拍了胸脯：“承蒙哥哥们看得起我李长林，只要用得上我这膀子力气，绝没有二话。”

这两位说完了，燕尾子也得表个态，他端起酒杯跟那二位说：“二哥、四弟，你们也知道我是干什么的，我乃是天津卫头一号的飞贼，走千家过百户，窃取不义之财。这年头狗咬破的，人敬阔的，能发财的事什么也敢干，只要手上有钱，走到哪儿都是大爷。咱兄弟四人各尽所能，阴间取宝，阳间取义，东西到手之后一碗水端平了，一人分一份，雨露均沾，若违此言，天诛地灭！”

崔老道等人齐声称是，四个人歃血为盟，兵合一处将打一家，各展所能，决定合伙去董妃坟。当天在酒桌上把这件事敲定了，酒足饭饱之后，各自回去准备。要带的一切应用之物都听二臭虫安排，四人之中就他是行家，专门干这个的。

书要简言，只说众人分头去做准备，到了第二天傍晚，按约定来到壶山附近碰头。人到齐了，家伙也带全了，先躲到没人的山沟里，此时天还没完全黑下来，挖坟没有白天干的，那也太明目张胆了，等到月黑风高之时才好下手。四个人找地方席地而坐，吃点干粮等待天黑。

四个人吃着干粮等待天黑，崔老道借机给三个兄弟说起董妃坟的来历，以及董家如何不仁不义、过河拆桥，翻脸不认人。这样也罢了，竟然还打断了他一条腿，当真是一天二地仇，三江四海恨，这次刨了他家的坟也是一报还一报，出了胸中这口恶气，了却了一桩恩怨。

其余三人听了恨得咬牙切齿，想不到董地主如此不仁不义，简直就是恩将仇报，太不是人了，活该落得如此下场，董妃娘娘的坟就该刨。又好奇有钱人家里什么样，尤其是石匠李长林和倒斗的二臭虫，打小吃苦受穷，生在乡下长在乡下，对付着没饿死就不错了，没见过多大世面。听崔老道把当初在董地主家吃过见过的情形，添油加醋那么一说，馋得这两个人直流哈喇子。

石匠李长林越想越是不平，恨恨地说道："这董地主又贪又奸，老天爷也是不开眼，当初怎么让这号人发了财？"

崔老道说："穷不生根，富不长苗，世上没有积祖传下来的财主，听闻董地主家祖辈儿也是靠取宝发的财。"

二臭虫一听眼睛亮了，赶紧问道："大哥，这件事我们还真是头一次听说，原来董地主的祖辈儿也是掏坟包子的。您给好好讲讲，到底刨的哪家的坟，取的什么宝，才能发这么大财？”

崔老道说：“兄弟们，董家祖辈儿可不是依靠挖坟掘墓发的横财，你们是有所不知，董家以前号称金鸡董家，这里还有这么一段奇事。”

7

怎么叫“金鸡董家”呢？这话说起来可有年头了。那时候是董地主的爷爷董老地主当家，起先家里穷得叮当响，连条不露腚的裤子都没有，种两亩薄地为生，看天吃饭勉强度日，混得还不如李长林和二臭虫。其实在过去来说，有两亩田地也不少了，为什么还这么穷呢？因为这二亩地是他们家在种，地却不是自己的，等于是给东家当佃户，收上来的粮食至少给东家一半，余下才是自己的口粮。况且这二亩地还不是什么好地，怎么叫好地呢？有两个标准，一是离水近，最好在水边上；二是土肥，种什么长什么。他们家这二亩地一个也不占，土不好不说，还都是砖头瓦块儿碎石头，离河又远，种什么也没好收成，不种又不行，横不能什么都不干，干等着饿死，一家人就这么将就活着。

董家几口人也没有正经房子，在田边上搭了一间茅屋，白天下地干活儿，晚上在里边忍着。冬天透风、夏天漏雨，赶上天气不好，一阵大风刮过来，就能把房顶给掀了。可也没别的法子，庄稼人土里刨食，只能说对付一天是一天，将就着过吧，好歹不至于饿死。

有一次，一个南方人打董家门前过，不知看见了什么，站住可就不走了。从此之后每天都来，先是盯着这两亩地看，看得那叫一个仔细，如同给地皮相面一般，一寸一寸地端详，那真叫看在眼里就拔不出来了。趁董家人不注意的时候，还在地上东翻西刨，也不知道找什么。

董老地主看见了，起初也没在意，心说：你愿意刨尽管刨吧，只当是给我翻地了，我看你能刨出什么来。可这个南方人还挺执着，几乎天天如此，一来了就刨地。董老地主就好奇了，问那南方人到底想找什么。南方人起初不肯明说，支支吾吾对付搪塞。

如此过了两年，地都翻了几十遍了，仍是一无所获，只好垂头丧气地告诉董老地主："你这两亩薄地是块宝地，土中必然有宝，我打早就看出来了，绝对错不了，可是不知道为什么，我跟这儿刨了两年，至今也没显宝。也是我没这个福分，在这儿等了两年，实在等不起了。如果将来显了宝，你找到地方挖下去，一定能挖出不得了的东西。"说罢悻悻离去，言语之间虽有不甘，却也是无奈。

董老地主当时并未在意，觉得这人是穷疯了想发财，庄稼地里能有什么宝物？我在这儿种地翻地这么多年了，除了砖头、瓦块、石头子儿，别的什么也没见过。种庄稼都不好好长，还能有什么宝物？真有什么宝贝，我们早就不用过穷日子了，还等到你来挖？因此对南方人的话并未放在心上，没过多久，他就把这件事忘在了脑后。

一晃又过了多半年，有那么一天夜里，董老地主正在睡觉，听见外面好像有响动，他以为有野兽在糟蹋庄稼，本来这地里就不好好长东西，再来个野獾或者大刺猬什么的一通乱刨，那还受得了？这些东西虽不敢伤人，糟蹋庄稼却是一把好手，且不说吃与不吃，一拱就是一大片。董老地主连忙起身，披上衣服，手里提了一盏油灯，三步并作两步来到田边，支起耳朵循声望去。

就见田头上有几只小鸡，在那啄虫子啄米。董老地主心下纳闷儿，这黑更半夜的，哪儿来的鸡呢？左近是有几户人家养鸡，不过一下黑就关笼子里了，谁这么大意把鸡给放出来了？也不怕被黄鼠狼叼了去！他头几天刚撒了种，有的地方还没长出苗子。乡下有句俗话“猪前拱鸡后刨”，真要是让这几只鸡将地里的种子刨出来吃了，这一年的收成可全完了，一家人还不得饿死？他赶紧过去撵鸡，可是走到跟前一看，又什么都没有了，地上也是平平整整的，还以为黑天半夜眼花看错了。当时也没往心里去，扭身回屋接着睡觉。

怎知一连几天都是如此，一到半夜就有响动，出来一看还是那几只鸡崽子，等走近了又不见了。这可奇了怪了，难不成真是看花了眼？那也不能天天都看错了。思来想去不得其解，猛然记起那个南方人的话，这地里当真有宝不成？如此说来那就是显宝了！等到天亮之后，带上一家老小掘地三尺，也顾不上庄稼了，将整个地皮翻了一遍。

这一次可真让他搂上了，挖出九只黄澄澄的金鸡，一只不多一只不少，一模一样活灵活现，不知埋在地下几千年了。他们家的地也不种了，用这九只招财金鸡做本生息，粮行、药铺、绸缎庄，专做大买卖，什么挣钱干什么。常言道得好，“钱赚钱不费难”，手里只有一块钱，做生意顶多卖耳挖勺，有了这么多金子做本钱，挣钱可容易多了，银子跟流水似的赚到手，多的数不过来。从此老董家发了大财，摇身一变成了首屈一指的大户，因此以前都称其“金鸡董家”。可天无常晴，家无长兴，而今福分尽，缘分到，才落到了这般地步。

崔老道的嘴有多厉害，平日里看相、算卦全指这张嘴混饭吃，真比说书的先生不在以下。董家从地下挖出招财金鸡的事，让他前前后后、口沫横飞这么一说，真可谓精彩绝伦，历历如绘，就跟在眼前看着似的，听得燕尾子等人直吞口水，心说：这真叫“小富在人，大富在天”。纵然给老董家十亩肥田，让他们天天不闲着，干活儿累吐了血，至多也就是个小康之家，想发大财还真得看老天爷的脸色，福分一到，金子自己往头顶上砸，躲都躲不开，真是“命里有时终须有，命里无时莫强求”。

说话天色已晚，夜幕降临，这几位都是受穷等不到天亮的主儿，好不容易挨到天黑，心说可到时候了，撸胳膊挽袖子准备动手。但依倒斗的二臭虫说，必须等到三更天再动手，现在时候还早，保不住有人路过，听见坟圈子里有响动，过来撞见咱这买卖，那岂不糟糕？万一惊动了官府，到时候可就吃不了兜着走了！按照大清律法——见尸者杀，不见尸者发。那意思就是撬开了棺材是杀头的罪过，没看见尸首也得充军发配。像这几位扒死人装裹的，那得斩立决。如今虽然入了民国，没有砍头这么一说了，可是哪朝哪代也容不得偷坟掘墓的勾当。因此挖坟要等天色黑透了，最好在三更半夜、四下无人，鸡不叫狗不咬的时辰。

8

这四个贼人，崔老道是能看风水的老江湖，燕尾子是胆大心黑、身手敏捷的飞贼，李长林是气力过人的石匠，只有二臭虫是行家里手，对其中的门道一清二楚。正所谓“隔行如隔山”，别看崔老道能给人选祖坟的坟地，那干的也是阳间的活儿，能告诉别人在哪儿埋怎么埋，可怎么掏坟掘墓，他就不太懂了。好比是会打江山的不一定会坐江山，会宰羊的未必烤得了羊肉串，会盖房的有可能不会拆房。因此，怎么下手怎么选时辰，全是二臭虫说了算，大伙儿都得听他的，这叫各展所长。

眼瞅着刚过定更天，时辰还早，崔老道见还不到动手的时候，闲着也是闲着，又给兄弟们讲了这壶山的旧事，也省得大家伙儿犯困。要说他是怎么知道壶山这块宝地的呢？这还得从很多年前说起。

以前崔老道还是个小道童，跟随师父白鹤真人行走江湖，混一碗饭吃。论道眼，他师父白鹤真人绝对是一等一的高人。有一日师徒二人路过此山，那时山上还没有泉水，后山有个山庄，也住着个大户人家，山庄盖了一半尚未完工，正在紧锣密鼓大兴土木，打算等盖好了全家搬进去。崔老道的师父白鹤真人一眼看出了玄机，带上徒弟崔老道找上门去，跟本家说此山形势不俗，是块宝地，但此中可有一节，这庄子盖好了也不能住，住进去就得出事。

没想到人家根本不信，认为这师徒二人是两个江湖骗子，到这儿胡说八道蒙钱来了。早听说过这种江湖上的手段，说不定早就瞄上了，只等合适的机会。自己这大庄子已经盖了一半，让人这么一说甭管真假，心里肯定别扭，既不能拆了，也不能弃之不顾，只好问有无破解之法，这俩大小老道就该要钱了，到时候装模作样一作法，或是卖给自己一把桃木宝剑，或是房梁上贴一张黄纸符，声称给主家改了风水辟了邪，就能要银子走人了。这个生意口谁不明白？当时一个好脸儿都没给，把师徒二人赶下了山。

师父白鹤真人跟崔老道说，等着看吧，这家人家住不了一年，便会家破人亡。崔老道不敢轻信，这也太玄了，师父何以如此肯定？白鹤真人把他带到高处远望，指点说："你看这座山，山形地势如同一艘要出海的巨舰，可这地方没水，而且山势朝阴，需要二十四个汉子才能撑得住这条船。"

那家人搬进山庄之后，果然应了白鹤真人的话，家里的壮年男子一个接一个的死，也说不出什么缘由。头一天还好好的，能吃能喝能干活儿，转天就落了炕，再有个三天五天便一命呜呼，死的全是二三十岁的精壮汉子。这家人吓破了胆，住不到半年不敢再住了，山庄从此荒废。死了二十四个人，山中出现一道清泉，顺着壶山倾泻到山脚，山形地势从此变了。

从风水上说，水也有阴阳雌雄之分，雌水平静，雄水湍急，壶山这道水是动中有静的雌水，故此适合埋葬女子。倘若只有董妃坟一座坟茔石碑，那么其家富贵无限、权势滔天。可现在这地方遍地坟头，东一个西一个，不分贵贱都往这儿埋，到处是石碑，变成了乱坟岗子，早把风水破了。

大盗燕尾子等人听完崔老道这番话，但觉这风水之术玄而又玄，实在是高深莫测，绝非凡夫俗子所能领悟，均是心服口服外带佩服。此时夜色已深，月亮升起来了，但是乌云遮月，月光掩映在云中时有时无。二臭虫见时辰差不多了，招呼其余三人准备动手。

四个人终于等到这一刻了，各自摩拳擦掌，换上二臭虫给几人准备好的黑衣黑裤，脑袋上戴了黑帽子。从上到下一身黑，这叫老鼠衣。

胳膊肘、膝盖等关节之处，都多出来一块布，打弯不受阻碍，在坟窟窿中伸胳膊蹬腿行动自如，还能起到保护的作用。二臭虫又从口袋里拿出四个面具让他们戴上，面具是一层层的宣纸洇湿了，扣上模子贴在一起做成的硬纸夹子，上面彩绘了各式的脸谱，分别是秦琼秦叔宝、尉迟敬德、窦尔敦、程咬金，一水儿的花脸武将，戴上之后如同唱戏的一般。

这些行头均有用处，首先说为什么穿一身黑？跟燕尾子入户行窃穿夜行衣是一个道理，干这种下地的活儿，也不能穿平常的衣服，坟地虽然偏僻，难保没人从附近路过，如果晚上有月光，穿得太显眼了，花里胡哨的让路过之人看到，吓不死也得吓惊了，此事便败露了。所以得穿黑的，让人凑近了看都看不清楚。

脸上戴面具是怎么回事儿？按二臭虫的说法，荒坟野地，夜里人迹灭绝，人迹不到，就容易有别的东西，比如狐狸、黄鼠狼、野猫之类，这些玩意儿冷不丁蹿出一个半个也够吓人的，戴上面具，它们吓唬不了人，反而让人给吓跑了。要说迷信的话，这些武将杀气重，孤魂野鬼近不得身，戴上可以辟邪。

群贼收拾得齐整利落，手里拿好了家伙，挑亮马灯从山沟里出来，直奔董妃坟。到了地方一看，好大一片坟地，坟丘挨坟丘、坟头挤坟头，排满了整片山坡，老远一看有如一屉窝头。坟前石碑东倒西歪，月下荒烟衰草，四下里一片沉寂，分外耸人毛骨。与其说崔老道等人胆大包天，不如说是财迷了心窍，也就不知道怕了。否则黑天半夜上这荒山野岭来干什么？家里炕头再破也比这儿舒服。

坟头是看见了，哪一座才是董妃埋棺之处？那可就得听崔老道的了。这要一个一个刨开了看，挖到来年此时也未必找得到。崔老道知道这是自己露脸的时候，四下里看了一阵儿，但见乱坟当中，有一座长满了野草的坟头，坟前没有石碑，与周围的坟包子没什么两样，看不出特别之处。崔老道绕着坟走了一圈，点头道：“错不了，这就是董妃坟！”

第三章　夜闯董妃坟（中）

1

崔老道手提马灯看罢多时，指出了董妃坟的位置。二臭虫、李长林、燕尾子三人围拢上前，看这些坟头都差不多，一座挨着一座，长着半人多高的野草，分辨不出有什么不同，齐刷刷望向崔老道。万一崔老道看走了眼，岂不白忙一场？

崔老道胸有成竹，手捻须髯对其余三人说："错不了，坟头饱受风吹雨淋，皆已面目全非，董妃坟则不同，上边是土堆，坟根儿却是用砖砌成，半墓半坟。到这儿一走一踩，感觉出脚底下是砖不是泥土，这就认准了，准是董妃娘娘的坟，放心下家伙吧。"

三个人更佩服崔老道了，当年董妃是崔老道眼瞅着下的葬，挖多深的坑，怎么埋都是他一手安排，陪葬的奇珍异宝如今就在脚下，仅有三尺黄土相隔，那还犹豫什么？

石匠李长林听说要动手，以为该他卖这两膀子力气了，往前上了几步，扛上锄头锹镐走到近前，甩开膀子摆好了架势就要刨坟。董妃的坟包子不小，里头还砌着砖，可比那山上的石头又如何？以李长林这身力气，有个把时辰就能刨开。当下往手心儿里啐了两口唾沫，抡起锄头就刨。

二臭虫见状赶紧拦住李长林："老四，外行不是，你这么刨下去，几时看得见棺材？"

李长林实心眼儿，只知道出力气，瞪着两个铜铃大眼问："不这么刨怎么刨？"

二臭虫露出一脸的奸笑说："这是你二哥我拿手的活儿，你且闪在一旁，瞧瞧为兄的手段！"说罢他问崔老道，董妃娘娘的棺材是怎么放，头朝哪边，脚向何方，埋了多深。可都是内行的话。

崔老道知道二臭虫这两下子，于是掏出罗盘辨认方位，将坟中的情况给二臭虫一一指明。

二臭虫认明了方位点了点头，紧了紧身上的衣服，抬手踢腿浑身上下没有半点绷挂之处，这才从坟头侧面下手，拿铲子开始打洞，他常年吃这碗饭，手底下飞快。其余三个人站在一旁，只听得"沙沙"声响不绝于耳，坟土上下翻飞，真叫一个利索。二臭虫让李长林帮忙掏土，他跟只大耗子一样，很快在坟上掏出一个窟窿。

一行人吃一行饭，虽说二臭虫其貌不扬，但人不可貌相，他这两下子，别人还真来不了，只得在一旁打下手，能干点什么干点什么。崔老道提着马灯照明，大盗燕尾子手按背后的钢刀，在一旁把风，石匠李长林在边上帮忙掏土、抠坟砖。没用多久，已经挖到了棺材的莲花底。

旧社会棺材各个部分都有讲究，棺材盖子叫命盖，也叫宝盖。讲究的里面还要套一层七星盖，阴刻北斗七星正对死人。自古说“北斗主生，南斗主死”，棺材里套七星盖为的是让死人早入轮回，来世奔个好去处。死人放进棺材仰面竖躺，不能脸朝下，如果揭开棺材一看死人脸朝下，这人一定死得冤屈。仰面朝天躺在棺材里，头顶所冲的挡板这边，一般外面有个福字，这叫头顶福字。两脚脚心对着的这一端，挡板上雕刻一朵莲花，这叫脚踩莲花。莲花凋谢花根却不死，来年仍旧开放，暗指“人死魂不灭，永在轮回中”。

二臭虫是掏坟包子的老手，知道董妃娘娘贵为凤体，用的棺材必定又大又厚，多少寸的棺材板那都是有讲究的，尤其是棺材头的位置。寻常的棺木，棺材头最薄，坟地里扒死人肉吃的野狗三下两下就能撞开，俗称叫“狗碰头”。可大户人家的棺材为了防止野狗来掏，棺材头往往极厚，如果从坟头挖，得把棺材全露出来才能下手，那得忙活到什么时候？所以二臭虫先问清楚了方位，这洞直奔莲花底挖。因为打开挖棺材的莲花底，最为省时省力，底部的木头板子也相对好开。他掏干净洞中的坟土，一摸这莲花底也够结实的，敲了几下只有闷响，听不见回声，说明这口大棺材用了最好的木料，坚硬如铁，又上了数遍大漆，埋到地下，虫蚁啃不动，渗水浸不坏，尸体放里面几百年不变样，崔老道说得果然没错。

二臭虫俩胳膊肘着地，倒退着爬到洞外，对李长林嘿嘿一乐说:“四弟，接下来就看你的本事了。”

这一次石匠李长林不敢妄动了，先问明白该怎么下手，才把唱戏的脸谱罩严实了，拿上锤子、凿子爬进洞。洞里一片漆黑，没有半点光亮，李长林摸到棺材的莲花底，又把凿子对准接缝儿，趴在洞里用铁锤去凿。虽说洞太小施展不便，但他这都是在山上凿石头的家伙，棺木再结实，也比不过岩石坚硬，架不住他这通凿，又是在土洞子里，响声传不上去，即使有人从附近路过也听不见，所以说二臭虫这两下子确实高明。李长林这活儿不好干，虽然身大力不亏，可趴着干活儿使不上劲儿，洞又小甩不开膀子，身上的能耐施展不得，忙活得满头是汗，地洞子里空气又不流通，很快就透不过气儿了，只好先把面具摘了。好不容易凿开莲花底，忽然一阵白气从棺材缝里冒出来，恶臭扑鼻。石匠李长林没有防备，也无从躲闪，着着实实呛了一口，一点儿没糟践全吸进了肚子。让这股恶臭撞得五内翻滚，眼前一阵发黑，好悬没背过气去，再也坚持不了，赶忙手脚并用退了出来。

2

外边那三个人见李长林爬出来了，连忙围拢来看，就瞧他脸色发青，问他怎么回事也说不出来，但觉胸口发闷两腿发软，心里头闹得慌，想吐也吐不出来。二臭虫懂行啊！他知道是李长林把面罩摘了，那棺材的莲花底一开，让阴气给冲了，纵然要不了命，这个难受劲儿一时半会儿可也过不去，只能先让他喝口水，到坟旁草丛里坐下歇息，先缓缓再说。

再往下还是二臭虫的活儿，就是他本等的勾当。只见他并不多话，带上绳索爬进洞里。棺材的莲花底已经被李长林凿开了，二臭虫将虚掩的莲花底移在一边，伸手进去摸到董妃娘娘的两只脚，脚上穿的这双绣鞋是布面花盆底儿。常说有钱人死了之后穿绸裹缎装棺入殓，这话其实不对，那都是穷人没见过世面自己想的，就知道缎子是有钱人穿的，殊不知死人身上的装裹，什么材料都能用，唯独不能用缎子。缎子的谐音是“断子”，断子绝孙太不吉利，太犯忌讳，因此绝不能用缎子做装裹。二臭虫用绳子捆在董妃娘娘的脚脖子上，然后从洞中退出，跟燕尾子两人一齐动手，把尸体从洞中拽了出来。

崔老道等人借灯光一看，董妃娘娘身上盖着一条黄色的锦被，当中用金线绣着喇嘛塔，塔身上密密麻麻绘满了梵文，塔周围有金刚杵、降魔杖、珊瑚、犀角、方胜、宝珠、如意、古钱、金锭、银锭。二臭虫和燕尾子并不耽搁，七手八脚掀去了锦被。

董妃当初是被逼吞金而死，死后尸体送回家中安葬，由于路途遥远，时间比较长，怕尸身腐朽，所以用白灰防腐，过去好些年了，也没变成枯骨。只见董妃娘娘头戴朝冠，身穿朝服，朝冠上镶珠嵌玉，朝服上描金绣凤，雍容华贵。两手攥拳，一手握着元宝，一手握着玉，怀里抱着锦囊如意，身上从头到脚挂满了首饰，一张脸死白死白，两腮抹的红胭脂还没褪掉，五官清晰可辨。一双眼半睁半闭，按那个迷信年代的说法，这是含冤而死，死不瞑目。

这时天上流云移过，月亮从云中出来。死人最忌讳见三光，怎么个“三光”呢？日光、月光、星光，月光乃是其中一光，死尸让月光一照即得走影，走影在古书中是行尸的意思，迷信的人都相信这种说法。崔老道吓得够呛，赶紧用布盖上了董妃娘娘的脸。

纵然是二臭虫这等老手，见此情形也觉得心惊胆战，过去刨的孤坟，大多仅余枯骨，可眼前这位娘娘凤容尚在、五官分明，白惨惨的大脸上涂抹了胭红，连眼都没完全闭上。再加上这一身的凤冠霞帔、朝珠朝服，透出一股子威严，让人越看越瘆，心里头一阵阵发紧，后脖颈子直冒凉气。可是崔老道等人财迷心窍，纵是有几分心虚，见了死人一身上下陪葬的珍宝，也不由得口水直流，顾不上那些鬼神报应之说了。

几个人迟疑了片刻，开始动手撸镯子、拔金钗，身上挂的朝珠锦囊全摘下来，拿个大皮口袋装上。二臭虫又爬进洞去，把棺材里剩下的东西卷了一空，拖拽尸身之际掉在洞中的珍宝也都捡上了。月光透过云层的缝隙，照射在陪葬的奇珍异宝上，映得几个贼人的脸上五光十色。董妃娘娘陪葬的好东西太多，那真叫顶盖儿肥，大皮口袋都快装不下了，这一趟真是没白来！

二臭虫最是贪心不过，将董妃娘娘的尸身从头到脚仔仔细细摸了一遍，一寸都没落下。确认什么都没有了，一手托起董妃的头，按后脑让尸首的嘴张开，伸手进去抠出口含。老时年间的皇亲贵胄下葬，口中均含夜光珠，据说可以让尸身不朽。没有夜光珠的，则会在死人口中放一块玉蝉，顶不济也放个铜钱。董妃娘娘陪王伴驾，沾过龙气，口含的明珠非同寻常。二臭虫知道董妃娘娘嘴里肯定有宝珠，抠出来还不算完，又要扒董妃身上的朝服。

崔老道虽跟董家有仇，却不想把事情做绝了，按住二臭虫说："拿的东西差不多了，剩下的衣服鞋子留下别动了。你将朝服扒去也没地方出手，让人一看就知道是从古墓里掏出来的装裹，只怕到时候烧香引鬼，万一走漏风声，咱兄弟几个都得受牵连。”

二臭虫心里虽然舍不得，又不敢不听崔老道的话，只好勉强答应了，动手把董妃尸身推回了棺材之中。要埋土的时候，二臭虫跟崔老道和燕尾子说：“李长林让坟里的阴气冲了，得好好缓一阵子才行，你们二位先把他扶回去，剩下填土的这点活儿，我二臭虫一个人包了，三下五除二干完了，马上过去找你们。”

崔老道也是担心李长林的情况，听了二臭虫的话不疑有他，点头同意，跟燕尾子把东西都带上，背着大皮口袋，扶起石匠李长林往回走。走到一半，崔老道突然一拍自己脑门子，心说一声：我真是糊涂了！二臭虫这小子财迷心窍，假装留下来殿后，实际上肯定要扒董妃娘娘身上的朝服。另外董妃是吞金而死，金子本身没有毒，却格外沉重，吞金的人当时死不了，但是疼痛难忍，得让金子活活坠死。依二臭虫往常的手法，就得把死人肚子剖开，将肠子一节一节拽出来，不摸走那块金子不算完。想到这儿，他让燕尾子留下照顾石匠李长林，急匆匆赶回董妃坟。赶等到了地方一看那情形，立时吓了一跳。

3

崔老道这一次真可以称得上料事如神，把二臭虫的脾气禀性都摸透了，想的是一点儿错没有，全让他猜对了。二臭虫惦记董妃肚中的金子，他寻思董妃娘娘身上的珍宝虽好，却得出手换成钱。周周围围都知道他平时干的是什么买卖，轻易不敢收他的东西。若是些平常的装裹还好说，这许多等闲难得一见的珍宝，三五个月未必寻得到买主儿，留在手上吃不得喝不得也是干着急。而董妃娘娘肚子里那可是实实在在的金子，当逢乱世，真金白银最容易出手，直接就能当钱花。自己神不知鬼不觉摸出这锭金子，其余三个人都不知道，他可以独吞。又想：这一次夜闯董妃坟，崔老道辨穴、李长林凿棺、燕尾子把风，谁也没有我二臭虫出的力多，离了我他们仨根本成不了事。我昧下这身朝服和一小锭金子，也在情理之中，完全说得过去。再者说来，董妃坟也坏了，棺材也凿了，动不动尸首又有什么分别？崔老道这时候发善心，不是贼喊捉贼假慈悲吗？他暗中打定了主意，干脆一不做二不休，用话把三个人诓走，又将推进棺材的死尸拽了出来，朝服朝冠扒了个溜光，用短刀戳进死尸的肚子，伸手进去掏出肚肠，一节节抠摸那个金锭。

董妃娘娘当年含冤而死，此事无人不知，无人不晓。二臭虫虽是老手，可也免不了做贼心虚，都知道这些含冤受屈横死的鬼，进不了鬼门关，过不去奈何桥，阴魂不散，最容易出事。可他以前住破庙、睡门洞，衣不遮体、食不果腹，穷怕了只顾求财，贪念一起十万罗汉也降压不住，眼中只有这块金子了。二臭虫将董妃开膛破肚，拽住肚肠子往外掏，拿手一攥滑不出溜，腥臭扑鼻，甭提多恶心了。他顾不上恶心反胃，一只手拽着肠子，一只手顺着一节一节地捋。哆哆嗦嗦摸到一半，半空中的乌云忽然散开，一轮明月悬在头顶。二臭虫猛然想起这次着急忙慌，忘了拿布遮住死尸的脸，一抬头就看白霜般的月光，正照到董妃娘娘的脸上，那双半睁半闭的眼睛突然睁开了。眼眶里没有眼珠子，黑乎乎的两个窟窿直勾勾对着二臭虫。您想想，深更半夜在坟地里，这得有多吓人？慢说是二臭虫，纵然是铜铸的金刚、铁打的罗汉，见此情形也得吓个好歹。二臭虫肝胆俱裂，当时一口气没转上来，仰面摔倒在地，蹬了两下腿，就此气绝身亡，活活吓死了！

崔老道赶来的时候，天已经快亮了，远远传来鸡叫之声。离着老远没看见人影，崔老道就觉得不对，心悬到嗓子眼儿，快步上前提马灯一照，只见面目扭曲的二臭虫横死在地，两只眼瞪得眼珠子都快流出来了，口鼻之中淌出鲜血，死相极惨。再看董妃娘娘身上的朝服已经被扒了下来，肚子上一个大窟窿，肠穿肚烂惨不忍睹，半截肠子还攥在二臭虫手中，要多恶心有多恶心。崔老道心知出事了，暗骂二臭虫糊涂，吞到肚子里的金子能有多大，为了这么点东西把小命搭上了，这真叫“贪心不足蛇吞象”。也怪自己一时大意，明知道二臭虫是个什么货色，却没看紧了他。

崔老道站在坟前不住地摇头叹息，可如今人都死了，再说什么也不赶趟儿了。按他的本意，卷走董妃娘娘棺材中的财物和身上的细软也就罢了，不承想如今尸首见天，被糟蹋得不成样子。眼看天就亮了，事到如今，崔老道也无法可想，跪在地上给董妃娘娘磕了几个头，用朝服盖住尸身，连同二臭虫的尸体一同推进坟中，用土堵住了坟窟窿，踏平了坟边土，拿马灯一照四周没留下什么痕迹，这才匆匆离去。

崔老道一瘸一拐追上燕尾子和李长林。那两个人见二臭虫没来，也知道凶多吉少，再一想二臭虫的为人，心下就明白个八九不离十了。此事一言难尽，路上不是说话的地方，便没再多问。

三个人先来到石匠李长林在村子里的住处。李长林被棺内的阴气冲了，又是一路着急忙慌赶回来，折腾了多半宿，但觉头晕目眩，一阵阵地翻心，呕了半天却什么也呕不出来，那叫一个难受。崔老道先让李长林躺下，煮沸了姜汤给他喝下几口，又过了大半个时辰，李长林才缓过来。

崔老道把二臭虫怎么把董妃娘娘的朝服扒了个一干二净，又将尸身开膛破肚，一节一节地捋肠子摸金子，结果被活活吓死的情形，原原本本给他两个兄弟说了一遍。石匠李长林和大盗燕尾子听罢摇头叹气，怪只怪二臭虫贪心太大，想背着兄弟们在董妃尸身上掏金子，违背了当初立下的盟誓，想不到报应来得这么快。可怎么说也是拜把子兄弟，当初为盟立誓一个头磕在地上，说好了共享富贵，如今二臭虫惨遭横死，不免物伤其类，他们三个人也都抹了几滴眼泪。

4

再说石匠李长林被棺材中的阴气冲撞，当然这只是迷信的说法，实则是让坟中积存的腐晦之气呛了，好在他身强力壮，经过这一夜也好多了。崔老道看天色都大亮了，乡下人本来起得就早，这又是在村子里，周围人多眼杂，万一被人撞见了可就全完了，因此不能在白天分赃。告诉哥儿俩不要急于一时，东西已然到手，就在咱眼皮子底下放着，不愁它长翅膀飞了，眼下还是先沉住气，把从董妃坟中掏出来的东西仍装在大皮口袋里，先放到床底下压起来，等到深夜无人之时再说。

之前本来安排在二臭虫家分赃，他的住处最为偏僻，等闲也无人经过，容易掩人耳目。本来计划得挺周详，头天已经备好了酒肉，只等得手之后分金拿宝好好庆祝一番，不料一时大意折了一个兄弟。物伤其类自不必说，董妃坟中的珍宝终究到手了，该怎么分赃还得怎么分赃，只能说二臭虫没这个命了。崔老道让燕尾子翻墙过户到二臭虫家取回酒肉，带到李长林家里生火做饭。经过一夜的折腾，三个人也都饿了乏了，顾不上多说，胡吃海塞了一通倒头便睡，都在一张床上搭肩靠腿，无论是谁起了异心，去动床下的东西，其余二人便可有所察觉。

三个人不仅胳膊腿儿累，这一整夜提心吊胆，心悬在嗓子眼儿，浑身上下绷得紧紧的，生怕出什么意外。这一躺下来，都觉得身心俱疲，睡了个天昏地暗。放下那两个人不提，单说崔老道，整整做了一天的噩梦，梦见二臭虫拖出董妃娘娘的尸首，开肠破肚掏金子，正往外边拽肠子，怎知死人的肚肠子突然动了起来，宛如一条盘蛇，死死缠住二臭虫的脖子，直勒得他脖子上青筋暴起，小眯缝眼儿瞪得溜圆，双脚乱蹬，舌头伸出来老长，却发不出半点声响。

崔老道惊出一身冷汗，浑身上下都湿透了，睁眼一看已是傍晚时分，心里一个劲儿地打鼓。梦中所见历历在目，怎么也踏实不下来，心说：这就叫“命里有时终该有，命里无时莫强求”。二臭虫命中受不住这份横财，还不如接着当他的土贼，虽然朝不保夕有上顿没下顿，但是好死不如赖活着，总不至于赔上小命。他想罢多时，低头看了看床底下那一口袋东西，鼓鼓囊囊原封不动。寻思董妃坟已经闯了，陪葬的珍宝也拿回来了，事已至此再说别的也没用了，看了看燕尾子和李长林兀自酣睡，便将他们两个人叫起来。

此时已是夜里掌灯时分，外边下起了细雨。三个人关紧门窗，点起一支蜡烛，在屋中摆上桌子，之前准备的酒肉还剩下不少，打开一坛子老酒，一只烧鸡，酱牛肉切了两大盘。石匠李长林是干力气活儿的，饭量大饿得快，平时他也吃不上这么好的，烧鸡拿过来一撕两半，甩开腮帮子一口酒一口肉就吃上了。三个人一边吃一边商量怎么分东西。

本来是四个人合伙夜闯董妃坟，如今二臭虫尸首却被埋到那荒坟之中跟董妃娘娘做伴。这家伙光棍儿一条，长得丑陋，面目可憎，禀性孤僻贪婪，又以掏坟掘墓为生，没什么亲戚朋友，远近四邻根本没人愿意搭理他，半路上撞见了都躲着走，没了也就没了，今后绝对无人追究。而今与董妃娘娘埋在一座坟中，也是这个臭贼的福分。

崔老道抬手指了指桌下的大口袋，对燕尾子和李长林说："二弟是无福消受这笔横财，看来这也是天意，只好让咱们三个人平分了，将来多给他烧些纸钱也就罢了。"大盗燕尾子和石匠李长林齐声称是，三个人围桌子站定了，准备分赃。

石匠李长林从小到大没离开过乡下，从来没见过什么珍宝，更不知道怎么出手，又该如何换成现钱。没得手之前想得挺好，等有了钱如何如何，怎么喝酒吃肉，怎么娶媳妇儿生孩子，得手之后反倒觉得为难，金银珠宝确是不少，可这穷乡僻壤的卖给谁去？谁又出得起钱？如果进城去卖，也不知道出哪门入哪门，总不能在大街上摆个摊儿卖吧，实在不知道如何是好。

崔老道虽然见过些世面，但同样是穷人，摆摊儿算卦的能挣多少钱？比李长林也强不了多少，自然也不太懂行，奇珍异宝摆在眼前也是干瞪眼。好在有天津卫出了名的大盗燕尾子，这位吃过见过，以往所得的贼赃五花八门，也有不少好东西。做贼的只会偷不成，也得会销赃，什么东西值什么行市，该去什么地方出手，这些门道他全懂。

三个人你一言我一语正商量分赃的事，屋外突然风雨大作，原本关得好好的门，一下子让阵狂风给吹开了。只听得“咣当”一声，就像让什么东西给撞开一样，把照明的蜡烛都给吹灭了。霎时间，这屋里屋外黑得伸手不见五指。

石匠李长林的家在村子一角，比二臭虫的破屋子强不到哪儿去，虽然没那么偏僻，可也是在紧边儿上。就那么一间房，屋中没什么摆设，一张破桌子四条木板凳，两个石头墩子上架一张门板当床。顶棚也不严实，一下雨到处漏水，往常用不起油灯，仅以烛火照明。

三人正在桌边坐着，一边喝酒一边商量如何分赃，忽见大风把门吹开了，蜡烛也灭了，均被吓了一跳。燕尾子是做贼的，俗话说“贼人胆虚”，平时看谁都像官府缉拿队的，多看他一眼就觉得人家要抓他。他瞧见屋门开了，以为外边有人，当即探臂膀抽出背后的钢刀闪在一旁。燕尾子是飞贼亡命徒，身上总带着家伙，鲨鱼皮软鞘里有一柄柳叶钢刀。这把刀可不一般，比常见的大刀短一截，刀身也窄，形如柳叶，钢口也好，刚中带韧，韧中带刚，不仅用于防身，还是作案的工具。走千家过百户钻屋行窃，抠砖撬瓦全凭此刀。刀就是贼人的命，更是贼人的胆，刃口磨得飞快，那真是“肩宽背厚刃飞薄，杀人不见血光毫”，把头发丝儿放在上边，一吹气儿就断了。虽然不是切金断玉、削铁如泥的宝刀，却也是“吹毛断发”的利刃。

燕尾子拽出这柄钢刀在手，摆好了架势，桌子上先拿出一把茶壶来，冲着门口“啪”的一声摔了出去。为什么呢？绿林人都懂这个，有人没人先来一下探探虚实，一旦有人进来，瞧见黑乎乎一个东西奔自己飞过来，不知道是什么物件儿，免不了或躲或挡，这么一分神，他就占了先机。万一外边有人使暗器，这一茶壶飞出去也全顶用，又叫打草惊蛇。此贼常年到处作案，脑袋拴在裤腰带上，这都是经验。燕尾子拔刀飞茶壶只在一瞬之间，紧跟着垫步拧腰蹿到门后，亮了个“夜战八方藏刀式”。只要有人进来，二话不说抡刀就砍。

5

崔老道一样心惊胆战，不知来的是官是匪，寻思：燕尾子把式虽高，真要一推门冲进来七八个，那也是双拳难敌四手，恶虎架不住群狼。到时候非让人一刀一个都砍了，把东西抢走不可！自己兄弟四人为了闯这董妃坟，可费了不少周章，还搭进去了一条人命，岂能轻易将到手的珍宝拱手相让？他怕让人把东西抢了去，忙将装满赃物的大皮口袋塞回床底下，就势往床边上一坐，两只手紧紧抓住床沿儿，两条腿挡住了皮口袋。

石匠李长林是个直性子，想不到这么多，也未曾做出反应。站在原地瞪眼看了半天，屋外连个人影儿都没有，就是风雨把门吹开了，于是点起蜡烛，重新将屋门关上。

飞贼燕尾子疑心最重，又把耳朵贴在墙上，跟拜四方似的四面墙听了一个遍。做贼的耳音得好，哪怕有一丁点响动也能听见，否则当不了贼，外边进来人了你还不知道，光顾着偷东西，那早让人抓住了，有多少个脑袋都不够砍的。以往入户作案的时候，本家主人睡梦中翻个身，他都可以听出是朝哪边翻的。燕尾子在屋中听了半天，四周确确实实没有人踪，这才收起钢刀回来落座。他对崔老道说："咱这次的活儿做得干净利落，董妃坟之事除了横死的二臭虫，便只有你我弟兄三人知道，没必要担惊受怕。"

崔老道点头称是："三弟所言有理，却只怕夜长梦多，我等趁早分了东西，分头远走高飞为上。"

石匠李长林把酒肉收拾到一旁，在桌子上腾开地方，将大皮口袋中的东西抖落在桌面上。盗墓开棺之时只顾往口袋里装了，没来得及多看，此时烛光一照，映得桌上珍宝异彩纷呈，看得三人眼都直了。这真叫"酒可红人面，财能动人心"。

石匠李长林这个穷光棍儿不必说了，天天上山下苦，凿石头卖力气，却连饭都吃不饱，没见过什么好东西。崔老道算卦看相也挣不了仨瓜俩枣，见识虽比李长林强些，也高不到哪儿去，唯有大盗燕尾子过过几天好日子，可是这个人手敞，有多少钱花多少钱，这叫"江湖财、江湖散，来得容易、去得爽快"，上顿吃一桌燕翅席，下一顿说不定连窝头儿也啃不上。当贼的都这样，手里不留钱，只要他仍干这一行，存多少钱也没用。因为是流窜作案，向来居无定所，今天破庙里睡一觉，明天树杈上忍一宿，说不定什么时候落到官府手上了，"咔嚓"一刀人头落地，存多少钱也没命花了。

三个人见了眼前这一桌子的奇珍异宝，一个个嘴张的老大，气儿都忘了喘，顺嘴角往下淌哈喇子，两只手直哆嗦，话都说不利索了。这得是多少钱啊？可有二臭虫前车之鉴，那个臭贼贪心太大、内里藏私，忘了赌过咒发过誓，瞒着弟兄们回去抠死人肚肠掏金子，结果遭了报应，落得个横死荒坟的凄惨下场。干这等勾当很少有不信邪的，死的全是不信邪的。所以三个人谁都不敢再有非分之想，桌上这么多奇珍异宝，一人一份足够下半辈子花用了。问题是如何分赃，这么多好东西，件件都不一样，价值也不相同，怎么分才分得均匀？

石匠李长林是个大老粗，不懂这些规矩，问燕尾子："三哥你看怎么分好？"

燕尾子虽然识货，可也不好意思先人一步，他看了看李长林，又看了看崔老道说："咱还是听大哥的吧，崔道爷说怎么分就怎么分。"

崔老道当仁不让，眼下不是推让的时候，没必要瞎客气耽误工夫，多少合伙干事儿的，都因为分赃不均翻脸成仇，甭管是师徒、兄弟，哪怕是父子，一个人心里一杆秤，偏了谁都不合适，必须有一个万全之策。其实他心中早已有了计较，便对燕尾子和李长林说："承蒙兄弟们信得过，可这些珍宝实在不好均分，总不能论分量称三份。依我看不如这样，咱们一圈分三件，转圈拿，轮到谁，谁就自己挑选一件，一圈一圈轮下来，选好了什么就是什么，不许再换，这不就分匀了吗？"

大盗燕尾子和石匠李长林一听还真是个好法子，齐声称好："还是大哥有见识，这么分心明眼亮，谁也不亏谁！"

三个人商量好了，各自找了条口袋站在桌前。崔老道说："咱们仨是一个头磕在地上的结拜兄弟，如今分这些东西，也得有个顺序，依我看不如让四弟李长林先选，燕尾子其次，我这当大哥的最后拿。"

那两个人不好意思排在崔老道前头，推辞了几句，见崔老道执意如此，也只得照办。石匠李长林站在桌子前边看得眼花缭乱，他一个开山凿石的穷汉，不知道那是些什么珍宝，更不知道什么东西值钱，伸手过去拿了一锭金元宝。那是董妃娘娘在棺材里用手握着的元宝，没有多大，却是真金白银。李长林虽然不会识宝，可也知道无论什么时候，只有这金子不掉行市，拿出去就能直接花。他把元宝装进袋子，又瞪起两个眼睛在桌子上踅摸，寻思下一件该选什么。

燕尾子早盯上了一枚翠玉扳指，这一看就是宫里的东西，寻常可见不着。老百姓常说“翡翠”，但翡是翡、翠是翠，翡是红的、翠是绿的，两个颜色都带才称得起是翡翠。这枚扳指不挂红，所以只能说是翠玉。翠玉主要看成色，带一点绿头儿的就价值不菲，何况这枚扳指通体皆绿。如若仅仅是绿，那还不出奇，怎么才是值钱的绿呢？那得是翠绿，讲究绿中带透、透中有绿，如果拿个铜盆装满水，将这枚扳指扔进去，满屋子绿光，这可是世间难得的珍宝，除非皇宫大内才有，民间见不到这么好的东西。而且个头小容易带，拿到古董店里找个买主，至少能值两千块银圆，可比石匠李长林的那个小金元宝值钱多了。

往后轮到崔老道，他早看好了，未曾犹豫，一伸手直接拿了董妃娘娘口里含着的珠子。这颗珠子不是宫里的东西，而是董地主家传的玩意儿。虽不是价值连城的夜明珠，但也绝对称得上是颗宝珠，好似水晶相仿，用蜡烛一照透出七色霞光，不在燕尾子的那枚扳指之下。前文书咱们说过，帝王之家的口含乃是无价之宝，董妃娘娘贵为皇上的身边人，董家也得用最好的珠子做口含，才配得上贵妃的身份。

大盗燕尾子这才看出来，合着三个人里头只有石匠李长林不识货，敢情崔老道也是懂眼的行家。若是崔老道没选这件珍宝，下一轮自己必定去拿贵妃口含的珠子，没想到让崔老道抢了先。不过桌上的珍宝还有许多，有的是能拿的。三个人你一件我一件，转圈往自己的袋子里装东西，拿了个不亦乐乎。

三人分完了珍宝，将拿到手的东西各自收起来。崔老道告诉燕尾子和李长林哥儿俩，这些个东西固然是好，却都是地底下出来的烫手货，凑在一起树大招风。如果说城里一下子出来这么多好东西，只怕会惊动官府。这个案子不小，还牵扯二臭虫一条人命，你说是他自己吓死的，有什么凭据？到时候判你个分赃不均图财害命，加上偷坟掘墓二罪归一，咱们仨的脑袋可都不够砍的。纵然官府没来得及追究，这些珍宝露了白，可免不了让贼人惦记上，那就变成催命符了。天亮之后咱们趁早各奔东西，远远地找个地方销了赃，自己过自己的好日子去，等躲过这阵风头，久后再图相会。

那哥儿俩点头称是，燕尾子跟二人说道："大哥、四弟，咱哥儿仨经了此事，也算得上出生入死，称得起过命的交情。但有一节，天一亮咱们各奔东西，谁也别告诉谁自己的去处。倒不是信不过，这叫小心驶得万年船。万一有人落在官府手上，谁也不是铜铸铁打的，难保吃打不过招出口供。如此一来，另外两个人也跑不了。"崔老道和李长林二人也说没错，还是燕尾子想得周全。

正在说话的当口，蓦然间"咣"的一声，一阵阴风又把屋门吹开了。屋门晃来晃去，嘎吱作响，这阵阴风吹到身上，三人都觉得寒毛竖起，钻心透背的这么凉。

崔老道心知不好，这阵阴风来得不善，屋门明明闩上了，怎么来一阵风就吹开了？他想到这儿，同燕尾子李长林一起走到门口。就看屋外细雨飘飘，并没有什么不对的地方。乡下人睡得早起得早，天一擦黑就钻被窝了，没几家舍得点油灯，此时已是三更半夜，早都睡了。天上乌云密布，也不见星月之光，阴雨天连蛤蟆都不叫，村子里黑咕隆咚一片沉寂，李长林家住得又偏僻，放眼看出去不见人踪，只闻落雨声淅淅沥沥。

三个人心里发慌，只想分了贼赃等天亮跑路，看看屋外没人，刚要把门重新闩上，突然间半空里雷鸣电闪，一道白光划破了雨幕，天地之间一片雪亮。就见门前十几步开外，站着个披头散发的女子，身穿朝服，头戴朝冠，脸色死白死白的，腮上抹着胭脂红分外扎眼，眼眶子里光有白眼仁儿没有黑眼珠，恶狠狠盯着李长林家的屋门。

三人大吃一惊，急忙把门关上，崔老道和石匠李长林看得真真切切却没敢开口，只有燕尾子惊呼了一声："是董妃娘娘！"

第四章　夜闯董妃坟（下）

1

“董妃娘娘”这四个字一出口，崔老道和李长林两个人皆是一惊，顿觉浑身冰凉，体似筛糠，一下子就蒙了，险些一屁股坐在地上。他俩也看出来这是董妃娘娘。董妃娘娘被二臭虫和燕尾子从棺材里拽出来，什么穿着什么打扮，还有脸上的样子，全看了个真真切切。睡觉的时候崔老道还梦见了，怎么会不认得？可是两人都没敢说破，恨不得自己眼花看错了。石匠李长林没见过多少世面，乡下人又都迷信，听见“董妃娘娘”这四个字，吓得哆嗦成了一团，腿都软了，惊道：“从坟里……从坟里爬出来的行尸……”

崔老道看明白了，一抖落手说：“坏了，这可不是行尸，是董妃娘娘的厉鬼。咱们几个掏坟毁尸，人家不饶啊！”

三人心知董妃娘娘死得冤屈，一缕阴魂不散，昨天晚上月下尸变走了影，活活吓死了二臭虫，现在又来找他们索命了。相传宫里横死了嫔妃，身上都要用朱砂画压鬼的宫印。二臭虫开膛破肚掏出董妃的肠子，可能把那压鬼的印记也给毁了，此刻冤魂找上门来索命，岂肯善罢甘休。三个人肠子都快悔青了，如果事先知道真有鬼，说什么也不敢入董妃坟，更不会让二臭虫将死尸开膛破肚。到如今说什么都迟了，厉鬼已在眼前，如何才能逃得性命？

燕尾子怕上心来，别听人说什么“贼大胆儿”，那是偷人的贼，这次可是偷了鬼的东西，人家本主儿找上门来，这可是要命来的，此时不跑更待何时？他把分来的贼赃缠到腰里，想抬脚踹开后窗夺路而逃，却被崔老道拦了下来。

崔老道说：“兄弟别慌，你跑出去迟早也得让董妃娘娘所变的厉鬼追上，你脚底下再快，快得过鬼吗？到时候一样跑不了。”

燕尾子一想崔老道说得不错，人这两条腿跑得再快也快不过鬼。他对崔老道说：“咱仨一直在屋里待着，打天黑到现在时候可也不短了，董妃娘娘可能早就到了门外，为何不直接进到李长林家中来索命？”

石匠李长林纳着闷儿自言自语道：“对呀，我这屋的门上没贴门神啊！鬼怎么不敢进来？非得等咱们出去？”

崔老道眉头紧皱，听见李长林这一句话如梦方醒，心说：还真是的，倘若大门上贴了门神，或是天师钟馗，或是哼哈二将、秦琼敬德，那都是捉鬼辟邪的神将，说不定阴魂恶鬼不敢进屋。不过石匠李长林家太破了，大门上连个福字也贴不起，董妃娘娘变成的厉鬼为何不敢进来呢？莫非他这屋里有什么让厉鬼害怕的东西？崔老道一边想，一边拿眼四处踅摸。世人皆说桃木可以辟邪，难不成李长林家这桌椅板凳是桃木的？可怎么看怎么不像，全是破木头板子钉的，上面除了窟窿就是眼子，劈了烧火怕也没人要，门口这个鬼究竟怕什么呢？

燕尾子说道："曾听说人怕阳德、鬼怕阴德，是不是咱们哥们儿祖上都是积了阴德之人，恶鬼才不敢进来？"

崔老道好悬没让他给气乐了，摆手说道："兄弟，你也不想想咱们仨是干什么的，你是穿房过户窃取钱财的飞贼，我是走江湖卖卦的道人，李长林虽然是个石匠，那也是天天从山神爷身上凿饭吃，再加上这一次将董妃娘娘翻尸倒骨、开肠破肚，积下多少阴德也都散尽了。"

崔老道想破了脑袋也不得要领，无意间抬头一看，瞧见李长林屋中挂了一幅《猛虎下山图》，正对着门口。这张画破破烂烂，二尺多长一尺多宽，上下两根实心木轴，上轴拴有一条细红绳，挂在墙上的钉子头上。画中描绘了一只吊睛白额大虫，行在崎岖的山岭之上，前爪搭着一块青石板，虎口怒张，露出剑戟般的獠牙，气势森然，定睛看去似乎可以听到震撼松林的虎啸之声。一般来说，画中虎分为"上山虎"和"下山虎"，上山虎是吃饱了回山，下山虎是饿着肚子出来觅食。上山虎即便脚踏山石回头张望，气势也比不得下山的猛虎。墙上这幅《猛虎下山图》画得是真好，却已残破不堪，颜色都快没了。正因如此，挂在石匠李长林家也没显得不搭调，全是破破烂烂的。除此之外，屋子里再没有任何起眼儿的东西。

崔老道有道眼，看出《猛虎下山图》非同小可，忙问李长林："四弟，你家这张宝画是从哪儿来的？"

石匠李长林不明所以，就告诉崔老道和燕尾子，此画从他爷爷在世时就挂在这间屋子里，他们家往上数八辈子都没出过一个混整了的，什么东西也没留下，有时候吃不上饭，能当的全拿出去当了，只有这张画从未动过。也没觉得一张破画能值几个钱，多少年来一直挂在墙上，可也从没听说这是什么宝画。

崔老道听李长林说完心里有底了，庄户人家没有不挂年画的，都是图个喜庆吉祥，无外乎“喜鹊登梅、王小抱鱼、三星捧寿”之类的吉祥画，谁会在家里挂个大老虎？就是这东西错不了！他赶紧对李长林和燕尾子二人说：“老四家的《猛虎下山图》乃镇宅之宝，所以董妃娘娘进不了屋。”

石匠李长林听完崔老道这番话，懊悔不已，这才叫“骑着驴找驴，端着金碗要饭吃”。早知道有这幅宝画，拿去换了钱不就得了，那也是吃喝不尽，又不用提心吊胆，还去盗什么董妃坟？

燕尾子说：“幸亏有这张宝画，挡住董妃娘娘的冤魂厉鬼进不了屋，咱哥儿仨撑到天明鸡叫就没事了，常听人说这日月星辰三光之中，唯有日光最了不得，再厉害的鬼也不敢在大白天出来。若是被大太阳一照，必定灰飞烟灭，永世不得超生。”

崔老道摇了摇头：“董妃娘娘已经把咱们的脸记住了，咱走到哪儿她追到哪儿，只怕躲得过初一躲不过十五！”他叹了口气，又说：“咱先别想以后了，眼下有宝画《猛虎下山图》在，夜里那厉鬼就不能进屋，我等兄弟不可分开，得天天晚上住在一起。”

燕尾子闻听此言，急得直搓手：“咱们几个人只为得了珍宝之后远走高飞，快活下半世，如若成天提心吊胆，天一黑就躲在屋里不能离开半步，真还不如死了干净。”

崔老道沉住气说：“别慌，眼下厉鬼进不得屋，先过了今夜再想别的法子。”

三个人躲在石匠李长林家中，只觉阴风大作，围绕屋子打转，均知是董妃娘娘想进来，吓得心口怦怦狂跳，可没胆量再往外头张望了。这屋子本来就破破烂烂，这下子连窗户带门被风吹得“哗啦哗啦”直响，说不准什么时候就散了架。李长林吓坏了，问崔老道说：“大哥，你是画符念咒降妖捉怪的火居道，没有法子对付这个董妃娘娘吗？”

崔老道两手一摊：“人分三六九等，鬼也一样，也有不好惹的。董妃娘娘不仅是冤死的厉鬼，生前还陪过王伴过驾，龙床上头打过滚儿，是沾了龙气的贵妃，走了影儿化为厉鬼，非是寻常的鬼怪可比，实在不好对付。”

哥儿仨均是束手无策，在屋中忍了一宿，好不容易等到鸡鸣破晓，屋外雨过天晴，一片大亮，推开屋门一看，门口的鬼也不见了。可他们心里都清楚，白天是没事，只要天一黑，董妃娘娘仍会来找他们索命。

大盗燕尾子和石匠李长林蔫儿头耷脑、垂头丧气，暗叹自己时运不济，本以为发了大财，可以过半世逍遥日子，没想到为了这些个陪葬的珍宝，惹来一场杀身之祸。按他们二人的意思，白天出去买点吃喝，晚上接着躲在屋里不出门，躲得一天是一天。

崔老道说：“这可不行，躲到几时算是个头儿啊？这破屋子禁受不住几阵阴风，一旦房倒屋塌可就没处躲没处藏了。常言道‘树挪死，人挪活’，咱们还是得逃，把这幅《猛虎下山图》摘下来，卷好了带上，逃到晚上找个住处，再把古画挂到屋里，赶等天亮再接着跑。”

崔老道对江湖上那套蒙人的手段了如指掌，可也不全是天桥的把式——光说不练。好歹拜过名师，访过高友，又在龙虎山上偷看过两行半的天书，身上真有不得了的本领。可他不敢用，为什么呢？因为他明白自己福分不够压不住。平时不用还好，只要一用真本事准倒大霉。上次给董家看风水选坟地，转回头去要钱让人家打断一条腿，这个亏吃得还不够吗？而今性命攸关，横竖是个死，万般出在无其奈，崔老道不得已想了个主意。不过谋事在人，成事在天，成与不成还得看命。他卷起那轴《猛虎下山图》背在身上，这幅破画可有年头儿了，挂在墙上不动，或许还能再落几年灰，一摘下来就快碎了，还能挂多久就不好说了。但是眼下活命要紧，哪里还顾得上许多。

事到如今，大盗燕尾子和石匠李长林也豁出去了，反正崔老道已经把画摘了下来，不走也不行了。各自卷了珍宝缠在身上，跟随崔老道一路离开村子。二人不知投奔何处，问崔老道也不说，只告诉他们想要活命一切都得按他说的来，二人也就不再多问了。

崔老道引着二人，一路回到他住的那个村子，这地方在哪儿呢？就在天津城外西南一带的乡下，有个地名叫小南河。此处是崔老道的老家，位于天津城的远郊。《天津府志》有记载："静海县北五十里为杨柳青，又十里为黑堡城，又十里为小南河。"就这么个地方。

三个人一大早上起来，瞧见日头出全了，才提心吊胆地从李长林家出来。一路走一路行，紧赶慢赶，到了小南河已经过了晌午。崔老道没敢进家，家里头有老有小的，怕妻儿老小因此受了连累。先到村中赁了一处闲房，又买了一些干粮，备齐吃喝住进去，小心翼翼把宝画打开，挂在门对面的墙上。崔老道布置好了《猛虎下山图》，问燕尾子身上还有多少钱。

夜盗董妃坟这四个人，倒斗的二臭虫、石匠李长林、摆摊儿算卦的崔老道，全是穷光蛋，吃了上顿没下顿，挣那俩钱不够填乎嘴的，兜里比脸上还干净。只有飞贼燕尾子经常作案，身上有不少钱，这些天买吃喝、买家伙、赁房子，用的都是燕尾子的钱，一路逃到小南河，身上也没剩什么了。虽说带着从坟里掏出的珍宝，可在穷乡僻壤无从出手，干看着不当用。燕尾子伸手往怀中一摸，还剩下最后一块银元，掏出来交给崔老道。

崔老道接过这一块银元，托在手里掂了几下，牙一咬心一横，心说：这钱可真是个好东西，世间有多少事成也在它，败也在它。贫道当初也是为了钱，去给董地主家选坟地，以至于被人打折了一条腿。而今也是为了钱，不仅搭上二臭虫一条人命，还招惹上索命的厉鬼，现在想对付这个鬼还得用钱。也罢！发昏当不了死，手上有这一块银元，就能同找上门来的恶鬼周旋一场！

2

崔老道怎么想的，李长林和燕尾子可不知道，见崔老道手里攥着这块银元，脸上也是时阴时晴，他们也猜不透崔老道葫芦里卖的什么药。可是开弓没有回头的箭，两人没有别的法子，已然跑到了小南河，事到如今只得听崔老道的安排，兴许还有一线生机。反正哥儿仨是一根绳上的蚂蚱，飞不了你也蹦不了我，要死也是死在一块儿。

石匠李长林家的这幅《猛虎下山图》古旧残破，不挪动还好，一折腾眼瞅要碎了，至多还能再挂几天。哥儿仨瞅着墙上的画直发愁，而今这张画就是他们的命，可以说是画在人在，画没了人也就没了。胡乱啃了几口干粮，外边的天也就黑了。崔老道赁来的这间房子不在村中，四周全是菜地，选这么个地方，是为了避免惊动了同村的人。天一黑，屋子外边又刮起了一阵阴风，飞沙走石，听响动跟吹哨儿似的，围绕屋子盘旋打转，吹得窗户格子扑棱棱乱响。不用看也知道，董妃娘娘追到了。三个人提心吊胆躲在屋中，谁也不敢出门。

挨到转天早上，崔老道拿出那一块银元，吩咐燕尾子出去买东西，却不是吃的喝的，而是要三十六根一样长短、一样粗细的木头杆子，木头杆子当中缠上红绳，这得找木匠现做，一块银元刚够，当场做当场取，千万不可耽搁，天黑之前务必把东西带回来。

燕尾子一向对崔老道言听计从，知道此事生死攸关，崔老道一定是有了对策，那也不用多问，接过钱说："这有何难，兄长和四弟且在此宽坐，我这两条腿快，天黑之前准能带着东西回来。"

石匠李长林坐不住了，一直待在屋里不踏实，也想找点事干，对崔老道说："大哥，您看我能干点什么？"

崔老道想了想，对李长林说道："为兄这几天馋耳朵眼儿的油炸糕，这不还有几个大子儿吗？你拿着这点儿零钱，上城里买趟炸糕，买回来咱哥儿仨一起吃，你也记住了，天黑之前必须把炸糕拿回来。"

石匠李长林说："大哥放心，我这两条腿也不慢，天黑之前一定回来。"说罢拿上钱进城了。

小南河离城里并不太远，一来一回几十里地的路程，可李长林既无车又无马，全凭两条腿一步一步地量，还得在天黑之前赶回来，时间也不富裕。不提燕尾子如何找木匠买木头杆子，咱单说石匠李长林，赶到城里北大关，找到耳朵眼儿炸糕铺，可着兜里的钱，买了一大包油炸糕，急急忙忙又往回赶。

耳朵眼儿炸糕铺在北大关，前文书提到的狗不理包子也在这附近，紧临南运河。往来船运发达，人头攒动，热闹非凡，还别说卖东西的，说书唱戏打把式卖艺跑江湖的，也愿意来这儿挣钱。咱再说这炸糕的字号，为什么叫“耳朵眼儿”呢？因为炸糕铺子开在耳朵眼儿胡同。过去的小胡同习惯以形状命名，一说“弓弦”胡同，就知道从这儿走可以抄近道，一提“裤裆”胡同，就知道这胡同里边深不了。您听“耳朵眼儿”这地名也能想得到，这是一条曲里拐弯的小胡同。卖炸糕的这个铺子开在这条胡同里头，原本另有字号，叫“增盛成”，可是名字念着太绕嘴，也不好记，赶上舌头大的，指不定念成了什么，大伙儿就按地名叫成“耳朵眼儿炸糕”，一来二去叫出了名，倒忘了原先的字号。当时的两位店主是亲哥儿俩，祖传三代的手艺，在天津卫一提耳朵眼儿炸糕，那可没有不知道的。店主用上好的红小豆和红糖，拿生芝麻香油调和拌馅儿，外头裹上江米面，做成团子形状，压扁了放在油锅中炸透，火候很难掌握，炸不好就煳了，手艺好的炸出来一不焦煳、二不跑馅儿，薄厚均匀、色泽金黄，对太阳光一照能透亮儿，吃起来外焦里嫩、香脆酥甜，咬一口顺着嗓子眼儿往下流油，可还不腻，越吃越爱吃。过去有没有钱的都喜欢吃，有钱的买一篮子提回家当早点，还得配上一碗面茶，这两样东西可谓是绝配，搭在一起味道独特。穷人吃炸糕没有那么讲究，过去南运河边上有不少扛着铁锨等卸船的苦力，多了买不起，买一两个炸糕解解馋，不够吃怎么办？拿半张大饼卷上，再来一碗豆浆，吃完了够卖一天的力气。

石匠李长林大步流星来到耳朵眼儿胡同，掏出崔老道给他的那几个大子儿，买了一大包十个油炸糕，抹头又往回走。他这一路上免不了纳闷儿：这都要命的时候了，崔老道还有心思吃炸糕？难不成知道要死了，先解解馋？由于路途不近，他不敢耽搁，天黑之前进不了屋准得撞见董妃娘娘，那可不是儿戏，买完炸糕匆匆忙忙往回赶。到小南河赁来的那间房里一看，燕尾子也刚回来，忙活了一整天累得够呛，双手捧起个大茶壶，正在往嘴里"咕嘟咕嘟"灌水。他按照崔老道的吩咐，把木头杆子全做得了，三十六根一根不多一根不少，高矮粗细一般齐，每一根都拿红绳子系好了，足有一大捆，全戳在墙角。

崔老道将炸糕分给燕尾子和李长林吃了，留下两个用纸包好了放在一旁。两人不明所以，这是留下当夜宵吗？崔老道告诉二人："你们俩可别贪嘴吃了，想要对付董妃娘娘化成的厉鬼，少不得这两个炸糕！"二人听得直犯愣，怎么也想不出用炸糕如何捉鬼，难不成崔老道想用炸糕把鬼噎死？

简短截说吧，三个人吃完了炸糕，眼瞅天色将晚，日头已经往西落了，赶紧把门窗关严实，可就不敢出去了。入夜之后，董妃娘娘又到了门口，仍是不敢进屋，只隔着门缝里往屋里吹气。哥儿仨躲在屋中，但觉恶寒透骨，毛发森竖，真可谓"刮开酆都门前土，卷起阴山背后尘"。阴风过处，直吹得那幅破画摇摇欲坠，画上的颜色越来越淡，扑簌簌往下掉沫子。三个人熬到天亮，眼看那幅古画挂不住了，今夜董妃娘娘再隔着门吹上几口阴气，这幅画就完了，到那时再没对策，可就没有能够挡住董妃娘娘的东西了，厉鬼进得屋来，咱哥儿仨可真应了结拜时起的誓了——不求同生，但求同死！

崔老道对燕尾子和李长林说：“咱们弟兄能不能活命，全看今天了。”

这哥儿俩快急死了，今天半夜厉鬼找上门来，再吹上几口阴气，这幅挡鬼的《猛虎下山图》非碎了不可，那可如何是好？大哥你炸糕也没少吃，到底有招儿没招儿？你要真说没招儿了，咱哥儿仨别跟这儿躲了，趁着天亮找处庙宇道观躲进去，兴许也能活命。

崔老道说：“此言差矣，庙宇道观之中供奉的不过是泥胎塑像，顶不了什么用，根本挡不住董妃娘娘，临时抱佛脚可躲不过这一劫。你们还得听为兄我的，老话怎么讲，人不该死总有救！我带上这一捆木头杆子和炸糕出去办件事，倘若是咱们命不该绝，这件事一定能办成，如若办不成，那是老天爷不给活路，我等认命罢了，大不了咱们弟兄三人一同去找老二聚首。”说完话掸了掸身上的尘土，也不再理燕尾子和李长林二人，揣好两个油炸糕，带上一捆木头杆子，一瘸一拐地出门去了。

3

崔老道故弄玄虚，一直不说如何用木头杆子和炸糕对付恶鬼，也不怪燕尾子和李长林心里不踏实。这可是性命攸关的事，实指望崔老道有回天保命之策，他偏偏一个字也不说，能不让人着急吗？

原来崔老道知道小南河附近有一大片坟地，人们从坟地附近路过，总能看到坟窟窿里钻出一只大黄鼠狼子。老天津卫人说话吃字儿，比如一个地名三个字，拿话说出来就剩下两个字了。好比派出所，说成派所，合作社说成合社，杂货铺说成杂铺，把中间那个字省了，都这么说，这叫“吃字儿”，说黄鼠狼就叫黄狼。

小南河村民常看见的这只大黄狼，有时候大白天趴在坟头上晒太阳，嘴岔子都黑了，可见活了很多年了。有人就想逮这只黄狼，可这东西太狡猾了，你下套它不钻，扔饵食它不吃，让狗去咬狗也不敢过去，见了它就打哆嗦，你想拿枪打，瞄准了之后这枪说什么也打不响，这可不是一次两次了。人们就说这条黄狼有道行了，成了精谁也奈何不了它。

不过崔老道认识两个人，当地打猎的猎户，亲哥儿俩一个叫曹虎一个叫曹豹。当初这哥俩儿娶媳妇儿的时候，还是崔老道合的龙凤帖。兄弟二人娶的也是亲姐俩儿，只不过女方姓杨，一个叫杨冬梅，一个叫杨春雪，杨家老太太一听曹虎、曹豹这名字不乐意了：你们这又是虎又是豹的，我们家都是“羊”，那还不把“羊”给吃了吗？吃“没”了还流“血”，将来的日子怎么过？说死说活不同意，眼瞅这门亲事要黄。崔老道是写龙凤帖的，想挣这份钱，出了个馊主意，跟老杨家说这件事好办，你们改个名字，姐姐叫杨枪，妹妹叫杨炮，什么虎豹不怕洋枪洋炮？过了门保准不受气。杨家老太太没意见了，这门亲事才成。

曹家哥俩儿有一手儿祖传的绝活儿，专门捉狐狸逮黄狼，一逮一个准儿，逮到手全是活的，而且不用挖坑设套，也不使猎枪猎狗。祖上传下来的奇门之术，用梅花杆，应梅花之数这杆子一共六六三十六根，当中绑上红线，找到有狐狸黄狼的洞穴，按乾坎艮震巽离坤兑、金木水火土这八卦五行排列插到地上，不论来的狐仙黄仙有多大道行，只要钻到这个阵里，那就算行了，它就得在那些木桩子里东一头西一头地绕圈，到死也转不出去。因为这办法太狠太绝，有损阴德，曹氏兄弟已经多年不用。

晌午时分，崔老道敲开了曹虎、曹豹家的门，进门来一瞧，桌上一碟菜、一壶酒，旁边放着一笸箩大饼。崔老道看见这碟子菜，口水好悬没流下来，黄澄澄如同一座金山相仿。那位说崔道爷见了什么好吃的，怎么又把馋虫勾起来了？原来这个菜叫“韭黄炒鸡蛋”。鸡蛋不出奇，韭黄了不得，乃四珍之一，与“银鱼、铁雀、紫蟹”齐名。后三个全是荤的，韭黄是素的，却排在四珍之首，绝不是没有道理。吃韭黄得分时令，一年到头只有这几天买得着，价格也不便宜，一斤韭黄相当于二斤羊肉，老百姓偶尔吃一次也得做馅儿，比如包饺子、蒸包子什么的，那也舍不得买多少，三两二两的一小把儿，搭上别的菜剁成馅儿，就为了借个味儿。曹虎、曹豹好吃这口，平时舍不得吃舍不得喝，眼瞅韭黄下来了，哥儿俩一狠心买了半斤，从鸡窝里捡大个儿的鸡蛋摸出几个来，做成一大碟子韭黄炒鸡蛋，刚往桌上一摆，酒也烫好了，正想好好喝两口，偏巧在这个时候崔老道来了。曹虎、曹豹心里挺别扭，只跟这位崔道爷打过一次交道，娶媳妇儿的时候找他合的龙凤帖，知道他常年在南门口摆摊算卦，江湖上人称“铁嘴霸王活子牙”，要不是他出的馊主意，我们兄弟二人也不至于怕媳妇儿。曹家哥儿俩心想，不知哪阵风把崔老道吹来了，又赶上饭口了，不跟他客气两句，请他坐下来一起吃，岂不让人觉得我们不够外场？甭管心里怎么烦他，而今打头碰脸见了面，怎么也得客气两句，就说：“崔道爷，您吃了吗？”

过去的人讲礼数，见面问候寒暄全这么说，除非是在茅厕，否则不分时间场合都问“您吃了吗”。皆因民以食为天，问这句等同于问好，又比问好显得近乎，回答的一般会说“我吃完了”或“我刚吃过”，再反问一句“您吃了吗”。那位说“我也刚吃完，那个什么……”这一来一往搭上话头，就能往下聊别的了。崔老道嘴馋脸皮厚，打从他一进屋，俩眼就没离开那盘韭黄炒鸡蛋，也不说吃了也不说没吃，嘿嘿一笑：“你们吃你们的，我不忙。”

曹氏兄弟一听这个气啊！心说：什么叫“不忙”啊？我们哥儿俩难得开开荤、换换口儿，刚做得了还没动筷子，你崔老道就来了，也太会挑时候了。曹虎觉得磨不开面子，已经把话说到这儿了，只能打碎了门牙往肚里咽，让崔老道坐下一同吃喝。曹豹可是真心疼，还想拿话把崔老道挡回去：“崔道爷，您怎么也不提前打个招呼呢？我们哥儿俩没预备素斋素酒，韭黄炒鸡蛋虽然没肉，却是小五荤，出家人不能吃啊！不行您来张大饼凑合一口？哎哟……这饼里还放了大油，您看这怎么话儿说的！”

崔老道两眼直勾勾地盯着桌上的酒菜，对曹豹说：“曹二弟，这就是你不懂了，五荤三厌为出家人所戒，我一个走江湖的火居道，可没那么多规矩。咱妻儿老小全有，酒也喝得，肉也吃得，何曾论过荤素？”

曹虎、曹豹让崔老道说得哑口无言，你看看我，我瞧瞧你，只得让崔道爷上炕一同吃饭。崔老道也不客气，撩道袍在炕桌前坐下，一瞧桌上这个阵势，就知道该怎么吃了，抄起一张大饼，拼命往上边放韭黄炒鸡蛋，放到搁不下了，这才卷起来吃。再看这一碟子韭黄炒鸡蛋，已然少了一多半。曹虎、曹豹直嘬牙花子，要多心疼有多心疼。

崔老道边吃边对曹氏兄弟说道："贫道今日登门，可不白吃你们的饭，给你们哥儿俩带了一条财路。"您说崔老道这张嘴多厉害，分明是他求别人办事，如此一说倒成了别人求他。曹家兄弟不知崔老道言下之意，便问："我们俩打猎的能有什么财路？"崔老道这才告诉曹虎、曹豹，想逮那只大黄狼，饵食和木杆子都替他们准备好了。

曹家哥儿俩一听连连摇头，知道崔老道犯不上为了打普通的狐狸、黄狼登门恳求，打的一定是有道行的东西，否则不会求到咱哥儿俩头上。"干这个勾当太损阴德，因此我们早不干这一行了，您还是想别的辙吧！"

崔老道跟曹虎、曹豹说："二位，我也不跟你们来虚的，外场人说外场话，咱就打个比方说，比如让你们两位出手逮住坟里这只大黄狼，老道我得掏多少钱？"

曹虎和曹豹的本事挺厉害，却是乡下的猎户，只不过勉强糊口度日而已，否则也不至于为了一盘韭黄炒鸡蛋心疼半天。一听崔老道这口风少给不了钱，心里就琢磨了，按眼下的行市，这季节皮毛平平，不是最好的时候，这么大一只黄狼逮到活的，最多值两块银元，可也不能往少了说，得让对方知难而退，看崔老道这意思挺着急，非得逮住这只大黄狼不可，咱俩就敞开了要吧！出得起钱咱就干，还得说是先给钱，出不起钱光在这儿"唾沫粘家雀"，那就让他从哪儿来上哪儿去。就着心疼韭黄炒鸡蛋的劲儿，开口只往多了说，颇有漫天要价、趁火打劫的架势，告诉崔老道想拿这只黄狼，少说也要十块银元。在当时来说，十块银元可不少了，买两头牛都有富余，何况只是打一只黄狼？

崔老道心知有钱能使鬼推磨，钱给足了没有干不了的事，说什么也不如直接掏钱好使，当即打怀中摸出在董妃坟掏来的一根蒜条金，“当啷”一声就扔在桌上。书中暗表，崔老道拿这根金条出来也是动了心思的，董妃坟里那么多珍宝可都不能露，让人看见了就得惹祸，金条虽然值钱，却不足为奇，不会让人想到偷坟盗墓的勾当。他把金条往桌上一放，摆到曹虎、曹豹兄弟面前：“二位，老道身上只有这根条子了，能不能帮我这个忙？”

天底下只有谈不拢的价钱，没有做不成的买卖，主要是看你能出多少钱，什么损阴德遭报应，真有也都是后话了，可没有眼前明晃晃的金子来得实在。有了钱不怕没人给你卖命，这一根金条能换多少银元？曹家哥儿俩这辈子就没见过金子，一看崔老道把金条都拿出来了，简直太敞亮了，这还有什么可说的？咱也不能两个大子儿的水萝卜还非得拿人家一把，不就逮只黄狼吗？这钱挣得可太容易了。兄弟俩怕崔老道反悔，急忙把金条揣起来，匆匆忙忙吃罢了酒饭，收拾家伙直奔小南河的坟地。

这片坟地着实不小，大大小小的坟头一个挨一个，什么样的都有。崔老道左转右转找到一处坟窟窿，回头对曹虎、曹豹哥儿俩说：“接下来全看你们二位的本事了，咱可有言在先，我要拿活的，打死了可不行，那就没用了。”曹家兄弟心说：这还不简单，我们逮过的狐狸、黄狼没有一千也有八百，几时失过手？让崔老道把心放肚子里：“我们哥儿俩干这个手到擒来，您了瞧好吧！”说罢二人一齐动手，将三十六根木头杆子插到周围布好了阵，扔下俩炸糕，同崔老道躲在一旁等候。

小南河坟地中这只大黄鼠狼子精明透了，别人扔什么东西它也不吃。可这乡下地方，带油腥的东西不多见，给人吃都不够，自己都舍不得吃，谁会往地上扔呢？大黄狼闻到油炸糕的香味，可就待不住了，不知道什么东西这么香，从来没闻过这个味儿，忍不住一时好奇，想上前瞧个仔细。不知不觉进了阵，刚叼起一个油炸糕，还没等吃，突然发觉不好，扔下炸糕赶紧往阵外就逃，绕着那些木头杆子到处乱转，转不了几圈就迷糊了。杆子跟杆子之间均有半尺空隙，黄狼愣是不能从中钻出去，也真是奇了。崔老道以往只听说曹家哥儿俩会用木头杆子摆阵，他可从没见过，此时一看当真是绝活儿，这叫小刀剌屁股——开了眼了。饶是他久走江湖见多识广，也不曾见过这等手段，不得不佩服曹虎、曹豹兄弟二人的本领。

仅仅将黄狼困在阵中不成，生擒活拿也得看功夫。说时迟、那时快，只见曹虎疾步上前，出手如电，一把攥住了黄狼的后脖子，拎出来有如探囊取物一般，又给这黄狼用麻瓜堵嘴、白蜡封肛，拿绳儿捆住四条腿，扔进一条麻袋里，这才交给崔老道。崔老道眼见曹家兄弟手底下干净利落，绝不拖泥带水，不禁暗挑大拇指，心说：这手活儿看似简单，可是找别人还真不行，除了这俩，谁也做不到。

曹家兄弟抱拳拱手，对崔老道说："咱们俩逮了这么多年的狐狸黄狼，从没遇上过这么大的，这家伙的毛色黄中带白，嘴头子全是黑的，想见道行不浅。咱们也不知道你要它做什么，接下来的事咱们可管不着了，还望道爷好自为之。崔道爷，青山不改，绿水长流，咱们后会有期。”

崔老道接过装着黄狼的麻袋，道了一声“无量天尊”，就此与曹家两兄弟别过。抬头一看日头已经往西沉了，匆匆忙忙赶回住处。抬腿进了屋门，李长林和燕尾子正在屋里急得转圈呢，一见崔老道回来了，赶忙迎上前去。看崔老道手里拎了一条麻袋，里边鼓鼓囊囊不知装了什么，便问崔老道这是不是捉鬼的法宝。崔老道把找曹虎、曹豹兄弟帮忙，上坟地捉黄狼的事情前前后后说了一遍，告诉燕尾子和李长林，今天夜里能否活命，全看这只大黄狼的了。该做的能做的都做了，接下来就是听天由命了。石匠李长林和飞贼燕尾子听得呆了，二人想破了脑袋也想不出，崔老道用一捆木头杆子和两个油炸糕逮来的大黄狼有什么用。但都知道崔老道有道法，听他说得笃定，也只好信他的话了。三个人一起把门窗关严实了，坐在屋里胡乱吃了几口干粮，坐等天黑。此时金乌西坠，玉兔东升，又到了天黑掌灯的时分。崔老道点起油灯，哥儿仨坐在炕头上相对无语，心里可都是七上八下，各有各的心思。

不知不觉天黑透了，忽听屋外阴风飒然，三人心中都是一紧，暗道一声：“来了！”今天可比头几天来得早，看意思董妃娘娘是等不及了。他们赁来的这间房子坐北朝南，屋子不大，外边用篱笆围了一圈院墙，双扇木板屋门朝里对开。那一阵阴风由远而近，刮得院子里的篱笆墙“哗哗”乱响，转瞬到了近前直撞屋门，紧接着有一股子阴气吹进来，在屋中盘旋打转。三个人哆里哆嗦，身上的鸡皮疙瘩起了一层又是一层，“噼里啪啦”直往下掉。油灯也被吹得忽明忽暗，火头儿一截截直往下缩，仅剩下黄豆那么丁点儿的光亮。再看挂在墙上那幅图画，几乎碎烂得不成形了。

石匠李长林吓得蜷缩在炕上，恨不得把脑袋扎进裤裆里。别看他那么大的个子，却怕鬼怕得要命，那可不同于山上的石头。燕尾子退到墙角，一只手按在背后的刀柄上，两眼紧盯屋门，一旦董妃娘娘进得屋来，他就随时踹窗户逃到屋外。耳听得屋门“嘎吱吱”一声响，门插官儿“啪嗒”一下落在地上，顶门的杠子也倒在了一旁。崔老道抬头一看，但见一只白皙的人手从门外伸了进来，长指甲抠住木门，在门板上抓出四道深深的痕迹。

崔老道的胆子其实也不大，知道厉鬼进屋了，哪里还敢再看，忙低下头闭上眼，两腿两手全在发抖。可以感觉得到，董妃的冤魂厉鬼已来至近前，正张开嘴往他脸上吹气儿。崔老道全身一震，为了活命他也顾不上怕了，牙一咬心一横，一下子抖开麻袋，大黄狼在袋子里憋坏了，立时瞪着绿幽幽的两只眼，从中探出头来，正好跟那厉鬼来了个四目相对，就听这屋里一声尖叫刺耳，紧接着阴风一卷，油灯顿时灭了，整个屋子里漆黑一团，声息皆无。

崔老道和他的两个拜把子兄弟，吓得浑身上下都僵了，跟三个木头人相仿，一动也不敢动，等了好半天才哆哆嗦嗦点上油灯。一看屋门大开，麻袋中的大黄狼和董妃娘娘都不见了，四下里寂然无声，好似什么都没发生过一般。

石匠李长林和燕尾子都快吓傻了，目瞪口呆地问崔老道：“哥哥，这到底是怎么回事儿？”

崔老道也不比他们俩好多少，稳了稳心神说：“董妃的冤魂突然见到这只大黄狼，已经被吓得魂飞魄散、万劫不复，黄狼也被厉鬼所惊，道行一朝丧尽，逃走了同样是个死，即便不死，再想修炼也不易了。咱哥儿仨虽说保住了性命，可是道家收鬼、佛家度鬼，谁也不应该把谁给灭了。今天这件事做得太绝了，损了阴德，有违天道，将来咱们也得不了善终！”

4

崔老道说这番话，李长林和燕尾子两个人可都没往心里去，而今厉鬼已除，再无后顾之忧，将来的事又不在眼前。如今躲过大难，又得了董妃坟中的珍宝，远走高飞找个好地方一待，吃喝享乐快活下半辈子，过去这点臭底子再也无人知晓，怎么会得不了善终？两人只把崔老道的话当作了耳边风，根本没往心里去。等到天光放亮，各自带上了分得的贼赃，拜别崔老道，远走他乡，各奔东西。

这四个人都得了什么样一个结果呢？二臭虫吓死在董妃坟前不必再说，石匠李长林两眼一抹黑，说是远走高飞，却根本不知道该往哪儿走。他也没出过远门，天津卫不能再待了，北京城又不敢去，想来想去只好去了山东济南府。

济南府也是个一等一的繁华去处，有的是当铺和古董店。不过李长林是个直心眼儿，不懂道上的规矩，背了一口袋从董妃坟中掏出来的珍宝去古董店问价。掌柜上一眼下一眼打量了一番，瞧这位穿着打扮就是乡下来的，活脱脱一个怯老赶，身上能有什么值钱的东西？正想打发人撵出去，怎知李长林把一口袋东西哗啦往柜台上一倒，全是金银珠宝翡翠玛瑙，价值连城的奇珍异宝，映得满室生辉，连掌柜的带伙计全惊呆了。

李长林见识短，他这份贼赃价值最少，并不是崔老道和燕尾子糊弄他，都是他自己转圈挑出来的，却也是贵妃娘娘的陪葬，不说件件是奇珍异宝，随便哪一件也够瞧的。东西是真好，开古董店的却不敢收，因为做这路生意的懂眼，凭李长林这身打扮和这一口袋东西，摆明了不是好来的，怕收了贼赃惹来官司，到时候吃不了兜着走。李长林连进了几家古董店，没一个敢收的。结果买卖没做成，却被歹人盯上了，按江湖行话说这叫露了白，晚上住到旅店里让人割喉而死，珍宝全让歹人卷走了。

再说燕尾子，他本是天津卫有名的大盗，做贼的老手，黑白两道、官私两面的勾当了如指掌，不敢去济南府这样的大地方，因为山东省内眼明手快的警察都在那儿了，小地方又不好出手，于是带上贼赃跑到青岛。清末民初那会儿的青岛也了不得，有很多洋行，洋鬼子对中国的古董，特别是墓里出来的东西最感兴趣，也没什么忌讳，东西越邪性越喜欢。燕尾子做事谨慎，到了青岛也没敢把东西亮出来，先是四处转悠，熟悉道路，了解民情，把地方上的洋行和古董店转了一个遍，摸清自己手上这些东西的行市，再暗地里一件一件出手，把珍宝都换成了银元现钞。您想想那得是多少钱？燕尾子一下变成了腰缠万贯的巨富。他可不是省油的灯，想当年在天津卫做飞贼的时候，就留下一个花钱手敞的习惯。如今有钱了就更得花了，天天跟窑子里过夜，那真是夜夜笙歌、纸醉金迷。吃饭喝酒更别提了，一个人点一整桌鱼翅席，三口两口吃饱了，余下的都不要了，就这么糟践东西，整日里花天酒地，骄奢淫逸。可架不住太有钱了，这样折腾也没把他花穷了。钱多得没地方使，浑身上下都难受，开始耍钱、抽大烟，这两样一旦沾上，有多少钱也不够填，那都是陷人坑、无底洞。等他把钱挥霍光了，不得不重操旧业，还得当飞贼，但是身上的本领久不使用，全撂下了，别说翻墙了，跑几步都喘，再出去偷盗的时候失手被擒，当场就给拿住了。燕尾子是有字号的飞贼，知道他的人可是不少。官厅拿住了飞贼，当然是大功一件。而燕尾子落网之后，免不了问成死罪，押到十字街心挨了枪子儿。

崔老道辗转听闻两个兄弟都死了，当初结拜的四个人只剩下他一个，心知这是报应，自己早晚也得出事儿，把珍宝换来的钱全做了善事，自己一个大子儿也不敢用。他是后悔莫及，当初就不该起歪念。这才叫打不着狐狸反惹一身臊，不仅什么都没落着，还整天提心吊胆。好在过了半年，又有军阀去挖董妃坟，挖开之后里头当然什么都没有，唯有两具死尸。可军阀部队把这消息传出去，外界无人相信，都认为是军阀私吞了珍宝欲盖弥彰，结果军阀替崔老道他们背了黑锅。

第五章　大闹太原城（上）

1

崔老道本名崔道成，曾在龙虎山五雷殿偷看了两行半天书，实有“呼风唤雨、移山倒海”之能为，常以开周八百年的姜子牙和立汉四百载的张子房自比，气死诸葛亮，赛过刘伯温，号称“三枚金针安天下，一张铁嘴定太平；未卜先知高术士，祥殃有准半神仙”，无奈没有成仙了道的命，纵使有道法在身、玄窍在顶，却命浅福薄担不住，能耐再大也不敢用。起初崔老道心存侥幸，不甘吃苦受穷，贪图董地主家许下的好处，以为一次半次的不打紧，就给董妃娘娘指点了一个风水宝穴，使得董家财兴人旺、官运亨通，到头来不仅没挣到钱，还让董家打折了一条腿。后来腿是接上了，但是走路一瘸一拐，成了个跛子，一到阴天下雨便又酸又疼，虫咬鼠啃一般钻心地难受，下半辈子也好不了，得一直带进棺材，这就是报应！因为董地主有钱有势，交代接骨的郎中，给崔老道接骨治伤可以，却不准接好了，就让他这条腿瘸着，以后一走路就会想起不该招惹董家，让他记一辈子，到死也忘不了。

崔老道可不是省油的灯，实在咽不下这口窝囊气，明面上斗不过就来阴的，使损招儿破了董家的风水，又勾结了天津卫头一号的飞贼燕尾子，伙同石匠李长林、倒斗的二臭虫，来了一出“群贼夜闯董妃坟”，将董妃娘娘陪葬的珍宝拿取一空。不承想惹来无妄之灾，前前后后扔下三条人命，三个拜把子的兄弟都死于非命没得善终。崔老道知道这是报应，天道昭彰、善恶循环，谁也躲不过去，只好将所得贼赃舍给了粥场道观，全都做了善事，自己一个大子儿也没敢留。

燕尾子案发落网被枪毙之后，崔老道负案在身，免不了担惊受怕，唯恐官府追查到他，家也不敢回了。一想，不如逃到关外避避风头。他是急急如丧家之犬，惶惶如漏网之鱼，片刻也不敢耽搁，一路奔了辽东。

当年出门躲灾避祸的人，主要有这么几个去处，头一个便是关外。大清国倒台之后，关外匪盗成群，有几条枪就敢占山为王，一天一换旗，也不知道谁说了算。杀了人的土匪、越了货的强盗，躲入关外的深山老林之中，简直是鱼入大海、鸟上青天，官府再也擒拿不得，没地方找去了。除了东北以外，大西北、大西南，凡是山高水险、人迹罕至的去处，都是这些人的出路。崔老道在天津卫拖家带口，老的小的全靠他吃饭，不可能一去不回，无非暂避一时，躲过了这阵风头，他还得回家。沿路之上少不了饥餐渴饮、晓行夜宿，赶上荒洼野地，前不着村后不着店，找个土包子、草稞子也得忍一宿，险些喂了豺狼虎豹。逢村过店摇铃卖卦，蒙上一个是一个，对付一口饭吃，饥一顿饱一顿，说不完的惊险，道不尽的艰辛。

出山海关来到辽东地面儿上，两眼一抹黑，一个熟人没有。崔老道想先找个落脚的地方，哪儿的人多、热闹，他就奔哪儿去，好做生意。行行走走来至一处集市，崔老道脚踩生地、眼望生人，想到自己有家难回，凄凉之意涌上心头，不由得长叹一声。怪只怪钱财迷眼、猪油蒙心，一时昏了头，落到如今这个地步，心里甭提多后悔了。可这世上没有卖后悔药的，再想这些也是无用，眼下找个饭辙才是当务之急。

世上小庙能倒、大庙能败，唯独五脏庙的“香火”一天不可断。崔老道吃饭的家伙长在鼻子下边，凭着两行伶俐齿、三寸不烂舌，在哪儿都能做生意，只要是有人的地方，他就不愁吃不上饭。抖擞精神刚要往集市中走，耳听得身背后锣鼓喧天。崔老道回头一看，打远处来了一支接亲的队伍。前边一队吹鼓手开路，后随满汉执事，浩浩荡荡、喜气洋洋。当中一顶红呢子八抬龙凤大轿，轿夫们身穿大红，新裤子新鞋，胸前斜扎绸花，挺胸抬头、昂首阔步，走起路来又快又稳当，旁边有人给扶着轿杆。甭问，这是娘家哥哥、新郎的大舅子。轿子后边还有人给挑着灯，各式各样不一而足，什么叫官灯、串灯、子孙灯，排起一字长蛇阵，看得人眼花缭乱，可见没少花钱。崔老道眼珠子一转计上心来，掸去身上的尘土，紧走了几步候在路口，等接亲的队伍过来，迎上前去唱道：“新年新月接新人，大红喜字贴满门，天上财神来进宝，金花银树聚宝盆；增福增寿增禄仙，送子娘娘也来观，神仙不落凡间地，差派老道送吉言。”

接亲的队伍里有娘家人也有婆家人，都以为这个念喜歌的，是对方安排的老道，谁也没多问，对他礼敬有加。崔老道的脸皮比城墙拐角还厚，一瞧没人拦挡，还都挺客气，便混在队伍之中一路来到新郎家。

花轿到了门口，婆家这边先把院门关上，在门外设下喜案，上摆一张弓、三支箭，都拿大红绸子缠好了，桌前摆一个炭火盆、桌后放一个马鞍子，两旁吹吹打打、鼓乐齐鸣。高打轿帘，红毡铺地，一直到喜桌前，有老妈子上前搀扶新媳妇儿下轿，脚踩红毡从火盆上迈过去。新郎从喜案上拿起弓箭，作势朝新媳妇儿身上射三箭，以免新娘子是鬼怪变的。可也不想想，真要是妖魔鬼怪，凭这三支没头箭射得走吗？这还不算完，还得找人拎过一只大公鸡来，让新媳妇儿抡圆了胳膊，左右开弓给鸡几个大嘴巴，抽的大公鸡“咯咯”直叫，此为“鸡鸣富贵”。您说这鸡招谁惹谁了？等一套过场走下来，婆家院门大开，宾客们涌入其中，纷纷落座等候开席。

崔老道久走江湖，对这套东西了如指掌，他可不能闲着，仗着一身道袍，指指点点瞎忙活，忙完也找了张桌子坐下，今天这顿吃喝算有着落了。办喜事的主家挺阔，从大饭庄子请的“外台子”，在门口另搭起炉灶，开“四大扒”的席面，名为“四大扒”，可不止四道菜，“十二扒、十六扒”也有，给够了钱，想扒多少扒多少，但是统称“四大扒”，与“八大碗”齐名。一水儿的好东西，扒鸡、扒鸭、扒肘子，扒鱼、扒虾、扒海参，扒羊肉、扒牛肉、扒方肉，素的有扒面筋、扒全素、扒蟹黄白菜。全是提前做熟的，临上桌之前浇好了汤汁儿、靠透挂芡，一翻勺就能出锅。

摆上酒开了席，院子里可就热闹了，你给我倒酒，我给你夹菜，甭管认识不认识的，往酒桌上一坐，推杯换盏谈笑风生，还有人来给崔老道敬酒道谢。崔老道也不客气，这一路上饥餐渴饮，没吃什么像样的东西，见了四大扒的酒席，两只眼直往外喷火苗子，甩开腮帮子一通胡吃海塞。扒鸡就着肘子、方肉就着海参、丸子掰开了夹虾仁儿，恨只恨没多长两张嘴。正吃得兴起，忽听门口有人吵闹，其中一人大声嚷嚷：“妈了个巴子的，我真心实意过来道喜，你们狗眼看人低，怎么能往外撵我呢？别说我没告诉你们，大爷我可快发财了，到时候手指头缝儿里掉出来几个，就够给你们随份子的……”崔老道听明白了，原来也是个脸皮厚的，没钱随份子还想进来喝酒，心说：这位是谁呀？混不进来还想硬闯不成？他一边啃肘子一边抬眼观瞧，不看还则罢了，一看吓了一跳，暗道一声：赶紧让这位进来吃吧，再不吃可就吃不上了！

2

咱们说门口这位长什么样呢？人高马大的一条汉子，虎背熊腰，稳健身形，可是肚子大得出了号儿，低下头看不见自己的脚面，人没进门肚子先进来了。再往脸上瞧，面相也不错，天庭饱满，地阁方圆，鼻直口阔，大耳朝怀，只是一双三角眼，眉宇之间带有一股杀气，多半当过兵上过战场。崔老道一见此人大吃一惊，他开过玄窍，有一双道眼，只见这个大肚子黑气罩顶，身上全是妖气。

门口一吵一闹，主家就出来人了。以前专有一路人吃红白事，过来闹喜闹丧，混吃混喝不说，还得讹几个钱。谁家办事都图个顺当，不愿意跟这些人计较，大不了添双筷子，掏俩小钱儿破财免灾，也就没当个回事，而且到门口一看，还真认识这位。此人姓纪，外号纪大肚子，之前在军队当兵吃粮，后来部队落败溃散，没死的全跑了。他逃到这一带，在玉皇庙讨了个照看香火的差事，干一些“添香续油、打扫庙堂”的粗活儿。玉皇庙离这儿不远，低头不见抬头见的，今天这么好的日子，没必要伤和气。主家说了几句客套话，将纪大肚子让进院中。纪大肚子这才不嚷嚷了，气冲冲在院中一站，瞧见崔老道对面有个空位，走过来一屁股坐下，谁也不搭理，先抓起酒壶“咕咚咕咚”灌了几口，又端起碗来狼吞虎咽，那个没出息劲儿，比崔老道还不如。

崔老道也是好事，觉得此人身上颇有古怪，忍不住开口询问。纪大肚子行伍出身，对走江湖的道人高看一眼，说话倒也客气。他一边吃喝一边告诉崔老道，他是当兵吃粮的，半年前打了败仗，兵败如山倒，队伍打没了，弟兄们死的死伤的伤，长官也逃得不知去向了。他在战场上捡了条命，逃至此地玉皇庙，替人管香火，好歹混口饭吃。听说今天有娶媳妇儿的，好心好意过来道贺，只因掏不出份子钱，门口写帖的不让他进来。损王八犊子狗眼看人低，只认钱不认人，把他当成蹭吃蹭喝的了，可不知道他纪大肚子快当财主了！

崔老道暗自摇头，心说：你死到临头了，还指望发财？

他初来乍到，人生地不熟的，不想多生事端，有心不告诉纪大肚子，可是转念一想，自己遭了报应才逃至关外，如若指点纪大肚子一条活路，让他躲过此劫，岂不是阴功一件？适才听纪大肚子口口声声说快发大财了，倒不如借这个话头问他一个究竟。

纪大肚子应着崔老道的话，嘴里头也没闲着，连吃带喝，已是十分醉饱，听崔老道问他在哪儿发财，便得意地说：“不怕让道长得知，告诉您也不打紧，因为这个邪财，只有我纪大肚子敢拿，旁人可没这个福分。倒了半辈子的霉，也该转转运了。”

据他所说，他老家在关内，八月八生的，所以叫纪小八。小时候遭山贼劫掠，家里人全死光了，抢完东西杀完人，贼人又放起了一把大火，将屋舍烧成了白地。多亏他躲在水缸里，侥幸逃过一劫。从此四处行乞，偏偏又赶上荒年，残羹冷饭也要不来，只得挖野菜充饥，树根、草皮、死耗子，饿极了有什么吃什么。不知道误吃了什么，长成个累赘肚子，认识他的都以纪大肚子相称。后来为了谋生，上关外投了军，那个年头兵荒马乱，到处都在打仗，虽说枪林弹雨，脑袋别在裤腰带上，说不定哪天就丢了，可当兵的至少有口饱饭吃。

直到半年前部队打散了，他一个人落荒而逃。走到一片坟地，赶上天降大雨，黄豆大的雨点子打在身上“噼里啪啦”挺疼。他瞧见有个草棚，是上坟插柳之人歇脚用的。纪大肚子是当兵的，死人见的多了，不在乎坟地不坟地的，眼瞅这雨下冒了泡，一时半会儿止不住，就在草棚子下边歇脚。又饿又乏，迷迷糊糊打起了盹儿，再一睁眼已是深夜。此时风停雨住，但是云阴月暗，周围一片漆黑，偶尔传来一两声蛙鸣虫叫，更显幽寂。纪大肚子饥肠辘辘，再待下去非饿死不可，被迫摸黑赶路，想上前边找户人家讨口饭吃。哪知他刚一起身，就见一个坟头后边有光亮。

纪大肚子一愣，那是个啥玩意儿？他倒也不怕，扛过枪打过仗，在死人堆里爬出来多少次了，掉脑袋都不在乎，没有能把他吓住的东西。开始以为只是坟上的鬼火，转念一想不对，鬼火他不是没见过，多为蓝绿之色，可没有红的，况且鬼火忽明忽暗，不会这么亮。纪大肚子当时一拍脑袋：故老相传，金银财宝埋得久了会放光，该当我发财！他求财心切，摸过去一看，只见坟头后边有个窟窿，仅有碗口大小，不知什么东西在里边发光。

纪大肚子胆大包天，加之财迷了心窍忘了怕，悄悄拨开荒草，趴到坟窟窿前，用一只眼往里边看。他这一看之下，当场吃了一惊，坟中俨然一个小屋，只是比寻常的屋子小得多，却也有灶有炕家什齐全，炕上摆了炕桌，上点一盏油灯，灶上有口锅，墙上还糊了灶王爷的年画，只是件件皆小。锅中是个小胖小子，长得粉团也似，光着屁股，被红绳子捆住了挣脱不开，满脸是泪，身上直打哆嗦，一个劲儿地吭哧。屋中还有一个小脚老太太，盘腿儿坐在炕头上，黄裤子黄袄，黄帕裹头，两只小脚上穿着黑布鞋，嘴里叼个烟袋锅子，盯着小胖小子一脸的邪笑。纪大肚子看明白了，不知小脚老太太是什么鬼怪，多半要拿这小胖小子煮汤吃。他情急之下，将胳膊进去，一把抓住小孩拎了出来。

此时乌云移开，星斗重现，一轮明月照将下来，再借月光一看，手中哪有什么胖小子。纪大肚子使劲揉了揉眼，却是一根顶花带叶的大棒槌，已经长成了人形，有头有脸有胳膊有腿儿，上边拴着一根儿红线。他刚一打愣，小脚老太太也从坟窟窿中探出头来，月光下一张毛茸茸的尖脸，黑嘴岔子冒着油光，好大一只黄鼠狼子。如若换成旁人，见此情形早吓跑了，纪大肚子却把三角眼瞪得滚圆。他也是饿急了，除了大活人，没有不敢吃的，只当是个萝卜，三口两口将棒槌吃下去，连花带叶全进了肚子。

书中代言：坟窟窿中的大黄鼠狼子可有来头，正是崔老道请猎户曹家兄弟在小南河逮住的那只，多年道行一朝丧尽，不知怎么逃到关外，从背参的老客身边偷了一个大棒槌。俗话说“七两为参，八两为宝”。过去的秤是十六两为一斤，黄鼠狼子偷来的棒槌不下半斤，乃是不可多得的宝棒槌。正想躲在坟中吃了宝棒槌补一补道行，怎知还没下嘴，就被纪大肚子一把抢了去，眨眼之间连须带叶吃个精光。这个老黄鼠狼子已然成了精，眼中含泪对纪大肚子作揖下拜，求他吐出来一点半点，可别都给吃了。

纪大肚子听人说过棒槌大补，但是没觉得好吃，苦巴馊的没什么味儿，还不顶饿。一瞧怎么的，这还有个大黄鼠狼子，虽然说臊了点儿，那好歹也是肉，先拿它填饱了肚子，再扒下皮来卖几个钱，也能对付几天。当即吞了吞口水，伸手上前去捉。

自古说“神鬼怕恶人”，纪大肚子不仅没让黄鼠狼子吓住，反而想捉来吃了。老黄鼠狼子见势头不对，狠狠瞪了纪大肚子一眼，纵身蹿下坟头，逃了个无影无踪。纪大肚子扑了一个空，紧赶几步又没追上，只得由它去了。他走出了坟地没两步，但觉腹内燥热，浑身上下好似火烧一般，难受了一天一宿。

3

纪大肚子无处投奔，东一头西一头乱撞，一路讨饭流落到玉皇庙。玉皇庙规模不大，本来已经破败，前几年从外地来了两口子，重整神龛，再修庙门，留下来当了庙祝。这两口子四十岁上下，男称“太保”、女称“师娘”，说白了是俩神棍，皆穿大红色的法衣，上绣黑白阴阳鱼。太保头戴九梁道冠，师娘高绾牛心发髻，横插一根银簪，白晃晃、明亮亮。两口子见纪大肚子膀大腰圆，红光满面，可不像是个逃难的，怎么还要饭呢？纪大肚子并不隐瞒，把自己的事一五一十说了。他是行伍出身，以前在军中有粮有饷，吃得饱喝得足，由于打了败仗当了逃兵，又不会干别的，不得不到处要饭。而今脸色红润，多半是因为在坟地里吃了大棒槌。

庙祝两口子问明经过，彼此使了一个眼色，各自心领神会，收留纪大肚子在玉皇庙扫地，帮忙看管香火。纪大肚子巴不得有口饭吃，想都没想就应允了。有个地方住，总好过四处乞讨。他是在军队当过兵的人，干活儿他不怕，不过庙祝两口子不吃荤，一天两顿饭，清汤寡水的连个油星子也没有。纪大肚子受不了日复一日的粗茶淡饭，就想告辞离去。庙祝两口子见时机已到，告诉他："你吃了成形的宝棒槌，身上阳气重，且是大富大贵之命。眼下正有一条财路，想发这个财，非你不可，只是颇有风险。"

纪大肚子可没有不敢干的，俗话说"撑死胆大的，饿死胆小的，有多大胆子发多大财"，险中所得必定是大富贵，胆大的吃不了、胆小的吃不着，若是寻常的财路，早有别人占了，哪里轮得到他？就算天上掉馅儿饼也不能连醋碟儿、牙签儿、漱口水一块儿掉，想发财不可能不出力。他纪大肚子穷光棍儿一条，别的没有，就是胆大敢豁命，只要发得了财，上刀山下油锅、抽死签滚顶板，绝不会皱一皱眉头。道儿上规矩他也明白，得了富贵不能一个人独吞，当与太保、师娘平分。

庙祝两口子连连点头，又告诉他没有刀山油锅，其实也没什么风险，只要记住了一节，别睁眼就行。

纪大肚子说："不睁眼还不容易，我以为是刀枪丛中杀人放火的勾当，既然如此，全凭二位吩咐便是。"

庙祝两口子让纪大肚子沐浴更衣，找来一身戏袍让他换上，头上扎了一个冲天杵的小辫儿，绑上红头绳，打扮得如同菩萨身边的善财童子。扮好了来到庙堂中的一面墙壁前，师娘从头上取下银簪，双掌合拢二目紧闭，口中念念有词，掐诀念咒多时，猛然间一挥手，用银簪在墙上画了一道门，吩咐纪大肚子闭上眼跪爬进去。进了门伸出两只手在地上摸，无论摸到什么，抓在手中转身爬出来，途中千万别睁眼，否则有去无回。

纪大肚子一头雾水，不明白唱的这是哪一出，画在墙上的门如何进得去？虽说那门画得挺好，跟城门似的，两边还有门环，那不也是画在墙上的？墙壁上如若有门，又何必用银钗去画？他满腹狐疑不得要领，再看庙祝两口子跟护法似的，在画出的门旁一左一右闭目念咒，也不便多问，只好跪在地上，紧闭双眼往前爬，摸到墙上的门，一推居然开了，里面阴风惨惨，吹的人头发根子直往上竖，不知是个什么去处。纪大肚子为了能发财，也是豁出去了，仗起胆子爬进大门。但觉四周阴森冰冷，不由得打了个寒战，鸡皮疙瘩起了一层又一层。一边爬一边伸出双只手在地上摸索，不一会儿摸到个冰凉邦硬的东西，抓起来沉甸甸的，忙转头往回爬，忽觉身后走来一个人，似乎在他脖子后边吹气，吹得他毛发森竖、头皮子发麻。纪大肚子再也不敢久留，紧闭着双眼连滚带爬出了大门。只听师娘说道：“睁眼！”纪大肚子，睁开双眼一看，还是那间低矮的庙堂，银钗画在墙上的门却不见了，再低头看手上的东西，分明是一个黄澄澄的金元宝。

纪大肚子见财心喜，这么大一个金元宝，得值多少钱？却也没多想，以为庙祝两口子会使仙法，能够隔墙取物、点石成金。庙祝两口子说金元宝有纪大肚子一半，眼下可还不能用，得先埋在玉皇庙后殿，以免招来祸端，等把洞中的好东西全掏出来再说。到时候二一添作五，分了财宝各奔东西，你自去当你的财主。纪大肚子真以为快发财了，跪在地上千恩万谢。从那以后，一到夜里就让纪大肚子进去一趟，摸出来的非金即银。纪大肚子前几次还有些嘀咕，三五趟下来走顺了腿儿，什么也不在乎了。

攒下的金元宝越来越多，可是埋在玉皇庙后殿不能动，架不住整天不开荤。今天听说有人娶媳妇儿，他过来混一顿酒肉，肉没少吃，酒也没少喝，就藏不住心思了。再加上崔老道拿话往外引，就把玉皇庙摸宝之事全说了。

崔老道一听就明白了，庙祝两口子不是好东西，让纪大肚子进去摸宝的门中，指不定是个什么去处。纪大肚子财迷心窍，九牛二虎也拽不回头，劝他肯定没用，倒不如来个将计就计，就对纪大肚子说："贫道擅长相面，平生阅人多矣，然而面相之贵，无人可出阁下之右，且八字刚劲、势不可当，门中纵有凶险，也奈何不了你。下次不妨睁眼瞧瞧，带出一件最值钱的东西，就不用一趟一趟折腾了。"

纪大肚子一拍大腿："道长说得对，我也觉得闭上眼抓宝不过瘾。早一天发了大财，早一天回老家享福。今天我就按道长说的来！"他这个人不傻，但是心眼直，不会拐弯抹角，让崔老道几句话说得五迷三道，以为遇上了真人。两个人称兄道弟、无话不谈，酒足饭饱，出门拱手而别。纪大肚子惦记发财，一路奔玉皇庙而去。崔老道想看个结果，偷偷摸摸跟在后边。

放下崔老道不提，先说纪大肚子，酒是真没少喝，晕晕乎乎回到玉皇庙蒙头大睡。天色刚一黑，庙祝两口子就过来叫他，仍和往常一样，焚香沐浴，打扮成善财童子。师娘又是一通掐诀念咒，用银钗在墙上画出一道大门。纪大肚子轻车熟路，趴在地上推门而入。他往前爬了几步，想起崔老道的话，睁开双眼抬头一看，但见金光夺目，照得他头晕目眩，自己置身于一座巍峨的殿宇之中，遍地的奇珍异宝。纪大肚子眼花缭乱，心说：这是什么地方？皇上老爷子的金銮殿中怕也没有这么多珍宝！再抬眼观瞧，正对面的三蹬台阶之上绘有壁画，两员神将分列左右，身披金盔甲、肩衬金环坠，吞口兽、踏尾肥，狮子扣、前后勒，龙鳞片片起光辉。丝鸾带、系腰间，护心镜、如秋水，宝雕弓、悬左肋，虎头战靴金跟配。一个手持金鞭，一个怀抱金锏，威风凛凛、杀气腾腾。二将青面獠牙、额上生角，口若海碗、眼赛铜铃。纪大肚子不由得倒吸了一口冷气，这可不是神将，分明是把守酆都的鬼将！他这刚一愣神，大殿中的壁画鼓了，两员鬼将眼睛一瞪、须髯一摆，带起一阵阴风，下来擒拿纪大肚子。那两个鬼将手中的金鞭、金锏，比纪大肚子腰还粗，打山山能开、打地地能裂，打虎虎能死、打龙龙脱节，打到人身上，一下子就成肉饼了！

4

纪大肚子胆子虽大，可没见过这个阵势，直吓得魂飞天外，叫了一声“我的娘啊”，抹头就往外跑。可人要是犯了财迷，死都拦不住，他心想：这下完了，惊动了镇殿的将军，下次再进来势比登天，最后一锤子买卖，说什么也得再带点东西出去。半夜下馆子——有什么是什么吧！忙乱之中顺手搂上一个件大的，紧紧抱在怀中，闭上眼往前一滚，又回到了玉皇庙。纪大肚子真是吓坏了，趴在地上气喘如牛，话都说不出来了，看见画在墙上的大门没了，鬼将也没追出来，这才长出了一口气。他刚才急于逃命，顺手捡了一件大的带出来，以为是个金马驹子什么的，等把气儿喘匀了再一看，没想到非金非玉，只是个大葫芦，气得他一跺脚，直骂自己手臭。不过事已至此，后悔也没用，钱财虽好，那也得有命受用才行。凶神恶煞的镇殿将军仿佛还在眼前，打死他也不敢再去金殿中摸宝了。大葫芦再不值钱，好歹也是个物件儿，无多有少卖几个是几个吧，总好过什么都没带出来。

老时年间，讲究玩葫芦，大致分两种，一种是虫具，多用于养蝈蝈，根据外形品相不同，价格也是天差地别。平民百姓花几个大子儿也能玩儿，有钱的纨绔子弟，一二百两银子买一个，成天拿在手中把玩。当初“沙河刘”的葫芦皮质和器型最好，配上象牙口、玳瑁蒙，蝈蝈放在里头，叫出来的声音都不一样，格外清脆悦耳。历经三夏，先上色再包浆、挂瓷，无非拿布捌、用手盘，盘至红里透亮、亮里透红，怎么看怎么招人喜欢，这样的葫芦才值钱；还有一种是手捻儿，以周正古奇为上选，并且要有本的，也就是带原有的葫芦蒂，用红绳拴上，俗称叫“龙头”。手捻儿葫芦越小越值钱，这东西吃油，捏在手中捻玩，天长日久犹如琉璃。

纪大肚子拿出来的这个葫芦却不同，少说也有二尺多高，葫芦嘴儿已经去掉了，口上塞了一个软木塞儿，葫芦身上阴刻五雷符，里头不知装了什么，抱在手上十分沉重。

庙祝两口子接过大葫芦上下端详，看得那叫一个仔细。道门中人常自夸“袖里乾坤大，壶中日月长”，袖里乾坤暗指能掐会算、未卜先知，壶中日月则是说有长生不死的仙丹，这个壶就是葫芦。传说炼好的宝葫芦中自成乾坤，装一座城池也不在话下，所谓“道通天地、奥妙内藏”，乃是仙家的至宝。这个大葫芦如此沉重，其中莫非有宝？二人念及此处，捏住葫芦嘴上的塞子，手里一较劲儿，只听“砰”的一声，响起一道霹雳相仿，大葫芦中喷出一团烈火，庙祝两口子躲避不及，当场被烈焰裹住，滚倒在地，连声惨叫。纪大肚子也吓得够呛，一时手足无措，眼看庙祝夫妇变成了“火人儿”，有心上前扑打，无奈火势太猛，如何近得了前？那火来得快，去得也快，转眼之间庙堂中满是焦臭的气味，不见了庙祝两口子，地上只有两张烧焦的人皮。

纪大肚子惊骇莫名，鼻洼鬓角冷汗直流，愣在当场。正不知如何是好，就听“咣当”一声，庙门大开，由打外边抬腿迈步走进一人，来者并非旁人——江湖上人称铁嘴霸王活子牙的崔老道。

崔老道躲在外边看了多时，明白个八九不离十了，他对纪大肚子说：“庙祝两口了是成了精的人皮纸，见你是八月八的生辰，赶上八字有马骑，这样的人命大，你又吃了宝棒槌，身上阳气极重，便让你前去取宝，等你阳气耗尽，再结果了你。”

纪大肚子见了眼前的情形也不由得不信，从玉皇庙后殿中挖出那些金银财宝，想给崔老道分上一半，以此报答救命之恩。

崔老道忍住了没敢伸手，他知道自己压不住邪财，之前的报应还在眼前，纪大肚子这些金银又不是好得来的，倘若自己一时贪财，只怕报应立至，五雷轰顶也未可知。他对纪大肚子说：“阁下命不该绝，这才逢凶化吉，并非贫道之功。况且金银乃身外之物，我道门中人要来无用。”

纪大肚子对崔老道佩服得五体投地，富贵如尘埃、功名如浮云，这才是真正的高人！但是纪大肚子也是个仗义的人，不分崔老道一份钱财，实在觉得过意不去。崔老道推脱不掉，就要了那个大葫芦。一来已经空了，纪大肚子扔也是扔，他捡起不会有报应。二来这个大葫芦给别人没用，放着还碍事，他这种走江湖卖野药的火居道却用得上，到处招摇撞骗必须得有这么一个大葫芦。这是吃饭的家伙，挺一般的丹药放在里边，也可以当成灵丹妙药来卖，甭管你瞧什么病，他这葫芦里的药包治。

纪大肚子卷了一大包金银，决定回老家当财主，分别之际，请崔老道吃了顿饭。小地方没有大馆子，胡乱找了一家卖熏肉大饼的，没想到还真解馋，门口一大锅老汤用来熏肉，上百年没断火，饼烙出来外酥里嫩，分外的香甜，白口都吃不腻。再卷上熏肉、加上葱段，咬一口顺嘴流油，吃完再来一碗棒渣儿粥溜溜缝儿，不见得不如鱼翅席。

纪大肚子说：“崔道长，你别光忙活吃，大饼熏肉有的是，不够咱再要，你先听我说两句。咱爷们儿一见如故，可今日一别，不知啥年月再见了。我纪大肚子虽是行伍出身，斗大的字认不了半箩筐，可也知道遇高人不可交臂失之，我得求你给我来上一卦，问问我的前程如何。”

崔老道心里跟明镜似的，他相面算卦的那一套，无非在江湖上混饭吃的手段，人称十卦九不准，准的那一卦也是蒙上的。但是吃人家的嘴短，拿人家的手短，一口气吃了纪大肚子那么多的熏肉大饼，实在不好拒绝，只得说："贫道我还是那句话，八月初八降生的人福大命大，命书有云——八月八有马骑，你是上将军的命，不该当财主。"

崔老道信口一说，纪大肚子却认定遇上了高人，领受了这番话，对崔老道拜了再拜。他一路返回老家，用这些钱招兵买马、聚草屯粮，当上了割据一方的军阀首领。

到后文书，崔老道下山东巧遇纪大肚子，那只黄鼠狼子也找上门来报仇。此乃后话，按下不提。单说崔老道，在关外举目无亲，又赶上打仗，混口饭吃太难了。这等兵荒马乱的年头，去何处投亲靠友呢？崔老道想起天津卫的入海口有个小渔村，他在那儿有个亲戚，寻思不如来个灯下黑，去那个渔村躲上些时日，先避过了风头再说。于是背上大葫芦进了山海关。

5

崔老道躲灾的这个小渔村，相距天津城约有百十里地，地方不大，却颇有来头。据说这是当年托塔天王李靖镇守的老陈塘关，到后来退海还地，变成了一片大沙岗子，盐碱地和苇子塘遍布，种不了庄稼，当地村民多以晒盐、渔业为生。崔老道做贼心虚，只要听见外边有个风吹草动，他就心惊肉跳，害怕官厅派人来捉他，一个多月不敢出门，真可谓风声鹤唳、草木皆兵。见天儿在屋子窝着，坐得屁股都快长疮了，过了好些天，他觉得风声不那么紧了，才敢出去遛遛腿儿，到村子周围走一走。

这个渔村是一处入海口，周围挺荒凉，可毕竟是海边，礁石上有海蛎子、沙子里有小螃蟹、浅水里有海蜇、海带，全是唾手可得的东西，捡回去不用煎炒烹炸，舀上半锅海水，架起火来煮熟了，直接就能吃。崔老道溜达过去，正赶上此处水浅，有人在河道的淤泥中捡寻紫蟹。这是一种铜钱大小的螃蟹，仅在河海相交的地方才有，虽然个头儿不大，却称得上珍馐美味。以往说“吃尽穿绝天津卫”，当地人对吃喝格外在意，而老天津卫的人最讲究吃紫蟹银鱼，那也不是想吃就能吃得上，一年到头，只有这几天才有。崔道爷那是“腮帮子没肉，占便宜没够”，他的嘴又馋，如今这白捡的便宜，岂可等闲放过？急忙撸胳膊挽袖子，卷起裤腿儿下了河，怎知为了捡几只紫蟹解馋，却又惹下一场塌天的大祸！

老话讲“吃鱼吃虾，天津为家”，过去的天津卫最讲究吃河海两鲜，河有河蟹，海有海蟹，早年间就有“天津螃蟹镇江醋”的说法。人道是“秋蟹肥美，味甲天下”，这两样可都比不了紫蟹。紫蟹是被倒灌入河道中的海水带过来的，所谓“渡逆水而上”，外壳紫如猪肝，因此得名。大的紫蟹也不过与银元相仿，小的仅如铜钱一般，别看个头儿不大，但是饱满肥腴，皮薄而酥，肉嫩而细，蟹膏奇鲜无比。上谱的吃法叫“七星紫蟹”，在鸡蛋羹中嵌入七只紫蟹，再佐以葱、姜、花椒、花雕，摆在盘中形似北斗七星。蛋羹白嫩，蟹肉鲜香，这两样东西搭配在一起，入口滋味奇鲜、回味无穷，向来是大饭庄子的压桌菜，价钱也是够可以的，不是达官显贵吃不起。另一个吃法叫“银鱼紫蟹”，银鱼俗称“面条鱼”，顶多一根手指那么长，筷子粗细，河里海里都有。银鱼也好吃，称得起一鲜，可单吃银鱼，还够不上珍馐之味，怎么吃才好呢？非得支上一个锅子，锅底铺一层酸菜粉丝，再把银鱼和紫蟹码放好，倒进高汤去，见开就起锅，连吃带喝那个舒坦，给个神仙也不换。直到现在，很多大饭庄子仍有“银鱼紫蟹”这道菜，只不过“紫蟹”换成了“籽蟹”，那是用的河螃蟹，银鱼也只是鱼干。东西不是那个东西，材料不是那个材料，再也吃不出原来的味道了。不是不想用以前的东西，而是银鱼、紫蟹这两种东西已经灭绝了，想吃也没有了。因为天津卫处于九河下梢，经常发大水，一旦海河决堤，形成海水倒灌之势，天津城可就淹了。六十年代为了根治海河水患，将海河完全改了道，银鱼、紫蟹从此不复存在，任你有多大的本事，趁多少钱，也吃不上了。当年真有不少嘴馋的人，宁愿发大水被淹，也舍不得这口儿，您说这东西有多鲜？嘴有多馋？

咱们单说崔老道，这也是个馋鬼转世，“瘦狗鼻子尖，懒驴耳朵长”，瞧见河滩中有紫蟹可捡，乐得合不拢嘴，踮起瘸腿一蹦多高，鼻涕泡儿都美出来了。顺手拎起一个破篮子，水袜云履脱下来往怀中一塞，打上赤脚就下了河。此时入冬不久，天已经很冷了，崔老道光着两只脚往水里一杵，不由得打了一个寒战，两条腿疼得转筋，浑身都凉透了。可为了这张嘴，河水冰冷刺骨他也不在乎，低头猫腰在水中摸索。不到一个时辰，已经捉了多半篮子。崔老道的腿冻木了，脑子里却只寻思回去煮上满满一锅紫蟹，烫上一壶老酒，美美滋滋打一回牙祭，那是何等的享受，光想一想这口水都往下流。

崔老道越捡越高兴，越想越得意，光惦记怎么吃怎么喝怎么美了，没理会周围的情形。无意当中抬头一看，河道里只有他一个人，之前捡紫蟹的人都走了。他却并不在意，心想：海边的人不拿这些当好东西，你们走了更好，其余的全归我了。他也没往心里去，低下头自顾自地继续捉蟹。

正当此时，远方传来“隆隆”之声，有如闷雷滚滚。崔老道猛一抬头，但见天际波涛汹涌，浊浪起伏，可是吓了一跳。原来他只顾低头捡紫蟹，不知不觉走出了海挡。海挡形似城堤，由大石砌成，平常淹没在水中，只到了退潮之时才看得见。此时大浪翻滚而来，崔老道瘸了一条腿，跑得再快也快不过海潮，可又不能坐等潮水吞没，无奈只好扔下一篮子紫蟹，撒开腿抹头就往回跑。转过身一看，前边有几根丈许高的大石头墩子。崔老道听渔村中的人说过，这是海神庙的柱杵。

相传很多年前，九河入海之处的陈塘关有一座镇海龙王庙，如果没有这个庙，天津城早就让海水淹了。陈塘关海神庙下这几根巨大的柱杵石，被称为“通天柱”，将整座海神庙托在海上。早年间香火十分旺盛，到后来由于几经战乱，又饱受海潮冲击，加之年久失修，以至于庙宇崩塌，没于海中，仅在海边留下几根石柱。

崔老道心知他这两条腿，快不过来势汹汹的海潮，也是急中生智，爬到丈许高的柱杵上，或许躲得过一死。正急匆匆跑过去，怎知脚下一绊，摔了一个狗啃泥。这一下可把崔老道摔得够呛，身上脸上全是泥水，浑身上下都湿透了，要多狼狈有多狼狈。崔道爷心下叫苦，挣扎起身之际，摸到泥水中有个大铁环，似乎嵌在一块大石板上。他心中好奇，拽了两下没拽动，忽然心念一闪：下边是海神庙的地宫不成？

书中代言，此地宫非彼地宫。不仅皇陵下边有地宫，以前的寺庙里也有，规模通常都不大，相当于一个大地窨子。庙里有什么好东西，都放在这里头，是个埋宝的去处。镇海龙王庙是没了，下边的地宫却说不定还在。崔老道当时只顾逃命，来不及再看，手忙脚乱爬上另一根石柱，这口气还没喘匀，转眼间海潮已至。

万幸潮水并未将石柱完全淹没，崔老道在上边忍饥受冻躲了一宿，哆哆嗦嗦，又冷又饿，等到退了潮这才下来。紫蟹没吃上，嘴唇却冻紫了。回到渔村换上一件破衣裳，又喝了半碗热粥，躺在炕上缓了半天，身上方才暖和过来，翻来覆去只在想海神庙下头一定埋了好东西，这就惦记上了。他自知没有富贵之命，却又不甘心，还自己给自己讲理，真要不该我发财，老天爷也不会让铁环把我绊一个大跟头，可见此乃天意。何况这一次不比上次，龙王庙塌了至少上百年，地宫中的东西早已是无主之物，取出来不该有报应，当取不取，过后莫悔！

崔老道好了伤疤忘了疼，贪念一起，把别的全忘了，当下出了门。明知凭他一个人的力气，无论如何也拽不动地宫的盖子，趁邻舍不备，偷偷摸摸牵走一头大骡子，直奔海挡的柱杵去了。他之前都合计好了，借退潮的机会，牵了骡子从海挡上下去，按照记着的方位找到那个铁环，用绳子在骡子身上拴住了。谁知掌打脚踢骡子就是不动弹，他崔道爷岂能让这畜生挡了财路？顺手捡了个冒尖儿的海螺，使劲往骡子屁股上一扎。骡了可就不干了，“嗷”的一声尥蹶子往前蹿，一下子掀开了石板，下边露出一个黑乎乎的大洞。崔老道本有道眼，不过此时贪念当头将道眼遮了，往洞里头瞪眼看了半天，什么也瞧不出来，只见黑乎乎的一片。他正使劲儿往里边踅摸，却在此时，洞中闪过一道金光。

崔老道心中大喜，以为显宝了，当下不再迟疑，点上火折子照亮，迈步下了地洞。一层层的台阶都有半尺多高，洞道深达十几丈，尽头直通一处石室。他摸入石室之内，见当中摆放一面宝镜，镜中照不见人，却有百余道金光忽隐忽现、变幻不定。镜身上铸以金章宝篆、多是秘籍灵符，宝镜前斜压一杆金枪，枪杆约鹅蛋粗细，六尺多长，枪尖锋锐绝伦。崔老道行走江湖多年，可从没见过这等宝物，不知是哪朝哪代留下的金枪、宝镜！

财迷心窍的崔老道乐得一蹦多高，心说：合该这是我的财啊！喜滋滋走上前用力去抬，却如蚍蜉撼树一般，宝镜纹丝没动。崔老道犯了难，身单力孤还瘸了一条腿，如何将宝镜抬上去呢？他想起偷来的骡子还在上头，急忙去洞口牵骡子，想用骡子将宝镜拽出去。怎知这大骡子太倔了，死活不肯往洞里走，和崔老道在洞口较上劲儿了。任凭崔老道如何打骂，这牲口却是不进反退，后来给打急了，索性挣脱缰绳一溜烟儿跑了。崔老道这下没咒念了，不得已再次下到洞中。他知道宝镜过于沉重，凭他一人之力无论如何也抬不出去，心下合计：自古道便宜不可占尽，贫道也不敢贪得无厌，不如留下宝镜，只取走金枪也罢！

崔老道想得挺好，伸出双手握住宝镜前的金枪往怀里拽，怎知金枪也沉重无比，他这一抬没抬动，金枪反而从宝镜上倒落下来。只听山崩似的一声响，枪折镜裂，从中飞出百余道金光，在石室中撞壁乱窜，带起一片黑气，直奔洞口而去，眨眼不见踪迹，石室之中登时漆黑一片。崔老道大惊失色，忙又点上火折子，借火光四下里一看，地上的断枪残镜均已锈蚀斑驳，与寻常铜枪、铜镜无异。他心中贪念一去，道眼又开，这才恍然大悟。金枪封住宝镜中一个鬼怪，此怪金睛百眼，百里之内无所不见，是什么东西变的，到底是鬼还是怪，那可不知道了，年头儿太多了，至少几百年了，上千年也有可能。只因崔老道一时贪财，把金睛百眼怪放了出去。

崔老道见大事不好，暗暗叫自己的名字：“崔道成啊崔道成，你放着地上的祸不惹，非去惹天上的祸，在龙王庙下放走了这个东西，可比挖十座坟的报应都大，这便如何是好？”他心知肚明，金睛百眼怪被金枪、宝镜镇在海神庙下多年，此一去定会兴妖作怪，无论害死多少条人命，惹下多大的乱子，都得记在他崔老道头上。到时候得有多少孤魂野鬼找上他？一人一块肉都不够分的！

念及此处，崔老道从头凉到脚了。无奈事已至此，再后悔也来不及了，自己惹的祸，只能自己去平。崔老道回去之后闭门不出，坐在屋中起了一卦。这次使上了真本事，卦象应在山西太原府。崔老道免不了前去降妖捉怪，由此引出一段精彩回目——“关帝庙前乱点兵，斩将封神闹太原”。

6

崔老道心知金睛百眼怪厉害无比，一定是之前灭不掉，不得已才用金枪、宝镜封在龙王庙下，道行绝对小不了。凭他一个人两手空空，追去太原城也没用。降妖捉怪离不开法宝，崔老道只有个空葫芦，这可不够用的。他想起天津城里还有另一件法宝，眼下刚好合用，又听说董妃坟的风头过去了，连夜潜回天津城。转天一大早，顶门来到城北最大的一家“小点儿当铺”。当铺的小学徒刚下门板，他就往里挤。

在天津卫提起小点儿当铺，那可了不得。二十年前刚开张的时候，门面不大，就这么一间房，仅有一个站柜的外加一个写账先生，好东西收不起，只收老百姓的物件。比如什么虫嗑鼠咬光板无毛的破皮袄、半拉锅盖、没把儿炒勺之类。后来买卖越干越大，一间门面不够用，找人看好了风水，买下荒废的韦陀庙，起了一个前后两进的大院子，正当中连三间的房子做生意，后边左右的偏殿改成了库房，存放当押的东西。

“小点当铺”门前立着一面大影壁墙，正中间一个大红的“当”字。以往在门口立影壁墙的非官即富，要么是衙门口儿，好让门前过往之人瞧不见里边。做买卖开店的可没这么干的，整天迎来送往，门前立一面影壁墙，岂不挡了生意财路，你让人进还是不让人进呢？但是当铺例外，门前非得有个遮挡不可，皆因为来当东西的都是为难着窄之人，一时钱不凑手才来当东西。在当铺中跟柜上来回来去讨价还价，个顶个一脸的窘迫，门前有一道影壁墙，可以避免让过路的熟人看见，给他们留上几分脸面。

说完了门口，咱再说柜上。连三间的房子，头柜在当中，二、三柜分别在左右，一个柜上一个掌柜。头柜专收珠宝首饰、古玩字画，要求眼力好，一眼能看出真假、估出价钱，还得擅长察言观色，一瞧来当东西这位满脸奸猾之相，长得贼眉鼠眼的，身上穿的也寒碜，却掏出一个湛青碧绿的翡翠镯子来当，那肯定不是好来的，指不定打哪儿偷的，行话这叫“小道货”。这样的东西再好、价钱再低，柜上也不敢收。万一官府查下来，担不起收取贼赃的罪过。因此大柜是小点儿当铺的东家自己站，换了外人不放心。

二柜收高档的衣服、帽子，绫罗绸缎、各式皮货，也都是值钱的东西；三柜专收老百姓的东西，棉衣被褥、锅碗瓢盆之类，东西虽不值钱，这个柜却最忙。来当的毕竟还是穷人居多，赶上家里有个生老病死，没钱抓药看病、买棺材发送的，也只能把家里的破东烂西送进当铺，给不了仨瓜俩枣的，一般也就不赎了。小点儿当铺三柜上还有一个“三不当”的规矩，怎么个三不当呢？神袍戏衣不当、旗锣伞扇不当、低潮首饰不当。不收神袍戏衣，是以免收来死人的寿衣、殓服；旗锣伞扇卖不出去，况且这路东西，不是庙里的就是官家的，以前的当铺不敢收；低潮首饰指过时的零碎儿，并非单指首饰。

小点儿当铺店大欺客，没有迎来送往，干的是大爷买卖，跟谁都不客气。因为他是掏钱的，掌柜的派头儿十足，从来不拿正眼看人。平时值十块钱的东西，在他柜上当出半块钱都算多的，给你多少是多少，绝没有讨价还价的余地，嫌给的少您请便，当铺还不愿意伺候您呢！说趁火打劫也不为过，比明抢多少好那么一点儿。

一般的东西三年不赎即为死当，也叫绝户当，当铺自行处理，能卖多少钱卖多少钱，都是当铺的进项，与本家再无瓜葛。古玩玉器则周年为满，过一年不赎就归当铺了，这里头的利润最大。赎当得给当铺交利钱，当初拿了二两银子走，转天再来赎至少得给二两五，押的日子越长，利息越高，说白了这也是高利贷，只不过东西你可以不要了。开当票的时候更可气，你爱当不当，反正不是他急等着用钱，磨磨蹭蹭、慢慢吞吞，你越着急他越不着急。

等双方说妥了价钱，掌柜的就会“唱当票”，也没什么曲牌、辙口，就是阴阳怪气不好好说话。唱之前先喊一句“写”，声音拉得老长。这时候写账的先生就铺好了纸，毛笔上蘸饱了墨，在那儿准备开写。掌柜的唱票，免不了褒贬一下这件东西，比方说这位来当一件皮袄，全新的没上过身，他也得说：“虫吃鼠咬，光板无毛，缺襟短袖，少纽无扣，破皮袄一件，当大洋两块半。”为什么这么写呢？因为东西放在当铺也不保险，万一让耗子啃了虫子蛀了，赎当之时没有当铺的责任，之前写成了黑纸白字，省得赎当的找麻烦。可这么喊谁也不愿意听，再加上掌柜的给钱又少，还摇头晃脑故意拉长声气人，当东西来的心里都别扭。真有那脾气不好的主儿，把东西抢回来再给掌柜的俩大耳刮子，那可也是白挨。所以小点儿当铺的拦柜特别高，掌柜的在里边，只留一个小窗户口，连接东西再说话，一来在气势上压人一头，二来也是为了避免挨打。

因此，小点儿当铺买卖干得挺大，名声可不大好。崔老道想在当铺中取一件降妖的法宝，可他一没当票，二没钱，瞪眼儿来柜上讨要，人家肯定是不给。万一赶上掌柜的头天晚上没睡好觉让老婆骂了，再加上半夜下地踩了夜壶，兴许还得给他打出来。可也是迫于无奈，没有当铺中的这件法宝，降不住太原城中的鬼怪，只好硬着头皮挤进门来，冲柜上打了一躬，口诵一声道号："无量天尊，贫道有礼了……"正待花言巧语要嘴皮子，却见一个小伙计慌慌张张从后门跑进来，低声对掌柜的说了几句话，掌柜的还没顾上搭理崔老道呢，听完了之后"嘶"的一声嘬了嘬牙花子，眉头拧成了肉疙瘩。

崔老道支起耳朵一听，心说：原来如此，真可谓来得早不如来得巧，想吃冰就下雹子，这件法宝是贫道我的了！

7

那位说怎么回事儿呢？什么让崔道爷这么高兴？原来小点儿当铺最近闹耗子，想了不少法子，可纵猫下药都没用，耗子越来越多，把库中的东西咬坏了不少。旧时有这么几路买卖怕耗子，头一个是粮行，仓中米粮堆积如山，成群结队的耗子进来一吃，一宿过去少说损失百十来斤。这还不说，买米买面的一看米面之中净是老鼠屎，当时就得骂街。再有一个是布铺，耗子虽然不吃布，可成捆的布匹中有木头轴，正好用来磨牙，它这一磨牙不要紧，这一整匹布就大窟窿小眼子变成了碎布头儿。不过最怕耗子的还得说是当铺，当铺中存东西的库房叫“长生库”，这里头什么都有，单夹皮棉纱各种衣服，绫罗绸缎、笔筒帽镜各式木制的摆设。耗子嗑东西不问价钱，它没这么仁义，专拣好的下嘴，沉香木的笔筒、花梨木的镇纸、小叶檀的帽镜，这都适合磨牙。它过去来上这么几口，东西就毁了，赎当的时候准得打架。虽说当铺里有“虫蛀鼠咬各安天命”的规矩，那也只是为了避免扯皮，零零星星损坏一件两件东西在所难免。如若从你这儿赎出来的东西全都是坏的，那可说不过去了，以后哪里还有主顾，谁还敢上你这儿当东西？

小点儿当铺那么大的买卖，库房中的东西堆成了山，头几年也闹过耗子，可没这一次闹得邪乎。尤其是西边的这间库房，几乎变成了耗子窝。成群结队的耗子白昼出没，见了人都不躲，直接从脚面上爬过去。地上全是耗子，人倒是没处下脚了。伙计们什么活儿都干不了，成天全在库房里打耗子，那也打不绝，反而越打越多，照这样下去，长生库非给嗑光了不可。

崔老道得知长生库中闹耗子，心说：我正不知道怎么张嘴呢，这下妥了。眉头一皱计上心来，端起架子说：“贫道正为此事而来，算准了贵号有此灾患。你们的法子不灵，非得我出手才能让耗子彻底绝迹，再找出一只来，贫道把它活吃了。”

掌柜的和伙计面面相觑，都是家门口子的，谁不认得崔老道？他一个凭江湖伎俩卖卦的火居道，纵有降妖捉怪之能，却没听说过也会逮耗子。

崔老道说：“五大仙家狐黄白柳灰，耗子也是其中一家，此乃贫道师传的本领。”

掌柜的一想也对，又问崔老道：“道长做这场法事要多少钱？”

崔老道哈哈一笑，大言不惭地说：“掌柜的，您说这个话，可就把我道门中人看低了。吾辈清静无为、见素抱朴，岂会贪图钱财？”

掌柜的往地上啐了一口：“呸，水贼过河甭使狗刨儿，咱这本乡本土的，住一个家门口子也不是一天两天一年两年了。低头不见抬头见，谁还不知道谁？崔道爷你如实说吧，把这耗子除了，我得出多少钱？”

崔老道一摆手说：“老道我可没跟您逗闷子，当真分文不取，只不过掌柜的您也是外场人，不赏几个肯定过意不去。我倒是有个主意，您看这样成不成。贫道别的不要，只求西库中的一件物事。”

当铺掌柜的是个老财迷，不是吝啬刻薄的人也干不了这一行，家里铜钱都得拿铁丝穿在肋巴条上，用的时候再一个一个往下扽，摘一个下来挂着血丝儿，连肝带肺没有不疼的。听崔老道如此一说，心想：东边库房里的东西不能随便给，那都是值钱的，西边库房的耗子闹得太厉害，东西已经挪走了，只留下一些不值钱的死当，无非是破衣服、破被子，那些个破东烂西给了崔老道也没什么。你横不能把这房子搬走吧？合计好了点头应允，告诉崔老道：“咱们一言为定，你把长生库的耗子除尽了，西库的东西让你任选一件。”

崔老道等的就是这句话，当下让伙计们准备一切应用之物，待到天黑之后作法，天亮之前准让耗子绝迹。

当铺中的人都以为崔老道吹牛说大话。耗子可不好逮，有个窟窿就能钻，有个墙缝也能进，顺柱子一跑又上了房，我们这儿都打了多少天了，不仅没见少，反而越打越多，你一宿逮个十只八只的，或许勉强可以，可要说彻底剿除，谁敢拍这个胸脯？再者说了，看看崔老道准备的这些东西，一不用夹子，二不用笼子，也没说下药，而是施展道法，真是开天辟地头一遭。那耗子是看得懂符还是听得懂咒？这不装神弄鬼蒙事吗？一众人只等天亮了看笑话，瞧瞧这位崔道爷如何收场。

崔老道却不是信口胡言，说得出就做得到，没有三把神沙不敢倒反西岐。他当然不敢使用道法，只是行走江湖日久，身上歪门邪道的本事不少，有这么一个偏方。用细麦粉烙几张饼，饼烙好了拿出锅来，以毛笔蘸朱砂在饼上写七个字，这七个字都有“鬼”字旁，近似于魑魅魍魉之类的，可谁都不认识。写好了字一张饼切四块，四个屋角各放一块，只用一宿，屋里的耗子有多少是多少，都得吐血毙命，一个也活不了。据说此法百试百灵，崔老道却不想杀生太过，耗子也在五大仙家之列，犯不上赶尽杀绝，因此他在饼上写符的时候，七个字中的“鬼”字边都不挑勾，而是长长地甩出一笔，等于留了一条生路。

转天清晨天还没亮，就见当铺中的耗子一个个神色慌张，跟过洪水似的连成了片，数不清到底有多少，争先恐后往外逃窜，转眼逃得一空。掌柜的和伙计们都傻眼了，他们哪见过这个阵势，瞪得眼珠子都快掉出来了。看来这崔老道不只会吹牛，还真有两下子，这下彻底服了，不敢不认账，把崔老道请到西库。小点儿当铺的西库，以前是韦陀庙的偏殿。韦陀神像手中必有金刚降魔杵，这里头有个讲究，如果韦陀肩扛降魔杵，必定是座大寺，可以接纳云游到此的僧众白吃白喝三天。手捧降魔杵的寺庙多为中等规模，而将降魔杵倒摁在地上，则是地方上的小庙。这座韦陀庙的中的韦陀菩萨手中平端降魔杵，那是一座不大不小的庙宇，庙宇荒废之后，殿中的神像斜倒、供桌大半塌毁，如今当成了存当的库房。

小点儿当铺掌柜的财迷，放在这间屋子里的东西都是破破烂烂，也就没舍得收拾，以前什么样如今还什么样。众人出去好奇，都挤进来看个究竟。这里边哪有值钱的东西，崔老道想要什么呢？只见崔道爷不慌不忙进得屋来，让伙计帮忙扶正了韦陀的金身，挽起袖口伸手往神龛中摸了一摸，掏出一个铁盒，打开一看是百余枚钢针，不是绣花针，近似于纳鞋底子的大针。崔老道心说：就是它了。用布包好了揣在怀中。掌柜的和伙计们莫名其妙，敢情这位崔道爷就要这个啊！不知铁盒钢针是韦陀庙中原有的东西，还是扔在犄角旮旯的死当，可又不是值钱的玩意儿，拿去就拿去吧，咱倒是捡了个便宜。

书中代言，铁盒中的百余枚钢针乃是韦陀庙镇殿的法器，可以降妖却不能灭鬼。崔老道自此以后一辈子降妖捉怪，全凭铁盒中的钢针。崔老道怀揣铁盒出离了当铺，不敢再多做耽搁，背上天雷地火大葫芦，马不停蹄赶去太原城捉妖。

咱再说两句“小点儿当铺”。打从崔老道从西库中取走了铁盒钢针，买卖一天不如一天，不久遭了一把大火，整个当铺从里到外烧成了一片白地。这是有名的“火烧小点儿当铺”，天津卫至今还有很多上岁数的人记得，那把火烧得甭提多干净了。按旧时当铺的规矩，着火不要紧，谁家也难保不走水，但只要牌匾还在，烧毁的东西都得赔给人家，凡是来赎当的，该多少是多少，全按当票上写的来。如果说连牌匾也烧没了，那就统统不赔了，这叫天灾人祸不论。小点儿当铺这把火着的邪门，从里到外烧成了白地，这块牌匾却完好无损。这么大的火，谁也瞒不住，在这儿当过东西的人都拿当票来索赔，门口排起了长龙，都是要钱的。掌柜的欲哭无泪，心说：早知道我再加把火连牌匾一块烧了也就省心了。后悔归后悔，难受归难受，该赔也得赔啊！掏空这几十年积攒下来的家底儿才刚够赔的，偌大一个小点儿当铺，转眼间就落败了。

回过头接着说崔老道。背上大葫芦出了城门，一路之上免不了饥餐渴饮、晓行夜宿。常言道“在家千日好，出门一时难”。守家在地虽然淡泊，却不必担惊受怕；若到外方行走，陆路有鞍马之劳，又有虎豹豺狼，还要提防响马草寇、剪径的强盗；水路有波涛之险，又有蛟龙鱼鳖，更须防范钻舱的水贼抽帮打劫。真可以说是“不历风波险、不知行路难”。崔老道雇不起鞍马舟车，腿儿着去太原城，凭借三寸不烂之舌，逢村过店摇铃卖卦，挣了盘缠继续赶路。说话这是在民国初年，城里人信这一套的少了，乡下人仍是迷信的居多，但凡是家里有个大事小情的，首先想到的就是找个高人问问，到底该怎么办才好，如何才能趋吉辟凶；家里东西找不着了，也求他们指点。最可气的就是有一路失目的先生摇铃算卦帮人找东西，你说你瞪俩大眼都找不着，他瞎摸合眼的不纯属蒙人吗？这还是家里有事儿的，没事儿的也得问问，要不然心里没着没落的。正好崔老道又是从天津卫出来的，惯于信口雌黄、胡吹乱侃，途中对付一口吃喝倒也不难。

简短截说，崔老道打天津卫出来，走霸州、容城、徐水、保定，过定州、新乐，进石家庄，又往西走到了阳泉，出直隶进入了山西地界，再往前走过了寿阳，紧赶慢赶马不停蹄，这一日终于来到了太原城外。

太原控带山河、襟冲四塞，乃古来兵家必争之地，龙盘虎踞、风云际会，曾经几度兴盛、几度衰败。山西人最会做生意，因此城中商贾云集，南来的北走的做买的做卖的，好一番热闹景象。崔老道在城下用道眼一看，但见尘世滚滚、车马纷纷，却瞧不出何处有妖气，想必那个妖怪受困太久，可能找地方躲起来了，一时还不敢出来吃人。无奈城中军民众多、千家万户、熙来攘往，又没个头绪，却叫人如何找寻？总不能挨家敲门去看，那非让人打出来不可。崔老道无计可施，摸了摸身上还有几个铜子儿，心想：既来之，则安之，已然到了山西，急也不急在一时，贫道我先来上一碗刀削面，等吃饱喝足了，再从容计较不迟。当下打起十二分的精神，整顿道袍道冠，掸去一路风尘，昂首迈步进了城门，这才要大闹太原城！

8

山西的刀削面四海驰名，还得配上山西老陈醋，当地的陈醋讲究“三伏暴晒，三九捞冰”，入口甜香绵软，倒出来黑中透紫，跟茄子皮一个颜色，干喝都上瘾。吃刀削面离不开老陈醋，还要放足了辣油，一碗面下去满头大汗，酣畅淋漓，从里到外那么舒坦。

崔老道吃不起讲究的，也进不起大饭庄子，随便找了一家门脸儿不大的面馆。您可别看这面馆小，味道却一点儿不差。这地方是刀削面的窝子，城里大大小小的面馆不计其数、多如牛毛，各有各的绝活儿，味道不好可干不下去。崔道爷掸去身上的尘土，迈步进屋坐定了。面馆的小伙计见来了客人，赶忙上来招呼。崔老道实实在在地点了一大碗刀削面，狼吞虎咽吃完了，还觉得没解馋，干脆又来了一大碗。实实在在两大碗刀削面吃下去，撑得肚子溜圆，只好扶着墙出去。正好吹来一阵风，将他头上的道冠吹掉了，想捡弯不下腰，又舍不得扔下，这可是吃饭的行头。崔老道真有主意，用脚踢着道冠一路往前走，什么时候肚子里的东西遛下去了，什么时候再捡。削面馆的小伙计出来倒水，见崔老道一边踢帽子一边往前走，不知练的什么功，但是看这意思准是削面吃多了，忙端来一碗面汤让崔老道喝下去，又把道冠给他捡了起来。打这儿开始崔老道才明白，刀削面不能吃到十成饱，吃完了喝碗面汤，这叫原汤化原食。以后他再吃完刀削面，必定会连喝三碗不要钱的面汤。

咱先不提后话，且说崔老道喝完了面汤，心下思量：此时刚过晌午，何不摆上卦摊做生意，挣几个住宿、吃饭的钱？大街之上南来北往的人这么多，也方便打听消息。不过太原城中不比乡下，按以前跑江湖做生意的规矩，为了避免黑白两道找麻烦，初来乍到必须先去拜会地方上的地保。自古说“不怕官，只怕管”，强龙尚且不压地头蛇。地保虽然没有官衔，也不穿官衣，但要是不把这种人打点好了，你甭想在这儿混饭吃。

崔老道一想，就这么办吧！可他初来乍到，谁也不认识，就跟给他送面汤的小伙计打听，太原城中什么地方热闹，地保又是哪一位？

小伙计成天迎来送往挺愿意搭话，为人也本分厚道，又作兴崔老道这样的出家人，虽说腿有点儿瘸，却也仙风道骨谈吐非常，当下把地方上的情况给崔老道说了一遍。打把式卖艺变戏法跑江湖的进了太原城，大多在关帝庙门前做买卖，那是城中最热闹的去处，干什么的都有，地保姓什么叫什么，上哪儿能找着他，怎么个脾气，怎么个禀性，事无巨细都说到了。

崔老道谢过小伙计，离开面馆前去拜见地保。问明白地面儿上的规矩，他是有师承门派的火居道，随身带有篆书，可以让当地的道观给他作保，说好了到日子有一份孝敬，地保当然也不会为难他，这才去关帝庙前摆摊儿。关二爷温酒斩华雄、杀颜良诛文丑、过五关斩六将、千里走单骑，死后被世人奉为关圣帝君。山西太原城中的关帝庙，大大小小二十七座。咱说的这是其中最大的一座，庙中香火鼎盛，门前百业齐聚，说书算卦、相面测字、打把式变戏法，各路江湖买卖，干什么的都有，当真是热闹非常。崔老道不能抢别人的买卖，人家有摆卦摊儿的，自己就不能跟别人一样，得找没人干的。俗话说“艺多不压身”，崔老道肚囊宽绰，蒙钱的法子有的是。他在地上铺了一块白布，摆放一个签筒子，筒中六十四根竹签，分别对应文王六十四卦，各有卦名卦词。自己找了几块砖在后头一坐，等着买卖上门。他这个买卖叫求签，也叫摇卦。崔老道白天卖卦，夜里在关帝庙借宿，为的是三件事：其一，降妖捉怪必须有一个命硬之人，仅凭他崔老道可不成，须借摇签卖卦找出这样一个人；其二，关帝庙前热闹非凡，可以在此打探消息，太原城中有什么风吹草动也瞒不过他；其三，崔老道嘴太馋，关帝庙前有的是好吃的，还别说什么七大碟八大碗、平遥的牛肉、大同的兔头，单是各种面食，你一天吃一样，连吃三个月都不带重样的，崔老道打削面馆门口一过，哈喇子就能流下二尺长。

虽说崔老道初来乍到，脚踏生地、眼望生人，买卖倒是不错，因为摇卦的就这一份，以前从来没有过，来往的行人看着新鲜。崔老道又会招揽生意，摆好了卦摊儿，手拿一根树枝子，低头在地上画，一边画一边唱："画山难画山高，画树难画树梢，天上难画仰面的龙，地下难画无浪的水，美貌的佳人难画哭，庙里的小鬼儿难画笑……"引得过往之人驻足围观，想看这位要的什么把式。崔老道却不抬头，拿眼瞟着前边有多少只脚，一个人两只脚，数了数脚丫子，估摸围了几十个人了，他猛一抬头，胡乱点指其中一位："无量天尊，贫道等您多时了！"当时就能把这位说蒙了，这一手儿叫"韩信乱点兵"，也叫"迷魂掌"。这位还不知道怎么回事儿呢，当时就愣在那儿了，心说：你等我干什么，咱俩认识不成？崔老道再拿江湖话一绕，基本上就跑不了了，十个人之中少说也得有七八个上当的，过来掏几个钱抽上一签，崔老道就开张了。

崔老道这一筒六十四支卦签，仅有三支大吉、三支大凶，轻易地抽不上来，通常是说吉则吉、说凶则凶的平卦，怎么说怎么有，这就好骗人了。

看这位肥头大耳、满面油光，身上穿绸裹缎，两只手伸出来明晃晃十个大金镏子，摆明了是有钱的主儿，这样的最好办，抽出什么签都往好上说，给这位说高兴了，免不了多给几个赏钱，这一天就够吃够喝了；反过来，赶上抽签的是个穷人，看得出面黄肌瘦、三五天没吃过一顿饱饭，脑门子都饿绿了，俩眼珠子发凝，这样的主儿腰里顶多有几个铜钱，求签问卦无非是想转运。崔老道不用问也知道，穷人三大愁，一是没钱，二是没钱，三还是没钱，那就指给他一条“发财”的明路，这位信以为真，立马把身上的钱全掏给了崔老道。他却不想想，如若真有“明路”，崔老道为什么自己不去？这就是所谓的江湖伎俩。当时的太原城没有这路生意，老百姓瞧着新鲜，议论纷纷，都觉得远来的和尚会念经，外来的老道肯定也错不了，一来二去传开了，都说崔老道的卦灵，前来求签算卦的人络绎不绝。崔老道也没少捞钱，成天足吃足喝，太好的吃不起，上顿刀削面、下顿刀削面，打个嚏喷从鼻子眼儿里往外甩面条。虽说吃喝不愁，但是来到太原城这么多日子，一直没找到八字够硬的人，却也不免心焦。

这一天和往常一样，崔老道在关帝庙前摆好了摊，等到看热闹的人围拢上来，他猛然间一抬头，看见人丛中有这么一位，三十来岁，身子挺单薄，脸色苍白，眉宇之间隐隐约约有一层黑气。崔老道心说：得了，今天拿你开张了。当场点手一指：“说你呢，不用看别人，贫道等的正是你！”

这位一脸茫然，转头往两旁看了半天，见两边的人也都看他，才知道崔老道爷叫的是他，这位丈二和尚——摸不着头脑，双手抱拳行了一个礼：“道爷，你与我素不相识，等我干什么？”

崔老道一听心里有底了，这买卖成了，如果换一位明白人，直接来一句“你甭等我，该干什么干什么去”，他就没话可说了，因为这话没法接。可这位是个棒槌，不明白崔老道的纲口，这句话一接，就算搭上了，后边就全跟着崔老道的套路转了。

崔老道笑道：“不错，你我二人萍水相逢，贫道我却看得出，你是个积阴德的人，做的行当是三长两短……”他将最后这几个字拖得很长，一边说一边察言观色，瞥见这位脸上变颜变色，阴晴不定，两个眼珠子左右乱摆，心知又蒙对了，这叫“转睛则有、定睛则无”。如果这位听完了直愣愣地看着他，崔老道就得改词。书中代言，什么行当“三长两短”？说宽泛了，是在死人身上挣钱的，“三长两短”暗指棺材，因为捆棺材的皮条横三竖二。其实崔老道不知道此人是干什么行当的，只不过看对方面带煞气，身上有股子漆皮木料的气味，就把话往这上边引，没想到还真蒙上了。即便没蒙上，他也能拿话往回找。天底下三百六十行，他都能往“三长两短”四个字上套，还都能说出道理来，这就是走江湖卖卦的本领，没这两下子吃不上饭。话一出口见来人一脸吃惊，崔老道更有底了，上上下下打量一番此人，这个人的两只手又白又细，不是干重活儿的样子，指甲缝中有颜料，身上穿得也齐整，虽不是穿绸裹缎，至少没有补丁，提鼻子再一闻，漆皮味儿还挺重，当下说道：“如果贫道没看走眼，阁下是一位画棺材的漆匠。”

这位真是个画棺材的漆匠，一下子被说中了，对崔老道佩服得五体投地。以前讲究提前准备寿材，因为“棺材”有两个意思，这俩字得分开讲，人死了之后叫“棺”，人还活着的时候叫“材”。上的漆一年刷一遍，这么刷出来的漆皮不仅好看，而且厚实，埋于地下还可以防潮、防蛀。大户人家还得请匠人在寿材上作画，凭这路手艺吃饭的称为“漆匠”。干这个活儿不仅挣的钱多，还非常受人尊敬，是旧社会比较吃香的几个行当之一。手艺高明的漆匠，可以按照主家的情况画棺材，比如这家至孝，便在棺材上画“二十四孝”，到了阴间，阎王爷见是个孝子，必定不加责难，还有封赏；再比如这家八辈子种地，家境不错，可没出过一个念书识字的人，扁担倒了也不认得是个“一”，连自己的名字都不会写，就得让漆匠在棺材上画文房四宝，保佑后代儿孙出几个念书人，改改门风；或者这家主人羡仙慕道，成天在炉中炼丹修行，就得往棺材上画八仙过海，比喻得道飞升。最多的还是描龙画凤，并且以画龙最难，棺材上的龙“鼻要阔、角要冲、鳞要细、须要动”，画好了活灵活现，真可以说能从棺材上飞下来，画不好就成泥鳅了，要多难看有多难看，那不是添堵吗？画凤也要画“飞凤”，身披五色霞光、周围百鸟环绕，不能画成土鸡，让人看了膈应。咱们说的这位漆匠，看年纪三十上下，正是独当一面的岁数，他这个行当吃喝不愁，却不是大富大贵，这样的卦最不好算，往哪头儿说都费劲儿。

崔老道眼珠子一转有词儿了，先是奉承了几句，说画棺材积阴德，久后必当富贵，紧接着话锋一转，问这位的姻缘。这叫探口风，姻缘找不出岔子再问别的，一步一步套他的话，不愁找不出破绽。人生在世，无论穷通富贵，总有为难着窄之处，知道你为什么发愁，后边的话就好说了。

这一下正问到漆匠的短处，此人想媳妇儿都快想疯了，做梦都是这件事，干他这一行的虽说受人尊敬，却整天和棺材打交道，谁家有闺女愿意许给他？门不当户不对长得不好的，他又看不上，穷嫌富不要，两头儿够不着，三十好几了仍是光棍儿一条，出来进去就一个人，自己吃饱连狗都喂了，躺被窝里连个说话的都没有。此时让崔老道一句话问到了点子上，心下更是佩服，以为碰见活神仙了，急忙恳请崔老道指点一番。

崔老道一看说中了，心知这是到嘴的鸭子了，今儿的饭辙又有了，于是捧起签筒子让漆匠抽一支签。

漆匠咽了咽唾沫，两只手在衣襟上使劲儿搓了搓，小心翼翼接过签筒，摇了三摇、晃了三晃，“吧嗒”一声掉出一支卦签。他赶忙捡起来，用两只手托着，毕恭毕敬递到崔老道的面前。

崔老道本想蒙几个钱，上馆子吃刀削面去，这也出来大半天了，肚子正饿呢，没想到一看卦签大吃了一惊。这是支红头签，此签上上大吉，卦中四个字“鲤鱼化龙”！

第六章 大闹太原城（中）

1

崔老道来到太原城多半个月，在关帝庙门前摆下“文王六十四卦”，使出“韩信乱点兵”的江湖手段摆摊儿卖卦，除了填肚子之外，只为了找一个命硬之人，以便助他降妖捉怪。这天来了一位画棺材的漆匠，崔老道本想蒙几个钱把来人打发走，他好吃刀削面去，怎知漆匠从签筒中抽出一支卦签。崔老道接过来一看了不得，“文王六十四卦”虽是江湖上骗人的买卖，却也有几分灵验。这六十四支卦签分别对应六十四卦，多为中上、中平、中下之卦，红头的上上签仅有三支，非得是八字够硬、命里有福的人才抽得中，这可不多见。漆匠抽中的正是其中之一，此卦名为“鲤鱼化龙”。这一卦有讲，说的是一条大鲤鱼被网惊到，在龙门下一跃而过，化身为龙，主飞龙在天，乃是大吉之兆。正所谓“鲤鱼化龙喜气来，口舌疾病永无灾；愁疑从此都消散，祸门闭来福门开”。这支红头卦签上上大吉，竟让个画棺材的抽了出来。

崔老道一直坐在卦摊儿后的砖头上，看罢这支卦签，站起身来整了整袍冠，对漆匠深施一礼：“贵人，贫道贺喜了。”按江湖上的规矩，遇上抽中三支红头卦签的，都得给人家道喜，趁机也能多讨赏钱。

漆匠也知道此卦上上大吉，心下喜不自胜，真以为自己的时运到了，该当天上掉馅儿饼，让他连娶媳妇儿带发财，这一下全齐了。当场给了不少卦金，又把崔老道请到一个小饭馆，点了几个菜，烫了一壶酒，拜托崔老道好好指点一二，到底如何才能娶上媳妇儿，抱得美人归？

三杯酒下肚，还没等崔老道开口，漆匠先倒了一肚子苦水儿。他这个行当挣的钱够吃够喝，在外边干活儿也挺受人敬重，可是真不想干了，因为挣的是个辛苦钱，发财可指望不上。况且画棺材这个行当好说不好听，终究是挣死人的钱，尤其是三十多了还娶不上媳妇儿，已然受不了了，求崔老道给他指一条明路，改改行、换换门风，有没有身不动膀不摇就能发横财的行当？

崔老道心说：你当真是白日做梦，有那买卖我自己早去干了，还等你来问我？心里是这么想，嘴上可不能这么说，略一沉吟，对漆匠说：“你命中是该有一场大富贵，能否鲤鱼化龙在此一举。不过贫道我可不敢担保，怎么呢？富贵险中求，怕你没胆子去拿……”

漆匠眉毛一拧，眼珠子一瞪，拍胸脯子告诉崔老道：“道爷尽管放心，咱从小跟师父学手艺，棺材里睡觉那是家常便饭，不知道什么叫个怕。只要发得了财，娶得上美人，没有我不敢做的！您就直说让我干什么吧！”

崔老道点了点头，他来了半个多月，等的就是这么一位。为了找出躲在太原城中的妖怪，必须借胆大命硬之人再取一件法宝。他自己不敢去，自知没那个命，因为谁得了这件法宝，谁可以大富大贵，站着吃躺着喝，一辈子享不尽的富贵。到时候别说娶媳妇儿了，整个太原城的姑娘都随便你挑，三妻四妾不在话下。但是稍有闪失，就得把命搭上，后悔可也来不及了。画棺材的漆匠抽中了“鲤鱼化龙”的卦签，可见他命中该有一注大财，够得上鱼龙变化。崔老道指点漆匠：“你依贫道所言，出了太原城往东走，有一座乌金山。深山绝壁上有一个山洞，洞中有很多古灯，什么样的都有。那些灯再好你也别拿，只找一盏最不起眼儿的小红灯，你把灯取回来，下半世的荣华富贵……不求自得！”

漆匠听崔老道这番话说得云里雾里，也是不明所以：“道爷您是说，我下半世的大富大贵，只需上乌金山取一盏灯？那不是手到擒来吗，又有何难？”

崔老道说：“先别着急，等我把话说完了再走不迟。此一去不仅山高路险，洞中还有看守宝灯的山鬼，可以说凶险无比。贫道给你一张五雷天师符，揣在怀中不可离身，保你往来平安。找到宝灯赶紧下山，切记不可耽搁。”

漆匠依言揣上五雷天师符，拜别崔老道，回去备齐水粮绳索，转天一早直奔乌金山。此山又名龙王山，山势北高南低，层峦叠嶂，林涛呼啸，常有紫雾缭绕，平时罕有人至。漆匠按崔老道指点的方位，一路东去，找到深山中的一个洞口。

找是找着了，进去可不容易。这个山洞位于峭壁之上，上不着天下不着地。漆匠不过是一个画棺材的，想爬上去势比登天，只有先到山顶，放大绳把自己顺下来，方能进得洞去。漆匠想着发财娶媳妇儿，早将“怕”字忘到了一边，有这一口气顶着，脚步如飞往山顶上走。无奈山路崎岖陡峭，到了山顶天色已黑。漆匠等不到天亮，心想洞中不见天日，难分昼夜，半夜进去也没什么分别，当下找了一棵一抱多粗的老树拴上大绳，拽了几下拴得挺结实，便将另一头扎在腰里头，伸胳膊蹬腿没有半点绷挂之处，将长绳抛下悬崖，顺绳子溜到洞口。但见洞中漆黑一片，深不可测。

漆匠点了一支火把，借光亮摸进洞中，山洞忽宽忽窄、起起伏伏，越走越深，走了半天也没看见崔老道说的宝灯。心里纳闷儿脚底下却没停，又往前走出一段，见到一座宫殿的大石门。漆匠暗暗高兴，也埋怨崔老道只说半截子话，不知什么人在深山古洞中造的宫殿，想来宝灯就在其中。他走到宫门近前，但见石门虚掩，心想：我是来取宝的，可别惊动了宫殿中的东西，于是蹑手蹑脚顺门缝溜了进去。大殿中灯火通明，亮同白昼，飞檐斗拱、金砖碧瓦，亮闪闪夺人二目、黄灿灿扰人心神。漆匠不曾见过这等景致，心想：皇上的金銮殿也不过如此，只怕是到了神仙窟宅！

正当漆匠惊奇诧异之际，突然一阵脚步声由远而近，听声响是个女子，穿的木底绣鞋，踩在大殿金砖之上声声脆响，分外悦耳。旧时只有女子才穿木底鞋，讲究的还要把木底镂空雕刻，或是一朵牡丹，或是一枝红梅，里头放上香粉袋，走一步留下一个香粉雕花的足印，一般人可穿不起，光香粉就得多少钱？漆匠循声望去，就见大殿柱子后面转出一个绝色女子，身穿大红罗裙，高绾美人头，横插一根金簪，上带九连环，走起路来环佩叮当，清脆悦耳，真如风吹荷叶、雨打芭蕉。往脸上一看更了不得，说是沉鱼落雁、闭月羞花也不为过，比画上的美人儿还要俊俏。漆匠做梦也想不到世上竟有如此美貌的女子，一时间看直了眼，愣在当场手足无措。美人儿抿嘴一笑，眼角眉梢说不尽的万种风情，又对漆匠盈盈下拜："大王，臣妾在此恭候多时了。"美人儿一开口，当真是莺声燕语，仙乐也没这么好听，听得漆匠身子发酥，愣了半天才缓过来："你我素昧平生，姑娘为何如此称呼？"

美人儿说："大王有所不知，你我二人前世之缘未了，而今当在洞府中厮守终身。"

都知道"色"字头上一把刀，可是从古至今，坐怀不乱的能有几人？多少英雄豪杰都折在这上头了，又何况一个漆匠。听完美人这一番话，漆匠魂飞天外、魄绕九霄，有美貌佳人相伴，死在这儿都愿意，还要什么宝灯。此时色心一起，十匹骡子八匹马也拽不回头。漆匠和美人儿宽衣解带入罗帏，天师符离了身，他就变成了妖精的点心。崔老道该嘱咐的都嘱咐了，却只忘了一节——漆匠三十多岁还没娶上媳妇儿，让这个光棍儿汉进山取宝好得了吗？

2

再说崔老道在太原城苦等漆匠，左等等不来、右等等不来，眼皮子倒是一直跳个没完，心知此人有去无回了。也怪自己想得不周全，本以为再找一个命硬的人还得费一番周折，怎知没过几天，又有一个人抽出了上上签。崔老道一看这位的八字更硬，这一签叫“天官赐福”，跟“鲤鱼化龙”不一样，乃天降富贵。抽中这支签的是太原城外一个猎户，也是一个“倒霉上卦摊儿”的主儿，身上没别的手艺，祖宗八代均以射猎为生，长年累月钻山入林，看山神老爷的脸色吃饭。

打猎的大致上分两路，头一路叫“射猎”，用的是弓箭鸟铳，大到獐狍野鹿，小到野兔山鸡，没有不打的东西，赶上什么是什么；另一路叫“套猎”，下夹子、设套子，专取皮货，也就是狐狸、黄狼这类皮毛值钱的野兽，卖皮子赚钱。套猎首先要保证不伤皮子，整张的兽皮划上一道口子，价格会跌十几倍，那就白忙活了。另外还讲究拿活的，活剥的皮子最软，价格也最贵。

抽中“天官赐福”一签的猎户，家里有杆土枪，常年在太原城外的山上射猎为生。虽说是祖传的行当，可到了他这一辈儿不行了，也不知道是山上的野兽少了，还是时运不济，靠这杆猎枪活了半辈子，愣是没吃饱过。活到如今还没饿死，真得说是祖坟上冒了青烟。眼瞅入了冬，离年关不远了，媳妇儿孩子连件像样的棉衣也没有。无奈之下也去放夹下套，想趁寒冬腊月套一只狐狸。冬天的狐狸皮最厚实，卖的钱也多，到时候剥下狐皮来一卖，一家人能把年关对付过去。但是隔行如隔山，什么事儿外行也不行，即便都是打猎的，下套子和放枪可全然不同，下套的时机、地点，连风向也有门道，失之毫厘往往差之千里。这个猎户只能照葫芦画瓢，内中的门道一窍不通，能逮到狐狸才怪。

接连十几天，猎户下的套子上连根兽毛儿也没有，这一天垂头丧气往山下走，听见百步开外的干草丛中有些响动。别人或许听不到，打猎的耳朵不一样，一听这个声响，就知道这是野兽，赶紧把枪端在手上，蹑足潜踪一点点往前蹭，俩眼紧盯草丛中的情形。突然“呼”的一声，乱草深处冲出很大一只野兽。打猎的定睛一看，不由得倒吸一口寒气，心说：完了，怎么赶上这个东西了！原来是一头野猪，全身乌黑、背生鬃毛、口出獠牙、四蹄硕大，黑乎乎跟个小山包儿似的！猎户全身上下抖若筛糠，险些尿了裤子，手上的枪都端不稳了。常言道“一猪二熊三老虎”，老虎虽是兽中之王，凶猛却排在猪、熊二兽之后。尤其是深山老林中的大野猪，可以长到七八百斤，向上龇出的獠牙犹如两把尖刀，成天烂泥中打滚儿、松树上蹭痒。松树皮里黏稠的松树油子，会被野猪蹭得满身都是，又在地上连拱带滚，使皮毛上的松树油子沾满了泥土，形成一片片的铠甲。如果野猪全身上下都“挂了甲”，比真正的铁甲也不多让，皮糙肉厚横冲直撞，山中的猛虎也怕它三分，不到万不得已绝不会有人敢去招惹它。除非山中猎户成群结队、纵鹰走犬，才会围猎野猪。如今让这个打猎的一个人面对面撞见一头大野猪，那是倒霉到家了。正所谓“迎面不打猪，背后不打熊”，野猪冲起来不管不顾，即使被打中了要害，只要还有一口气儿，照样会往前冲，那真叫碰着死、挨着亡。

打猎的眼前这头野猪，是头公的，山中行话叫“跑卵子的”，极为凶猛，挂了不下七八百斤的一身甲，龇牙瞪眼、目露凶光，后背上的鬃毛根根直竖。见到对面有人，便低头冲将过来，登时地动山摇，带起一大片尘土，如同脚下生烟一般。打猎的但觉得劲风扑面，急忙搂火儿开枪，这是从前膛装填火药和铁沙子的土枪，一膛铁沙子打出去，都嵌在了野猪的皮甲上，不但没打死，反倒打惊了，红了眼要来拱死打猎的。

打猎的手上这杆枪，只能打一响，再打还得往里头填火药装铁砂，此时还不如烧火棍子好使。手上也没有别的家伙了，他迫不得已，两膀子一使劲儿，对准野猪把猎枪扔了过去。挂了甲的大野猪连枪子儿都不怕，岂会在乎这玩意儿？一甩头将猎枪崩出老远，撞在山石上折成了两截。打猎的见势不好，手忙脚乱爬上旁边的一棵小树，可他心里也明白，上了树也得死，这么粗的树，野猪一下子便可拱断。本想闭目等死，怎知那野猪冲得太狠，一头撞断了树，却收不住势，又往前冲出几丈远，直接掉下了深涧。纵然是皮糙肉厚挂了甲的野猪，掉到悬崖峭壁之下，摔下去也成烂菜瓜了。打猎的捡了条命，可山涧极深，人根本下不去，无从去找那摔死的野猪。倒霉不要单，送到嘴边的鸭子飞了不说，他那杆猎枪也断了，心里头要多懊糟有多懊糟。回到家中别扭了一宿，觉也没睡着，转天一早揣上两个铜子儿，垂头丧气地进了太原城，想求上一卦寻条生路。

崔老道一瞧这个打猎的抽中了“天官赐福”，正是一个胆大命硬之人，就把说给漆匠的话又说了一遍，也是千叮咛万嘱咐，又画了一道天师符让打猎的贴身带上，转天前去乌金山取宝。

3

打猎的吃不饱穿不暖，但是成天钻山入林，翻山越岭是家常便饭，为了能够发财，转天一早就上了乌金山。他和之前的漆匠一样，顺绳子下到洞口，在山洞深处见到一座宫殿。打猎的为人粗鲁，上前一看石门虚掩，他是推门便进。来到秦砖汉瓦的大殿之上，迎出一个美人儿，仍是那番话，百般献媚、千般勾引。打猎的比漆匠年长了几岁，又是有媳妇儿的人，“色”字上并不如何吃紧，加之前半辈子穷怕了，进山只为取宝，回去发了大财全家人共享富贵才是真的。况且来之前听崔老道说过，看守宝灯的不是人，不论它如何变化引诱，千万不可上当，否则小命不保。他也是有老小在家的，若有个缓急，可不是耍笑的，于是弯弓搭箭，让那个美人儿带他去找宝灯，敢说一个“不”字，先吃爷爷三箭。

美人儿见打猎的不吃这套，只好带上他来到后殿，打开殿门往前一指：“华光亮处即是宝灯，汝当自取。”

打猎的往前一看，不远处果然有华光瑞彩，当即迈步而入。走出几步再一回头，身后哪有什么宫殿，仍是黑漆漆的山洞，但觉心下一凛，方知崔老道说的没错，多亏没有上当。打猎的发财心切，直奔光亮而去，不觉行至山洞尽头，到地方一看傻眼了，可不是老道说的只有几盏灯，黄澄澄的是金子、白花花的是银子，什么叫珍珠、哪个是翡翠，珊瑚、碧玺、玛瑙、象牙，堆得跟山一样，晃得他眼都睁不开了。打猎的梦中也不曾见过这些珍宝，名字都叫不上来。后悔没带条大口袋，只得脱下棉衣，铺在地上当包袱皮儿，双膝跪地，一把一把往里捧。起初装的是银元宝，五十两一个的银元宝装了满满一下子，裹好了一想不对，银子哪有金子值钱，山洞中的金子都是一条条的大黄鱼，这得值多少钱呢？忙又脱下夹袄，往里边装金子，装完一拍脑门子，还是不对，我得装明珠翡翠，那才是最值钱的，拿出去得换多少金子？于是扒下里衣，拣选上等明珠玉器，又是裹了满满当当一包袱。他光膀子拎上三个包袱正要走，猛然记起老道还让他取一盏宝灯，心说：这老道也是糊涂，这么多的金珠宝玉不要，偏要一盏破灯，那能值几个钱？我把这些金银珠宝带下山去，分给他些许便是。不过转念又一想，他入宝山发大财全凭崔老道的指点，崔老道既然说一定要这盏灯，我也应该“受人之托，忠人之事”，别回头崔老道瞧我发了财眼热，还想分我一半走，那可不行。不如把宝灯带出去，堵上他的嘴。

打猎的抬眼一瞧，洞壁上并排挂了三盏灯，最左边是一盏八宝宫灯，分为八面，骨架乃八条金龙，整条的真金雕铸，张牙舞爪、跃跃欲试，祖母绿的龙眼烁烁放光，八侧灯罩皆为水晶，以八宝嵌成八仙图案，烛火从中一照，灯盏流光溢彩、晃得人睁不开眼；右边那盏灯也了不得，乃翡翠云纹灯，三条玉链拽定一个圆形灯罩，灯罩上遍刻云纹，先不说这个灯如何，单这三条玉链就是整块翡翠雕出来的，任何一个翠环儿上都没开口，可谓浑然一体。再看这灯罩，也没有半个豁口。这么大一块翡翠，千八百年不见得能碰上，晶莹剔透、种水绝佳，暗刻祥云，略带一点点春色，烛光映照下，祥云好似缓缓流动。打猎的暗赞真乃宝灯，定睛再一瞧中间的这盏灯，简直太寒碜了，四根灯骨围了一圈红纱，当中有个玉盏，上托一点灯火，说是玉盏可不带玉色，也暗淡无光，顶多是块好石头磨的。打猎的心说：崔老道太没见过世面了，让我千辛万苦来到乌金山，涉险进洞避过山鬼，只为这么一盏平平无奇的破灯？这盏灯白送也没人要，得了，我把一左一右两盏宝灯取走，下了山和老道一人一盏。别说我不厚道，先紧着他挑，二一盏才是我的。

打猎的把三个包袱放在一旁，却忘了天师符也在其中，走上前去伸手摘取宝灯。没想到一拿没拿动，只觉一股腥风扑面，睁开眼再一看哪是宝灯，分明是一条巨蟒，一左一右两盏宝灯，分别是巨蟒的两个眼珠子。打猎的吃了一惊转身要逃，却被巨蟒一口吞入腹中，当成了点心。

崔老道在太原城中等了好几天，一直不见打猎的回转，料定此人也是凶多吉少，定然回不来了。崔老道心急如焚，一前一后搭上了漆匠和打猎的两条人命，眼瞅快过年了，取不来宝灯，就找不出躲在城中的鬼怪，他也是有家难回。可又没有别的法子，饭总得吃，卦摊儿还得照摆，只盼找出一个胆大命硬之人，可以助他一臂之力。可在打猎的抽中“天官赐福”之后，崔老道这招“韩信乱点兵”再也没点中过合适的人，干着急没咒念。直到有一天，关帝庙前来了个人，掏出两枚铜钱抽了一签，这支签太厉害了，卦名“斩将封神”。崔老道一千个没想到一万个没想到，抽出这一签的居然是这位！

4

文王六十四卦中的上上签仅有三支，签头是红的。漆匠抽的“鲤鱼化龙”，猎户抽的“天官赐福”。第三支也有个卦名，称为“斩将封神”，应在水泽节。“斩将封神”说的是太公姜子牙，胯下四不像、怀抱打神鞭、手持杏黄旗，定下三百六十五位正神，被玉帝封为巡天都御使。卦曰：时来运转喜气生，登台封神姜太公；到此诸神皆退位，纵然有祸不成凶；太公封神事非凡，谋旺求财稳如山。抽得此签之人，神鬼不近，不易被刑克，可也不见得混得多好。正因为命硬，免不了遇上沟沟坎坎，不会是一路坦途。那么说到底是谁抽中了“斩将封神”这支上上签呢？说起来并非旁人，居然是崔老道的相识，就是他刚进太原城，在削面馆吃面见到的小伙计。真得说是“远不远千里，近只在眼前”！

削面馆的小伙计为什么会来找崔老道求签呢？因为崔老道来到太原城之后，唯独得意刀削面。他一住几个月，吃的馆子也不少了，可哪家面馆的味道也不如一上来吃的那家好。有事没事过去来上一大碗削面，再跟小伙计聊上几句，一来二去成了熟座儿。后来崔老道在关帝庙前摆下六十四卦做买卖，很多人都说他的卦准。这个小伙计也求崔老道给他来上一卦，瞧瞧几时可以转运，如若真有苦尽甘来的一天，他就不在削面馆当伙计了。崔老道卖卦无非混口饭吃，觉得这个小伙子挺厚道，不愿意用江湖上的手段糊弄他，所以没给他开过卦。这一天小伙计没等崔老道去吃刀削面，直接跑到关帝庙前，说什么也得让崔道长开一卦。崔老道也是无奈，不得已让他抽了一签，万万没想到居然抽中了“斩将封神”。

崔老道心里“咯噔”一下，想让削面馆小伙计跟前两位一样上乌金山取宝灯，却又怕他有去无回。两人相识的时间不短了，崔老道很喜欢这个孩子，十五六岁的半大小子，又厚道又实在，是个好孩子，由于家里头挺穷，至今没说过亲，还有老爹老娘得奉养。万一有个好歹回不来，崔老道于心何忍？要说不让这小伙计去，那得等到猴年马月再有人抽中此签？崔老道踌躇不决，思来想去拿不定主意，又见关帝庙前人来人往，并非讲话的所在。于是收了卦摊儿，带小伙计进了一个茶馆。

二人点了一壶茶、一小碟干咸瓜子，坐定了说话。

削面馆小伙计拜求崔老道："我是真不想在削面馆干了。道长您给我指条路吧。"

崔老道让削面馆小伙计别急，有话慢慢说。

小伙计说他从十一二岁起，就到削面馆给老板当学徒。以往那个年头，当学徒没有不吃苦不受累的，为什么？你不给师父交学费白学能耐，还得跟师父吃跟师父住，规矩当然多了去了。学几年就得给师父白干几年，先学徒再效力，当成给师父的报答。这几年相当于把人卖到师父家了，里里外外的活儿都得干，进门之前得先立下文书字据，打死了都白打，死走逃亡皆为自取，与当师父的无干。开刀削面馆的老板手艺不错，但是为人吝啬，逮到只蛤蟆也得攥出尿儿来，他收学徒纯粹是为了白使唤人。削面馆就他们两口子，削面、煮面、端面、灶上灶下，拾掇桌子洗碗倒泔水连带收钱，没有个闲着的时候，一天干下来腰酸腿疼，累得炕都上不去。寻思收个学徒的，这些活儿全归他不说，还不用给工钱，等于白使唤人，至于管吃管住那就更不是事儿了，打了烊两张桌子拼上当床铺，给口吃的饿不死就行，这么着收了这个小伙计。

削面不同于木匠、瓦匠之类的细致活儿，有个多半年即可出徒，老板愣教了两年，就为了让他干活儿。头一年，小伙计连削面的刀都没碰过，只是帮师父、师娘干粗活儿，端面、刷碗、擦桌子、扫地，给师父端茶倒水，给师娘洗衣服看孩子，从上到下、从里到外，全是他一个人忙活。除了老板娘没让干，其余的全干了。累死累活不说，还不落好，不留神摔个碟子打个碗，师父师娘非打即骂，抄起来什么是什么，劈头盖脸往身上招呼。还跟他说了，摔一个碗多干一个月。好不容易快熬到出徒的日子了，却失手摔碎了一摞碗。师父师娘正愁以后没人干活儿了，再找个这样的学徒可不容易，收来个奸懒馋滑的怎么办？这一下行了，小伙计挨了这两口子一顿打，还告诉他别想出徒了，至少再给干三年。这不是要人命吗？小伙计当时眼泪就下来了，别人学削面顶多一年出徒，他跟这儿干了两年多，吃不饱穿不暖不说，当牛做马还成天挨打受骂，好不容易盼到头了，这一下又多出三年，哪还有他的活路？

崔老道听得直摇头，这小伙计聪明伶俐，手艺也好，往灶台前面一站，左手托着面、右手拿着刀，腰板儿挺直，看着就精神。削面的时候上下纷飞，又准又快，一片片雪白的面片飞进锅里，煮一个开儿用笊篱捞出来在手里一转，把水沥出去，眼不抬手不停往旁边一甩，甩到离了二尺多远的碗里，一片也不带掉的，手艺当真了得。崔老道每次去吃刀削面，就喜欢看他这一手儿。赶上不忙的时候，小伙计就陪崔老道聊天儿。这孩子懂事儿，在外边受了多大的委屈，回家见了老爹老娘也不说，只怕二老担心，最大的心愿是有朝一日出了徒，开个削面馆，挣点钱孝敬爹娘。

小伙计一把鼻涕一把泪诉完了苦，问崔老道他求的签如何解，这苦日子几时才到头？

崔老道沉吟了半晌，终于下定了决心，告诉小伙计："你这一卦大有来头，往悬了说，富贵不可限量。"

小伙计一听破涕为笑："道长，我知道您心善，看我挨欺负可怜，却也不用这么说。好话当不了饭吃，大富大贵我不敢想，能再找一家削面馆干几年，攒下本钱自立门户，我也就知足了。"

崔老道心想：也难怪，贫苦人家的孩子见过多少钱？说什么大富大贵他如何敢信？就对小伙计说："卦象如此，并非老道我胡言乱语。自古道'穷不生根，富不长苗'，岂能以眼下困顿，度量日后穷通？若依贫道所言，你定有一场大富贵，听我的准没错。"

小伙计是没见过世面，可在面馆中迎来送往，出来进去的各色人等也见得多了，懂得几分察言观色。听崔老道说话这意思十拿九稳并非戏言，忙起身下跪，恳请崔老道指点一二。

崔老道照方抓药，把跟漆匠和猎户说的话，又原样对小伙计说了一遍，仍是千叮咛万嘱咐，告诉小伙计想发大财一定按照他的话做。

小伙计说："道长，发不发财放一边，既然您用得上乌金山宝灯，我便走上这一趟。能发财最好，哪怕发不了财，能给您帮上了忙，也是我不白去。"

崔老道听罢暗暗点头，心中赞叹这个小伙计跟前两位不一样。漆匠和打猎的一个贪"色"，一个贪"财"，许下荣华富贵才甘心铤而走险，可到头来也死在这个"贪"字上了。削面馆的小伙计虽然出身贫寒，也没念过书，却称得上仁人君子。人秉天地而生，以五行配五德，五行乃是"金木水火土"，五德为"仁义礼智信"，仁字当先，命中旺金，时运一来谁也挡不住，"斩将封神"一卦乃此人命中定数！

5

崔老道又将近日卖卦挣的钱全给了小伙计，让他去削面馆赎取学徒的文书。小伙计千恩万谢，将崔老道叮嘱的话谨记于心，躬身作了一个揖，转头正要走。崔老道一把拽住他说：“先别急，且听老道我说一段书，再去不迟。”小伙计不明所以，不过既然崔老道还有话说，他只好坐下来，听崔老道说了一回书：

说的是老时年间，开封府外有一户人家，老爹早年没了，老娘拉扯三个儿子度日。仨大小伙子正在当年，家中却连半亩地也没有，只得靠上山打柴为生。穷老百姓过日子，虽然不至于揭不开锅，可也常常吃了上顿没下顿。老娘这辈子吃斋念佛一心向善，家里头供着佛龛，晨昏三叩首，早晚一炉香，非常的虔诚，也愿意斋僧布道，但凡有化缘的和尚老道上门，只要家里头吃的，宁愿饿肚子也得拿出米施舍，从来没有舍不得这一说。

话说这一日，当天哥儿仨打的柴没卖出去，家里仅有一块糕饼给老娘吃了，兄弟三人大眼瞪小眼，你看着我我看着你，就这么在家干挨。天至傍晚，有个老道上门化缘。老娘在家翻了一个遍也没找到吃的，只好将香炉中插香用的米倒出来，淘洗干净给老道煮了一碗粥。哥儿仨在旁边眼巴巴看着老道喝粥，腹中仿若雷鸣一般。正是“半大小子吃跑老子”的岁数，一天水米未打牙，此时已经饿透了膛，可也知道老娘的脾气，流出的口水往肚子里咽，谁也不敢说话。

道士喝完了粥把碗放下，抬起头来问哥儿仨：“你们肚子里叫得跟打雷一样，为什么不喝粥呢？”老大说了：“我们家只有香炉里那点儿米了，这是道长您来了，实在没别的东西能吃，才倒出来给您煮了一碗粥。我娘这一辈子斋僧布道，不是一般的虔诚，我们岂敢同道长分食。”

老道一听这家人太善了，何以穷困至此？按说不应该啊！便将兄弟三人叫到门外，偷偷告诉他们：“村口破庙后边有一块大石板，下头是一口宝井，你们哥儿仨谁的水性好，可在三更前后下去，伸手往井底去捞。有句话我得说在前头，只许捞一次，捞上来什么是什么，拿回家放在被窝里，该睡觉睡觉，等到鸡鸣破晓再打开来看。”说罢扬长而去。

哥儿仨听得面面相觑，猜不透老道这番话的意思。老大跟他俩兄弟说：“我常听人言，云游四方的老道多是高人，倒不妨试上一试，大不了白跑一趟，反正也吃不了亏，万一是条财路呢？”

他们家门口有条河，说到水性哥儿仨都不错，经常在河里头摸鱼。当天合计好了，回去伺候老娘睡下，夜半三更溜去村口，找到破庙后的石板，掀开来真是一口古井。年头太久，井沿已经没了，仅留下一个大窟窿。捡了块石头扔下去，一听这里头的水可不浅。老大腰上绑了条绳子，让两个兄弟拽住，将他缓缓放入井底。

井水深不可测，老大一下水，不由得打了一个激灵。六月三伏的天时，热得跟下火似的，井水却冰凉刺骨，浑身上下针扎刀扎似的，心知此地不可久留，捞上东西赶紧走人。当即一个猛子扎到水底，这下边什么也看不见，只得闭上眼伸手乱抓，三抓五抓，发觉抓到一物，形似瓦片，不知嵌在什么东西上，他使劲儿拽下来，但觉此物沉甸甸的，想起老道嘱咐过，只许捞一次，捞上来什么是什么，便将此物抱在怀中，摇动绳子招呼两个兄弟拽他上去。三个人七手八脚将石板遮好，匆匆忙忙回到屋里。家中穷得点不起油灯，摸黑抹干了身子，将从井中捞上来的瓦片塞进被窝，一觉睡到天光大亮。

起来一掀被子，吓了一跳，从古井中带出来的竟是一片金瓦，两巴掌宽、一寸多厚。哥儿仨乐得鼻涕泡儿都出来了，有了这块金子，置下田产地业，变成了当地的富户。只因施僧布道才有此番际遇，老娘更虔诚了，整日烧香念佛感念恩德，不再理会俗务，交由老大当家。老大没忘记以前的苦日子，常跟两个兄弟说，如今咱是有钱了，但是吃不穷、穿不穷，算计不到就受穷。还别说咱，真正的大宅门中都不许开小灶，一家老小在一起吃饭，家里纵有金山银山，也有账房先生管着，各房吃穿用度均有数目，不能想拿就拿，如此方可细水长流。咱们家一样要勤俭度日，吃饱穿暖就行，绝不能过分铺张。

老二、老三年轻气盛，正是爱玩儿的时候，以前家里太穷，连饭都吃不上，不可能出去花天酒地，只能在家中苦挨，而今有钱了，仍是粗茶淡饭，这不跟自己过不去吗？无奈家中大事小事都得听大哥的，钱也是他把着，家有千口，主事一人，想要钱必须找大哥。这哥儿俩一商量，倒不如咱也去古井中捞金瓦，捞上来不往家里交，咱自己换成钱，想怎么挥霍怎么挥霍。当天夜里这俩小子下了井，一人捞上来一片金瓦，有钱之后见天儿吃喝嫖赌。

过了几年，老娘舍俗家入了佛门，在山上的庵观居住，留下兄弟三人过日子。老大早瞧出他这俩兄弟又下井捞金了，打一个娘肚子里爬出来的，自己的兄弟什么脾气、什么禀性，他太知道了。这俩小子不是过日子人，虽说“好男不吃分家饭，好女不争陪嫁衣”，可还有句话叫“爹死娘嫁人，个人顾个人”，于是提出分家。那哥儿俩有了财路，又不愿意受大哥管束，早不想在一起过了，说到分家也没二话，正合心意，家产三一三十一平分成三份，从此各过各的日子。

老大一寻思，那俩小兔崽子好吃懒做，等到把钱败光了，准得再下井。老道说过，古井中的东西只能捞一次，可我总不能眼睁睁看他们将金瓦全捞走。谁捞不是捞，如今已然分了家，自己的日子自己过，倒不如先下手为强！当天夜半三更，老大拿上绳子来到古井前，却见井旁的树上拴着两根绳子，另一头儿直通井底。老大一跺脚，心说：坏了，准是让那俩小王八蛋抢了先！他急忙捆好绳子下了古井，老二、老三果然先一步下来了。三个人你争我抢，谁也不让谁，都伸出手在水中乱抓，只恐被其余两个人抢了先。

这一次没抓到“金瓦”，却摸到一条大铁链子。之前的瓦片带出去变成了金片，这条铁链子有大腿般粗，如若也是金的，可比瓦片值钱多了。三人使上吃奶的劲儿，一人拽出一截。爬上井口谁也没搭理谁，各揣一截链子，分头回家钻了被窝。当天夜里兄弟三人做了同样一个怪梦，梦见井中龙王找上门来，对他们怒目而视：“尔等太可恨了！先前你们仨一人揪去我一片龙鳞走也就罢了，如今为何又来揪我的龙须？”哥儿仨均是一惊而起，出了一身的冷汗，但听得阵阵水声，旋即房倒屋塌，一场大水将三个人淹死在了家中。说来也奇了，这场大水如同长了眼，十里八乡都没受灾，单单冲了他们三个人的家宅。

崔老道讲罢这段书，再次叮嘱小伙计，切不可妄动“贪”念，到了乌金山，只取最不起眼儿的小红灯，别的什么也别碰。这话说得简单，可是从古到今，谁不贪财谁不好色？他崔老道就躲不过这个“贪”字，所以不敢上乌金山取宝。在这儿讲古比今说得明白极了，真见了金山银山，他也把持不住，因此叮嘱再三。小伙计听出了崔老道的用心，又对崔老道拜了一拜：“道长放心，您的话我绝不敢忘！”说完别过崔老道，回到削面馆赎取了契约文书，出东门直奔乌金山。

正所谓“凡人不可貌相，海水岂能斗量”，卖刀削面的小伙计前去取灯，正应了“斩将封神”之卦，这才引出“八珍楼显宝，元宵夜照妖”！

6

且说小伙计收拾停当，一路急行上了乌金山。他和漆匠、猎户一样，从山顶顺绳而下，推开山洞中宫殿的大门往里走。大殿中的美人儿一看怎么又来一位，这还有完没完？只得故技重施。怎知小伙计吃了秤砣——铁了心，无论美人儿如何勾引，就跟没看见她一样，穿门过户到得后殿，但见洞中金珠宝玉堆成了山，他也不为所动，一左一右两盏宝灯看都不看，径直摘下当中一盏最不起眼儿的小红灯。霎时之间，宫殿美女、遍地珍宝都不见了。小伙计怀揣五雷天师符，手持红灯走出山洞，马不停蹄赶回太原城，去找在关帝庙门前等他的崔老道。

崔老道心里也没底，先后送掉了漆匠和打猎的两条人命，不知小伙计会遇到什么凶险，能否取回宝灯？着急归着急，除了干等也别无他法。他此时正装神弄鬼在那儿卖卦蒙钱，一抬眼看见小伙计提灯回来了，顿时心中一喜、眼中一亮。赶紧胡天黑地说了几句吉祥话，打发走求卦的，匆匆收拾了卦摊，带小伙计来到太原城中最大的酒楼门前，准备摆酒庆功。

小伙计认得这地方，拽住崔老道的衣角直往后退。这座酒楼上下三层，有字号的“八珍楼”，拿手的招牌菜是“八大碗”。一张八仙桌子围坐八个人，上菜不用碟子，单使头一号的大海碗，“煎炒烹炸焖溜熬炖”各占一碗，一做一整桌，您想单点可没有。八珍楼的八大碗分上、中、下三等，上等的是“山中走兽云中燕、陆地牛羊海底鲜、猴头燕窝鲨鱼翅、熊掌干贝鹿尾尖”，均为珍馐美味；中等的也不次，山珍海味样样俱全；就连下等的八大碗，也是大鱼大肉，应有尽有；此外还有一套全素八大碗，讲究素菜荤做，吃着比肉还香。这都不是穷老百姓吃得起的。小伙计小声跟崔老道说：“道长，八珍楼不是卖刀削面馆子，咱可没钱吃这些，您带我上这儿来干什么？”

崔老道成竹在胸，昂首说道：“今天还就在这儿吃了，你把心放肚子里头，有人掏钱！”

小伙计心里头直嘀咕，也不敢多问，一头雾水跟在崔老道身后进了八珍楼。爷儿俩上二楼找了一个雅间落座。此时吃饭尚早，先来了一坛上等的杏花村，一十九个压桌碟：四冷荤、四干鲜、四蜜饯、三个甜碗四点心，闭上门喝酒叙话。

小伙计一瞧，这崔老道可真敢点，这得花多少钱，往后不过了？他把宝灯往崔老道面前一放：“道长，乌金山宝灯我给您取回来了，这盏灯有什么用？”

灯是小伙计千辛万苦带下山的，崔老道也不好隐瞒，将他从镇海龙王庙下放走百眼金睛怪之事讲了一遍。小伙计听得目瞪口呆，张大了嘴半天合不拢，这才明白崔老道想借乌金山宝灯降妖。可这不起眼儿的小红灯笼会有那么厉害？

崔老道对小伙计说：“世间两轮日月、一合乾坤，天之下地之上，有三盏灯万年不灭，头一盏是佛前灯，乃佛家至宝，能照十方世界；二一盏是幽冥灯，摆在森罗殿前，辨万鬼善恶；三一盏便是眼前这个宝灯，称为照妖灯，无论何方鬼怪，使此灯一照必见端倪。镇海龙王庙下的鬼怪躲在太原城中，有了乌金山照妖灯，不怕找不出它的踪迹。而后这宝灯还是你的，保准让你下半辈子锦衣玉食，享不尽的荣华富贵。”

小伙计惊诧之余问崔老道：“太原城人山人海，咱们提上宝灯挨个儿去照，那要照到几时？再者说，咱提着灯逮谁往谁脸上照，赶上脾气不好的，不得挨打吗？”

崔老道哈哈一笑：“且放宽心，不用咱们动手，今天掏钱请客吃饭的这位就替咱们办了。”

小伙计不知崔老道葫芦里卖的什么药，眼看天色将晚，也不见掏钱请客的人来，不免坐立不安。万一没人请客，他们爷儿俩又掏不出钱，那不得让伙计们一通胖揍？崔老道让他坐住了，自己提上小红灯笼，出去溜达了一圈。过了一会儿，有个跑堂的过来请小伙计：“小爷，刚才那位道长让我请您到旁边的雅间。”

小伙计莫名其妙，崔道爷不说吃饭吗，怎么还换地方了？无奈只好站起身来，跟跑堂的一前一后进了旁边的雅间。等到了屋里一看，这个雅间太阔了，当中间一大张八仙桌子，围坐了这么五六位。小伙计以为自己看错了，使劲儿揉了揉眼，再定睛一看这五六个人，当时就想跪下磕一个。怎么呢？太有头有脸了，可以说无人不知，无人不晓，都是太原城各大饭庄子的东家。如若把城中的大饭庄子排个名次，前几位一个不落，个个都在其中。崔老道一脸得意，坐在上座，招手让小伙计过去。小伙计都看傻了，脑中一片空白，哆哆嗦嗦在崔老道旁边坐下，屁股欠着一半不敢坐实了，手脚不知道该往哪儿搁好，大气儿也不敢喘上一口。

崔老道无非一个在关帝庙前卖卦的，为什么成了太原城这些大东家的座上宾？原来崔老道也没闲着，一直在想乌金山宝灯到手之后该怎么用，如何找出躲在城中的鬼怪，结果还真让他听说了一个消息。太原城每年正月十五都有灯会，通宵不禁，那一天全城的军民人等都出来逛灯，沿街支起灯棚、扎起灯栅、悬灯结彩、巧样烟火。城中的这些买卖家、各个帮派行会，到了那天要去赛花灯。大买卖做大灯，小买卖做小灯，争相斗富，谁家的灯最好，那就露了大脸出了大名，可以挂在太原城的城头之上，让全城的军民观赏，这一年的买卖也会兴旺红火。

说起太原城正月十五的灯会，那可是千百年来的传统。相传当年有人得罪了王母娘娘，天庭派遣赵无忌推了一车五斗火下界烧毁太原城。菩萨不忍见生灵涂炭，便让城中百姓点起灯笼，从天上往下一看恰似一片火海，借此将这件事对付过去了，此后才有了灯会的习俗。老百姓家的灯还好说，无非邻里之间相互攀比，斗个得意，图个热闹。

富户商家的灯可不能对付，一进腊月就得开始准备，只怕耽误了被别家比下去。以前各行各业皆有行会，比如当行的行会，专管太原城的大小当铺；镖行专管大小镖局子；其他的什么粮行、票号、药行、绸缎庄都有行会，连要饭的叫花子也有花子头儿。到了正月十五元宵灯会这一天，各大行会皆出花车，上挂各式彩灯，那叫一个五光十色、争奇斗艳，再长两只眼也看不过来。行会所辖的买卖家有钱的出钱，有手艺的出手艺，钱多的多出，钱少的少出，连手艺都没有的，就出把子力气，只为在当天挣一分脸面。崔老道此番在八珍楼显宝，正是借各大行会比灯的机会，在太原城中降妖捉怪！

第七章　大闹太原城（下）

1

崔老道在太原城关帝庙前摇签卖卦，这是城中最热闹的地方，所见之人五行八作，干什么的都有。他的耳朵又长，探听到勤行商会的会首和几位理事，天天在八珍楼商议灯会之事。勤行就是干饭庄子的，意思是说干这一行的眼勤手勤、嘴勤。太原城大大小小的饭馆多如牛毛，上至八珍楼这样的大酒楼，下至卖刀削面的小馆子，以及摆摊儿卖小吃的，全都是勤行。行会的会首正是八珍楼的东家，论势力、论财力，比哪一行也不在以下，却从没在灯会上露过脸，这么多年来始终咽不下这口气。崔老道见小伙计从乌金山取了宝灯回来，当时计上心来，带小伙计前往八珍楼献灯。

会首等人刚才正在商议，如何在元宵节灯会上扬眉吐气，今年无论如何不能再让别人抢了风头，你一言我一语说了半天，也没个像样的主意。便在此时，崔老道手提一盏小红灯笼推门而入。大老板们正跟这儿挠头呢，一瞧怎么进来个老道？却待开口询问，崔老道抢先说："各位，且听贫道一言，正月十五满城花灯，可都比不了贫道手上的宝灯！"众人见崔老道手提的红纱灯笼太寒碜了，当中一点火头还没指甲盖大，搁在屋里也不显亮，扔在路边都没人会捡，好意思说是宝灯？众人心里有气，这个跑江湖的贼道人分明是想招摇撞骗，谁让他进来的？怎么还不赶出去？

崔老道"嘿嘿"一笑，不慌不忙上前两步，一只手提灯，另一只手握住灯笼中的玉盏轻轻一转。可了不得了，就这么一下，灯中放出华光瑞彩，宝气冲得人睁不开眼。在座全是太原城中的大财东，不说富可敌国，个顶个腰缠万贯是不假，家里头什么没有？什么好东西没见过？此时见了崔老道的宝灯，却一个个张大了嘴，哈喇子流下半尺多长。崔老道见好就收，用手一扶玉盏，宝气旋即收敛，再看还是那个普普通通的小灯笼。几位老板一对眼神儿，忙把崔老道请到上座，连拍带捧，生怕他将宝灯给了别人。

崔老道说："几位东家，宝灯并非老道我的，你们想借此灯，还得问问隔壁那位小爷。"这才吩咐跑堂的，去把隔壁雅间的小伙计带过来。

小伙计哪见过这等阵势，战战兢兢坐在下首，屁股搭在椅子边上，一动也不敢动，大气都不敢喘上一口。

崔老道却泰然自若："宝灯摆在这八珍楼，没腿儿它不会跑，没翅膀也不会飞。各位何必心急，不妨边吃边聊，好好商量商量，如何在正月十五的灯会上夺魁。"

八珍楼的东家忙说："对对对，道长和这位小兄弟贵足踏贱地，来到这八珍楼，我等实乃三生有幸。咱这买卖别的不成，吃的喝的倒还说得过去，但不知您二位得意什么，尽管敞开了点，都是我做东。如若能把这宝灯借给我们--用，打今儿起，只要您二位赏脸来吃饭，吃多少都算我的。”

堂堂一位会首、八珍楼的东家，为了正月十五赛花灯，那真是下了血本，舍出脸来恳求崔老道和小伙计，皆因当地有位督军，统领一省兵马、手握生杀大权，虽说此人戎马半生、杀人如麻，在家却是个大孝子。督军的老娘最爱看花灯，一到元宵节灯会，督军必定陪老太太出来看灯。谁家的花灯超群绝伦拔得头筹，挂在城头之上，让老太太喜欢了、高兴了，督军哪怕只是问上一句，此后这一行的人在山西地面上，那就算是齐脚面的水——平蹚了。头几年是票号、粮行这些大行会出了风头，督军一高兴，广开方便之门，让他们赚得盆满钵满，走在路上更是趾高气扬，不可一世。勤行的人早就眼红了，正在发愁今年怎么办，崔老道手提宝灯送上门来，当真是及时雨，能不把这二位打点好了吗?

崔老道见会首发话了，让他想吃什么随便点，赶忙说："咱别太麻烦，我们也不挑嘴，来几个饽饽菜垫吧垫吧，能吃饱了就成。”

在座的几位大财东，全是开饭庄子的，对南北大菜了如指掌，可还真没听说过什么叫“饽饽菜”。

崔老道借机卖派："前朝的满洲八旗将面食统称为饽饽，面条叫抻条饽饽，包子、饺子叫馅儿饽饽，饽饽菜无非是吃饽饽之前压桌儿的小菜。”

八珍楼的东家心说：这还不简单吗？那就是八宝菠菜、油炸花生、麻油笋丝、老醋蜇头，顶多切上盘肘花儿，再来个酱牛腱子，我们这后厨常年备下现成的，等都不用等，就要吩咐伙计直接端上来。不过转念一想，既然有求于人，我不可擅自做主，还是问周到了为好，于是问崔老道："道长想吃什么饽饽菜？我马上叫人去准备。"

崔老道也不客气，撸胳膊挽袖子："松肉、扣肉、烧鸡、烧鹅、八宝酱鸭，烤一条羊腿，来半个牛头，脱了骨的大肘子您再给上一个。"

几位财东哄然而笑，这老道多少天没开过荤了，上我们这儿撒狠儿来了，如果说这叫"压桌碟儿"，那还吃得下去饽饽？好在这也不是什么龙肝凤胆难找的东西，当即吩咐跑堂的上菜，七碟八碗摆好了，崔老道点的菜一样不少，八珍楼看家的八大碗也端了上来。想借宝灯一用，可得把这二位伺候好了。

书要简言，崔老道和小伙计在八珍楼一通大吃大喝，都是好东西，平常可没钱吃，这次逮着了，也不怕人笑话，直吃了个天昏地暗、日月无光。转过天来，东家带二人去见灯会的会长，哪家的花灯好得由他来决定。会长一见乌金山宝灯，当场拍了板，今年灯会摆的是九曲黄河连环阵，阵头之上就挂它了。八珍楼的东家对崔老道千恩万谢，他可不知道，崔老道在太原城捉妖拿鬼，必须将这盏宝灯挂上阵头才行！

2

老话说"三天戏，五天年"，过年再热闹，也就三十到初五这几天，后边没什么意思。不过元宵灯节却比大年初一还热闹。一晃到了正月十五，太原城中的各家各户，从一大早开始起来忙活，准备过节的花灯。老百姓的花灯比不了富商巨贾，就是自己玩的，有的人家在集市上买一个，有的人家自己做，这都比较简单。比如什么白菜灯、葫芦灯、西瓜灯、辣子灯、猫儿灯、狗儿灯、羊羔灯、娃娃灯，各式各样不一而足，什么都没有的也点上一支火把，只为了凑个热闹、沾个喜气。等到金乌西坠、玉兔东升，家家户户门口张灯结彩，不仅全城百姓，街头做生意的买卖人也趁这一天赶会，一街两巷做买做卖的、推车负担的，各式吃的、喝的、使的、用的，琳琅满目、五花八门，那真是应有尽有。太原城一年一度的灯会由来已久，相传从北宋年间开始，至今没断过，当地的财主大户都在这一天借灯斗富、靠灯摆谱儿，各大行会扎灯车招摇过市，也是为了炫耀势力。扎出来的花灯大大小小形态各异，要说大，有比城门楼子都不矮的；要说巧，里外九层的宫灯转起来如同行云流水，看得人眼花缭乱。最高兴的还是老百姓，反正看灯不要钱。

入夜之后，太原城中一片灯海，您瞧去吧，金莲灯、玉梅灯、荷叶灯，灯彩锦绣；芙蓉灯、月季灯、牡丹灯，烛影摇红；青龙灯，直上九霄，却似龙吟虎啸；彩凤灯，如花似锦，正欲展翅摇翎；银蝶斗彩灯，双双随绣带香；雪柳争辉灯，缕缕好似银龙；仕女灯，婀娜多妩媚；八仙灯，各自显其能；孔雀灯，栩栩翎毛曳；鸳鸯灯，流苏似锦红。读书之人来看灯，踏雪吟诗才思涌；习武之人来看灯，胯下骏马抖威风。一城的军民人等个个喜笑颜开过灯节，一派欢天喜地，歌舞升平。崔老道却无心赏灯，带上削面馆的小伙计早早来到城头之上，但见城中观灯的百姓摩肩接踵，挤成了人山人海，四面八方的彩灯、花车、火龙一队接一队，如同一座灯阵，覆了整个太原城。阵头在城楼下的灯山门，灯山门由官府搭造，木架子搭得如同城门，上悬格式花灯，这都是宫灯，诸如“走马灯、玉兔灯、子牙封神灯、三战吕布灯”之类，巍峨辉煌，观之不尽、赏之不绝。拣选三百六十名精壮汉子，各举一根三丈三的长杆，挑起三百六十盏花灯，按照九宫八卦之势，分列九方，此乃“九曲连环阵”。灯阵宛若九条长龙，有首有尾、从西向东直入灯山门。

崔老道带小伙计上了灯山门，居高临下望见灯阵已然成形，一队队花灯有如一条条光雾流转的火龙，与天上明月交相辉映。按以往的惯例，到了这个时候，应该在阵头上挂灯了。崔老道见时辰已到，让小伙计提了乌金山宝灯在手，握住玉盏这么一转，霎时间宝气腾空，祥光瑞彩夺了月光，全城灯火尽皆失色。赏灯的军民伸长了脖子瞪大了眼，仰头往灯山门上观瞧，无不称奇赞叹，真乃“金光不动千年火，玉盏烛照长明灯”。民众惊诧之余议论纷纷，从不曾见过这等奇观，不乏卖弄见识的，有人说此乃大唐年间西域进贡的八珍蟠螭灯，有人说这是大明永乐年间从海外带回来的异宝琉璃灯，还有的说这是西王母驾前童子所提的天河鲤鱼灯。

督军陪同老太太坐在城门楼子中观灯，望见阵头的宝灯奇光烁烁，挑起大拇指来赞了一声“好”。老太太也高兴，见得如此宝灯，可真没白活这么大岁数，相比之下，以前看的那些灯都不叫灯了。督军当时命人下去问是哪一家的灯。八珍楼东家以及行会的大小财东，早在一旁候着了，赶忙上去给督军和老夫人行礼，陪着聊了几句。

督军说：“你们找来的宝灯给太原城增辉，连我也觉得有面子，改天我得上你们八珍楼坐坐。”别看就这么一句话，从此这个行会可是“身上长虱子——抖起来了”。尤其是八珍楼，专门给督军设了一个最好的雅间，不论督军来不来，也将桌椅板凳擦得一尘不染、光可照人。督军平时当然不来，督军府中什么厨子没有？什么山珍海味弄不来？什么大菜不会做？非得赶上外省来了官员，又在家吃腻了，这才来八珍楼吃一顿。可以让督军说一句八珍楼的饭好，强似旁人说上千句万句，那得是多大的面子？

不提后话，接说正月十五元宵节，乌金山宝灯借了九曲连环灯阵的灯光，华光宝气覆盖了全城。躲在灯山门上的崔老道，居高临下这么一看，但见整座太原城光华璀璨，却有一道黑气隐在城中。不出他所料，乌金山宝灯千年难得一见，躲在太原城中的金睛百眼怪也按捺不住好奇，挤在万民之中观灯。崔老道看得分明，拽上削面馆小伙计，快步从高处下来。小伙计身背葫芦、手提宝灯在前，崔老道跟在后头。他自知命浅福薄，不敢将宝灯提在手上太久，前去捉妖还得让这个小伙计打头阵。

二人一前一后穿过人潮，找到魁星楼前，此处乃是九曲连环灯阵的中央戊己土。说是魁星楼，其实是座三层宝塔，六面飞檐翘角。前朝本地举子们进京赶考，出行前必在楼前跪拜，如若皇榜高中，衣锦还乡之时，则骑高头大马在魁星楼下夸官。正月十五闹花灯这天，魁星楼前人潮涌动。小伙计一边往前挤，一边手举宝灯往这些人脸上照，所见男女老少均是一脸喜容。而当灯光照到一个女子，把小伙计吓了一跳，怎么呢？这个女人的一张脸上，七横八纵全是眼珠子，简直跟个莲蓬相仿，此时让宝灯一照，一只只怪眼金光烁烁。周围的人也瞧见了，一下炸了锅，人踩人人挤人，哭爹叫娘乱成一团。崔老道在后边一拍小伙计的肩膀："再不动手，更待何时？"

3

小伙计想起崔老道之前交代的话，急忙转动宝灯中的玉盏，一瞬间华光四射，惊得那个女子一阵怪叫，如金盏玉碗碎裂之声，化成一道黑烟落在了魁星楼后。在附近观灯的军民争相奔走逃窜，你拥我挤乱作一团。崔老道一拍大腿，没想到这东西让乌金山宝灯照住仍可脱身，还惊动了城中百姓。不过他也瞧出来了，刚才那一下，金睛百眼怪已被宝灯所伤，逃不了多远，急忙叫上小伙计追赶过去。寻至魁星楼后的一口古井，崔老道用道眼一看，但见井中妖气弥漫，有心下去捉妖，又恐受其害，一时想不出法子，只得在一旁守候。

先不说城中怎么乱，单表崔老道和小伙计手提宝灯，在井旁坐了整整一宿，灯会上兴妖作怪之事已经传遍了。不过夜半三更谁也不敢出来看，直到转天一早，才有许多胆大好奇的围拢了看热闹。一瞧魁星楼古井旁的石杵都倒了，崔老道在上边正襟危坐，小伙计身背葫芦手提宝灯站在一旁。有人认得这是在关帝庙前卖卦的崔老道，听说是位高人，看来果然不假，免不了议论纷纷：看这阵势，老道往那儿一坐，井中的妖怪就不敢出来，旁边那个提天灯的小童子准是给他护法的！

崔老道在那儿闭目打坐，好似入定了一般，周围的人如何议论，他可都竖起耳朵听见了，当下一抖手中的拂尘，说道："贫道下山来到太原城，在关帝庙前抽签卖卦只为掩人耳目，实则为了降妖捉怪而来。此妖已被我打入井中不敢再出，常言道‘有钱能驱鬼，无术怎通神’，待贫道设下法坛遣将召神，请来太上老君炉中的三昧真火，将它化为灰烬。”

有人说道：“太好了，道爷作法捉妖，为民除害，让我们也开开眼。”看热闹的众人随声附和，求崔老道赶快作法召神，除掉魁星楼古井中的妖怪。

崔老道说：“各位，捉妖拿鬼讲究天时、地利、人和，贫道纵有捉妖之术，眼下却不是当口，况且我二人在此守了一夜，水也没喝、饭也没吃……”

周围看热闹的一听这话，赶紧凑钱买来包子、馒头、油糕、锅盔，还有人端来两大碗羊杂割，近似于羊杂碎，没有肉，全是下水，将锅里常年滚沸的老汤往上一淋，撒上葱、蒜、辣椒、老陈醋，再加上一把细粉条子，三九天能吃出满头大汗。崔老道那是天底下最馋的，从不肯亏了自己这张嘴，瞧见装在大碗中的羊杂割直冒热气，立时二目放光。此时刚开春，仍是天寒地冻的，崔老道在外边坐了一宿，冻也把他冻透了，为什么打坐似的一动不动，可不是得了道的高人，而是冻僵了手脚，想动也动不了。他和小伙计一人一大碗羊杂割，稀里呼噜招呼下去，肚子里有了食，脑袋上见了汗，方才恢复了几分精神。

崔老道吃饱喝足一抹嘴，告诉众人说：“诸位，眼下可不是看热闹的时候，如若还想活命，有家的赶紧回家，投店的快去住店。”

众人莫名其妙：“道爷，您这可不对了，吃也吃了喝也喝了，不仅不捉妖，反倒赶我们走。”

崔老道说："各位有所不知，此怪非同小可，躲到太原城中不是一天两天了，只是吃的童男童女还不够，又被宝灯所惊，不得已遁入井中恢复元气。贫道万一拿它不住，可不知它会逃去何处。大伙儿赶紧回去相互转告，各家各户在房前屋后、门口、窗台，但凡能过人的地方都插上针，大小长短无所谓，是针就行。这东西金睛百眼，别的不怕，只是怕针，按我的话去办，可保家宅无虞。"

那个年头的人大都迷信，对于趋吉避凶之事，往往是宁可信其有不可信其无，正想分头回去准备，忽听人群外有一位粗声大嗓的，高颂一声佛号："阿弥陀佛，本座在此，岂容你这老道妖言惑众！"

众人循声观瞧，从外边挤进来一个大和尚，又高又胖、膀阔腰圆，头戴僧帽是皂青，灰布僧衣有护领；高腰僧袜白似雪，开口僧鞋足下登；云魔禅杖手中拿，紫檀佛珠挂前胸；张口叨念阿弥陀佛，好似驾云能腾空。都不用问，一瞧这打扮就是法师。太原一城军民，十有八九见过这个大和尚，也不知道在哪座宝刹修行，就见他成天到处转悠。此人法号上圆下济，宝相庄严。圆济大师分开众人，伸手点指崔老道："妖道，太原城藏龙卧虎，有的是高人，你没能耐就说没能耐，谁也不会小瞧于你。饿了给你口饭吃，渴了给你口水喝，那也是积了功德。而今你在此妖言惑众、骗吃骗喝，这却是你不对。"没等崔老道接话，圆济大师又转过身对众人说道："各位各位，甭听老道胡说，家里有针您留着缝衣服、纳鞋底子，不用往房前屋后插，那叫糟践东西。井中的妖怪没什么大不了的，本座这就下去收拾了它。"这位大师真不是只说不练的嘴把式，说完让人在井口架起辘轳，绑上一个大筐，放他下去捉妖。

崔老道有心上前阻拦，却被圆济大师几句话顶了回来，落得个上不来下不去，只得抱着肩膀在一旁观看，瞧瞧这位大师有什么降妖捉怪的本事。这大和尚太胖了，二三十人才拽得住绳子，刚下去之时并无异状，旋即听得井中传出“咕噜咕噜”的水声，紧接着黑烟升起，众人赶紧闪到一边，又等了大半天，下边再无响动。崔老道叹了口气，圆济大师这是真“圆寂”了，估计此人不是什么正经和尚，多半也是行走江湖混饭吃的，不知道哪儿来的胆子，竟敢以身犯险下井捉妖。兴许他以为这妖怪也跟他一样是个混吃混喝的。不过还真让大和尚说对了，太原城里像他这样的“高人”还真不少，半天不到，什么和尚、老道、降龙的英雄、伏虎的好汉，接二连三来了四五位，皆称身怀异术，愿为百姓除害，不顾崔老道的拦阻，一个接一个下了井，却都有去无回，下去一个没一个，下一两个没一双，至此再也没人敢下去捉妖了。有人出主意，造一座塔把井口镇住。崔老道说井底下是活水，镇住井口也没用，他让城中百姓快去准备，各家各户房前屋后插上针，又叫上小伙计，匆匆赶奔督军府。崔老道已经想好了，为了万无一失，还得再借一人一宝，那才布得下“天罗地网”！

4

崔老道为了降妖捉怪，准备了三件法宝一个人：小点当铺的铁盒神针、火炼人皮纸的大葫芦、乌金山宝灯，此乃三宝，抽中斩将封神一签的小伙计，这是一个人。但是这个妖怪太厉害了，仍怕对付不了，还得去一趟督军府，再借一人一宝。

崔老道带上小伙计，来到督军府门口，声称来给督军献灯。守门的军官知道此灯乃无价之宝，元宵灯节晚上大放异彩，全城的人都看见了，深得督军和老夫人喜爱，这二人前来献宝，必定是高官得做、骏马得骑，少不了封赏，说不定从此就是长官了，那可不敢怠慢，恭恭敬敬地把二人请到府中，跑步进去通报督军大人。崔老道拜见督军说明来意，宝灯是小伙计献给老夫人的，怎奈太原城中出了一个妖怪，百姓不得安宁，虽有道法可以捉妖，却要借督军府中的一个人、一件东西，顺便连吹带捧拍了督军一通马屁。

督军行伍出身，性子爆、脾气直，人家将奇珍异宝送上门来，岂能亏了他们？况且正月十五关帝庙前出了妖怪，闹得太原城中人心惶惶，他正为此事发愁，得知有人出头定乱，那是再好不过，就问崔老道要什么。

崔老道说："贫道斗胆，要借您府中的金枪。"

督军闻听此言眉头一皱，真舍不得。这支金枪大有来头，乃西洋使臣进贡给前朝皇帝之物，是支三眼枪，三个枪管并驾齐驱，能连射三发。在当时来说，这可了不得，不仅威力够大，枪身也讲究，系赤金打造，上刻八宝花纹。当年万岁爷都舍不得用，常年摆在御驾前，是太和殿上的镇殿之宝。后来清朝灭亡，各路军阀混战，金枪辗转落在了这位督军手上。

崔老道擅长察言观色，看出督军犹豫不决，一定是舍不得借，赶紧说："督军大人且放宽心，即使您府上是东海龙宫，老道我也不是借宝不还的孙大圣，而且只借一天，用完了马上还给您，绝不敢生二心。”

督军没说借也没说不借，又问崔老道：“听你适才所言，除了金枪还要借一个人，此人是谁？”

崔老道说：“不瞒您说，您把金枪借与贫道，贫道也不会使，因此想借军中一名神枪手，以助贫道除妖。”

督军一想，这倒好办了，不怕崔老道偷走金枪，谅他也没这个狗胆。可万一用坏了，毙了他顶个屁用？如若连我的部下一起借，金枪也到不了他手上，助他一臂之力又有何妨？于是对崔老道说：“老道，我军中的神枪手没有一百也有八十，你想借哪一个？”

崔老道说：“听闻有一位姓陈的长官，是个疤瘌眼，那是个有名的神枪手。”

督军把副官叫过来一问，真有这么一位，此人外号叫“陈疤瘌眼”，早先在战场上被弹片所伤，从脑门子到腮帮子，跨过眼皮留下一道触目惊心的伤疤，因此得了这个绰号。当即传令陈疤瘌眼带上金枪，与崔老道走上一趟，此去全听道爷差遣，让你怎么干就怎么干。

崔老道谢过督军，又说：“乌金山宝灯上照九霄、下照九幽，实乃不世出的奇珍异宝，是这个小兄弟舍生忘死从深山古洞中寻得，特来献给老夫人添福增寿。不过贫道在太原城捉妖，尚需此灯相助，用完了让陈长官连同金枪一并带回。”

督军听出崔老道说这番话的意思，是给这孩子讨赏，又见削面馆的小伙计聪明伶俐，长得也精神，上人见喜，献宝有功，允诺必有重赏。

只说崔老道凑齐了四件法宝、两个人，一切准备停当，又请督军放出话去，让全城百姓多备响器，并在房前屋后遍插钢针，布下捉妖的天罗地网。又告诉陈疤瘌眼和小伙计带上神枪提上宝灯，先到十字坡埋伏。这个地方在太原城的西门外，地势较高，两条官道相交于此，离城不远却十分荒凉，四下里全是枯草。他一个人背上大葫芦，画了三道天师符，分别来到太原城的东、南、北三个城头，一枚神针钉下一道符，只留西边一条路，等崔老道忙活完了，已是转天清晨，这才赶去十字坡。

天刚蒙蒙亮，全城百姓各鸣响器，有敲锣打鼓的、有放鞭炮的，手里紧敲快打，麻雷子、二踢脚不断放响，到处都是声响，闹动了整座太原城。

5

城里边这么一闹不要紧，魁星楼古井下的东西可躲不住了。晌午时分，井水无故升起，浮上一具投井身亡的女尸，口中吐出一道黑烟，老百姓有眼尖的，望见黑烟中金光闪烁，在半空东一头西一头到处乱撞，蹿至东边，被城头一片白光挡了回去，南、北两边也出不去，最后只得奔西去了。

崔老道头顶九梁道冠、身穿八卦仙衣、足登水袜云履，背上大葫芦驻足于十字坡上。但见那道黑烟直奔他飞来，裹在妖风异雾中的百余道金光闪烁不定，眼瞅到了十字坡。削面馆小伙计从一旁闪身而出，将乌金山宝灯中的玉盏一转，霎时间放出祥光瑞彩，遮住了妖气中的金光。黑烟之中传来劈金裂石之声，卷起了漫天沙尘。崔老道摘下身后的天雷地火大葫芦，双手举过头顶，大喝一声：“九天应元雷声普化天尊！妖魔，你这厢来！”

那位问了：“崔老道念的这是什么咒？”其实不是咒，而是道号。崔老道平时不念这一句，行走江湖见了人只念“无量天尊”，您一听这四个字，就知道不是正经出家的老道了。至于崔老道刚才念的那一句“九天应元雷声普化天尊”，这在真正的道号中也算厉害的。那道黑烟听得人声，登时疾冲而至，但听“呼”的一声，全被收进了大葫芦。崔老道连忙将木塞摁进葫芦口，再看十字坡上一切如初，却似什么也没发生过。火炼人皮纸的天雷地火葫芦，并非寻常之物，内中暗藏三昧真火，收妖进去晃上一晃，立时灰飞烟灭，再也别想作怪。怎知崔老道刚刚晃了几下，却从中传出阵阵怪响，声如裂帛，忽然“咔嚓”一声，大葫芦四分五裂，落地冲出三只黑鸟，形似乌鸦，可比乌鸦大得多，一眨眼飞到天上，奔三个方向逃窜。

说时迟、那时快，崔老道身后闪出一人，全身军装，系腰带、穿马靴、头顶大壳帽，一只疤瘌眼，满脸的杀气，手持一支三管金枪。闪身出来二话不说，瞄准天上三只黑鸟，“砰、砰、砰”连放三枪，真可谓弹无虚发。三只黑鸟应声落地，变成三堆黑血，恶臭传出十余里开外。书中代言，此人并非旁人，有名的神枪手陈疤瘌眼，行伍出身，枪法出神入化，后来在天津城当了一个开枪处决人犯的刽子手。天津卫“四神三妖七绝八怪”，他占了一绝。此乃后话，按下不提。

崔老道总算把这个妖怪除了，当天回督军府送还了金枪、宝灯。督军见崔老道乃当世的高人，有意抬举他，想让他留在太原城。崔老道却怕别人知道了妖怪是他放出来的，也自知命浅福薄，担不起大请大受，此时董妃坟的风声已经过去了，便谎称还得上山修炼，依然回到天津城南门口摆摊儿算卦。

至于献出宝灯的小伙计，得了督军重金奖赏。他无心为官，用这个钱做本金，勤勤恳恳做起了买卖。他心思聪明，为人厚道，做生意讲诚信，从不坑人骗人，买卖越做越大，到后来置办商船下了南洋，终成海外巨富。

第八章　崔老道捉妖（上）

1

崔老道老家在小南河，在天津城的西南边。乡下地方穷，各家各户都差不多，除了种地没有来钱的道儿。崔老道家里没有地，有地他也不会种，吃江湖饭的卖不了力气，怎么着也养不活一家老小，因此在天津城南门口算卦相面。俗话说“倒霉上卦摊儿”，来找崔老道的人肯定都是不顺当的，如若不是倒霉走背字儿，谁会去给算卦问卜的送钱？崔老道凭江湖手段卖卦挣钱，自称“铁嘴霸王活子牙”。别说，这话倒也不假，就他那张嘴，先说海再说山、说完大镲说旗杆，自称是允文允武，要说文的，有经天纬地之才、治国安邦之略，要说武的南山打过猛虎、北海擒过蛟龙。

反正，他是有象不吹骆驼，有骆驼不吹牛，全靠两行伶俐齿、三寸不烂舌，蒙上一个是一个。免不了撞见几个倒霉蛋，倒也能挣点钱，这份进项可远不够养家糊口。因此只要能挣钱，他什么活儿都干，没有干不了的。写秧榜、打鬼胎、画符念咒、降妖捉怪，还给人合八字批龙凤帖。龙凤帖是干什么的呢？旧社会拜堂成亲之前要过龙凤大帖，把两个人的生辰八字写在龙凤帖上，找崔老道给看看是否合适，能不能成亲，属相、命相、时辰有合的也有克的，行不行全凭他说了算。比如一个属鸡的想跟一个属猴的成亲，这叫“鸡猴不到头”，两人肯定过不到一块儿去，这门亲事成不了，可只要崔老道让你成，三言五语几句话就给说成了。他说猴属的不是寻常的猴子，乃是猴中之王齐天大圣，属鸡的是也不一般，是天上的昴日星官，昴日星官曾助齐天大圣降服盘丝洞的七个蜘蛛精，这个媳妇儿娶过门来必定是贤内助，相夫教子举案齐眉，日子肯定越过越好。再比如命相相克，男的火命，女的水命，水火不相容，这两口子过得了吗？搁在一块儿还不炸了锅？可崔老道又说了，男的是上界霹雳火，女的是下界井泉水，一天一地离得太远了，上下够不着，谁也冲撞不了谁，而且火属阳、水为阴，两人在一起阴阳调和、如胶似漆。这套迷信的东西崔老道比谁都在行，怎么说怎么有，全凭他一张嘴，为了把钱挣到手，元宵能给说成煤球，你真拿个煤球来，他敢说鸡蛋让鬼上了身。

崔老道的嘴皮子好使，死人也能给说活了，搁在平时养家糊口混饭吃不成问题。可那时候连年战乱，老百姓的日子过不安稳，有今天没明天的，他这套江湖上蒙人的玩意儿也没多少人信了，因而买卖一天不如一天，再这么下去就要喝西北风了。可旧时的天津卫是块宝地，养活富人，也养活穷人，因为五行八作、鱼龙混杂，指什么吃饭的都有，指什么吃饭的也都能活。

本钱大的开商铺，本大利也大。比方说开珠宝楼，那一块宝石得多少钱？至少百十块银元，再说你一个大珠宝楼，不可能只放一个柜台，柜上也不可能只摆一块宝石，珍珠、翡翠、玛瑙、钻石，大的、小的、贵的、贱的，各式各样的摆满了，主顾进来也有个挑选。因此说没有十几二十万银元开不了珠宝楼，一般人绝对干不起。可人家开一次张，顶得上小买卖家两三年的进项。

本钱小的也不是没有，一样能干买卖，当然比不得大买卖，必须起早贪黑吃得起苦。比如到南市摆个小摊儿，卖个痒痒挠、耳挖勺、针头线脑什么的，上货都用不了几个大子儿，那能赚多少钱？可也够一家子人吃糠咽菜，不至于饿死。

手里一点本钱没有的穷光棍儿，一样找得到活儿干。天津卫这是水旱两路的码头，有膀子力气又吃得了苦的，可以到火车站或码头上扛大包。机灵的去给洋人跑腿儿，会把式的去街头卖艺，甭管到什么年头，饿不死有本事的手艺人。哪怕没手艺、没本钱、没力气，照样能找着饭辙，只要豁得出去就行，横的不要命的可以当混混儿，舍出身上这一百来斤肉，摔打叉刺，抄手拿佣、瞪眼讹人，地痞无赖的名声虽然不怎么样，千人嫌万人骂，可好歹也是个饭碗。

崔老道的日子不好过，家里人口多，上有老的，下有小的，每天一睁眼就好几张嘴等着喂，都眼巴巴地看着他，全靠他一个人挣钱养活。天津卫那么大，能耐人多了去了，火居道这一套迷信的玩意儿，画符念咒、批秧榜、合龙凤帖、算卦相面之类的，不光他一个人会干，还有人抢行市。俗话说“同行是冤家”，不用往远了说，南门口周围的庙也不少，哪座庙里头没三五个火居道？崔老道会的人家也都拿得起来，别看一个师父一个传授，终究是万变不离其宗，他除了这套玩意儿又不会干别的，光指这个也挣不来钱。再这么下去，全家老小迟早饿死，又赶上天冷，大河冻上了盖儿，冻得耗子都不出来了，外边天寒地冻的，肚子里再没食儿，这罪遭的就别提了。

想来想去干什么好呢？看着一家老小都饿着肚子，大眼儿瞪小眼儿盯着他，崔老道急得在屋子里直走溜儿，这么冷的天，脑门子上也见了汗，一抬眼看见桌上放着的毛笔了，上边有个拴笔的铜钱，当时脑袋里灵光一闪，何不按照铜钱的模样，画上几张《九九消寒图》，拿去南门口兴许可以卖几个钱。于是将毛笔蘸饱了墨，铺开一张纸，先画出九行来，一行中再打九个格，按照铜钱的样子在格中描画出九个轱辘线，对应从进九到出九的九九八十一天。下边写上消寒歌诀："冬至一阳生，滴水冻成冰，上黑是天阴雨，下黑是天晴空，心黑天寒冷冻，心白暖气升腾，满黑纷纷飞雪，左起雾右刮风。"

以前不比现在，穷人最怕三九天，穷家破业没钱买炭取暖，身上也没棉衣，数九隆冬按歌诀填画消寒图，是为了有个盼头，全画完了也就春暖花开了。崔老道一连气儿画了二十来张，拿到南门口，嘴里一边唱消寒歌诀，一边卖《九九消寒图》，一个大子儿一张。

您还别说，真有不少人买，一会儿就卖完了，买了点儿粗粮，一大家子人吃了顿饱饭。转天又画了不少，也卖完了。他还挺高兴，心说：凭我的本事，干什么都能挣钱。他为了多挣几个钱，一宿没合眼画了二百来张，寻思转天卖完了包顿饺子，一早跑到南门口，往那儿一站又开始唱消寒歌诀。可也奇了怪了，吆喝到天黑一张也没卖出去，一打听才知道，敢情有人把他这玩意儿拿回去，直接油印了，那多快啊！拿滚子蘸上油墨，“咔嚓”一下就是一张，一晚上能印出几千张来，可比他拿手画快多了。人家卖一个大子儿十张，谁还来买他一个大子儿一张的？这条财路又断了，还得另想辙，后来总算想出个点子，摆摊儿算卦的同时还说书。

天津卫的老百姓愿意听评书，就有这个瘾。旧时听评书的地方极多，大大小小规模不一，走到哪儿都有说书的。档次最高的是茶馆、书场、曲艺园子。台上说书，台下有桌椅板凳，摆上茶壶、茶碗、瓜子、花生，听书的坐在台下舒舒服服，伙计肩膀上搭条白毛巾跑前跑后地伺候着，端茶续水收拾桌子。说书先生在台上长袍马褂、正襟危坐有气派，说的都是《东汉》《三国》之类的才子书，讲古比今、高台教化。

档次低一等的小书馆就没那么讲究了，只有这么一间屋子，再次点的就是一个棚子，四周拿帷幔圈起来，坐二三十位就满了。说书的没有台案，一张小桌罩一块红绒布，听书的也没有桌子，放几条长板凳，听众挤挤插插坐在下边，能有那么三五排人，抽烟的嗑瓜子的随便地上扔。说的内容以《三侠五义》《三侠剑》一类的短打书居多，连批带讲，身上还带动作，说到兴起之处就亮把式。

两到三位说书先生能撑一个书馆，根据能耐大小分好了时间段儿，最有能耐的下午说。听书得有闲工夫，所以闲人居多，下半晌最挣钱，能耐略逊的晚上说，行话这叫“说灯晚儿”，因为好多人家舍不得点灯，天一黑就钻被窝睡觉了，听书的人就比下半晌少；再不济的说早儿，从晌午开始说，这是刚出徒的，主要为了练能耐，不怕没人听，挣几个是几个。

除了这些带顶子的地方，在天津卫另有一批撂地说野书的，有的也摆个小桌子，醒木、扇子、手绢一样不少；有的什么都不用，光板儿一人利利索索，凭一张嘴往那儿一站就开书。这其中藏龙卧虎净是高人。因为说野书的都在路边，专拣那热闹的地方，行人你来我往似流水，过来了也是围成一圈站着听，说的不好人家扭头就走，半天白费劲儿挣不来钱，所以说的内容必须得抓人，能让人听一耳朵就站住了，有天一样大火一样急的事也拔不开腿。可见吃开口饭这一行，干好了非常不容易，先不提说的水平如何，脸皮不厚都不成。长街之上人来人往谁也不认识谁，全是遛街逛景的闲人，你在这儿撂地开书，上来几句话就得把人勾住了，有几位站住了往你这儿一看，面子矮张不开嘴，那还怎么吃这碗饭？以往的老先生都说，干这个行当，绝不能是一般人，非得是“状元才，英雄胆，城墙厚的一张脸”，差一样都不行。也不是嘴皮子好肯下功夫就能说书，那不是背台本，一个字儿不落全记住了，再原样说出来就行，主要还得看脑子。

师父教的时候不是一个字一个字地告诉你，给你本书说回家背去吧，背得了你就出师了，可没有那么教的。传授的大多是套子活儿，比如文官怎么说、武将怎么说、大姑娘小媳妇儿怎么说、两军阵前插招换式怎么说，按行话这叫“赞儿”。把赞儿背熟了再教教身上的刀枪架势怎么比画，什么叫“张飞蹁马”，哪个叫“苏秦背剑”，顶多教给你这些东西，其余的全靠耳听心记。

俗话说“师父领进门，修行在个人”，既然想入这一行，全凭机灵劲儿，耳朵总得支棱着，非得有这个悟性，祖师爷才能赏你这口饭吃。当小徒弟的天天跟着师父上买卖，端茶、倒水、拎大褂儿伺候好了，师父在台上说，小徒弟在下边听，听会了记住了，变成自己的玩意儿，以后才有饭吃。

崔老道没拜过师，也没正经学过，全凭胸中见识信口胡说，从不按规矩来，想到哪儿说到哪儿，想怎么着就怎么着，纯粹的野路子，倒也自成一派。您还别说，来听的人当真不少，因为他这玩意儿太个别了。正规的说书先生，都得有一块醒木，也有叫界方和抚尺的。醒木虽小，来头却大，皇上用的叫“镇山河”、宰相用的叫“佐朝纲”、将军用的叫“惊虎胆”，文官手上的才叫“惊堂木”，说书的醒木正是从“惊堂木”演变而来。惊堂木长六寸、宽五寸、厚二寸八，这是礼部定的，说书的醒木整整小了一半，因为说书的艺人不敢跟官老爷用一样的东西，那叫大不敬，因而只能用半块。崔老道也想找一块，实在没合适的，让木匠镟一个还得花钱，问题是没钱啊！只好从坏椅子腿儿上削下来一节，前宽后窄左高右低，四不像的一个玩意儿。崔老道不在乎，对付着也能用，拿在手里一样是那个意思，从此在南门口说上书了。

别的书他说不了，单会说一部《岳飞传》。当然这其中有不少内容他也不知道，很多部分只能是吃铁丝拉笊篱——在肚子里现编。可崔老道有个能耐，别管吹得如何如之何，扣子扣得多大，把听书的胃口吊起来多高，最后他总能给圆上，说的还挺热闹，因此听他说书的人也是不少。

有一回连雨天，下了半个月没停，满大街都没人了。可崔老道一天不出去挣钱，家里人一天没饭吃，纵然天上下刀子，顶个铁锅也得出去摆摊儿。说不了书可以卖卦，万里有个一，万一有个冤大头来上一卦，起码能挣个饭钱，回到家也有个交代，这一天就对付过去了。不过卖卦的不比医馆药铺，再着急也不至于顶风冒雨来算卦。崔老道站在卦摊儿后边的房檐下望天叹气，这个买卖当真是“刮风减半，下雨全无”。他肚子里没食，身上也冷得哆哆嗦嗦，正愁得没咒儿念，这时候有个穿雨披子的人，从远处直奔崔老道的卦摊儿而来。崔老道看见有人过来心里挺高兴，可架势还得端住了，不能让人看出来，赶等来人到了近前一看，白高兴了，不是买卖。怎么呢？认识！那位说谁呀？此人叫刘大嘴，生得又肥又胖五短身材，脑袋大脖子粗，一张大嘴没有耳朵挡着能咧到后脑勺去，满口的獠牙里出外进，想把嘴闭瓷实了都难，是南市的半个混星子。也有个营生，专门给人了白事儿，就是谁家死人了，他帮着打点安排，全得听他的，规矩全懂，布置得周到齐全，说起来当年也是崔老道的徒弟。

崔老道很年轻的时候，底下的徒弟就不少了，成天跟在他屁股后头撑场面。这几年兵荒马乱的不好混了，徒弟们死得死散得散，也没剩下几个。刘大嘴算是脑袋瓜儿机灵的，出徒之后没干这行，当上了吃白事的混混儿。这小子是个土光棍儿，上无爷娘、下无妻小，没家没业就这一身臭肉，摔摔打打豁得出去，在他们这一行中耍无赖、撞破头，没有他不敢干的，久而久之把持了行会，天津城里的白事，多一半得经他的手，过他的箩，纵然不是他出面操持，也得从中讹上一道。

刘大嘴并不是只会耍胳膊根儿，对白事的规矩、套路了如指掌。还有几手绝的，好比说撒纸钱儿，抬棺出殡的时候一路走一路撒，让死人的阴魂跟着纸钱走，顺便打点两旁的孤魂野鬼。刘大嘴捏好了手腕子一抖，来一手芝麻开花节节高，纸钱往下一落如同天女散花，别人谁也来不了这手儿。

今天他顶风冒雨来找崔老道，是因为揽了个大活儿——城北官银号旁边住着个大财主，家大业大，却只有这爷儿俩，老爷两腿儿一蹬归了西，家里没别人了，只扔下一个傻儿子，这场肥得流油的白事让刘大嘴包了。兵荒马乱的年头，死人的也多，逃难的要饭的死了简单，抬埋队拿草席子一裹，拉到乱葬岗一扔，就喂野狗了。有钱的可不一样，什么年头儿也是如此，起码讲个排场，僧、道、番、尼四棚经，七天七夜念上一轮。赶上这个年月就这路买卖好做，可把这些出家人忙坏了，赶场似的走完了东家去西家。有的根本不是出家人，为了混口饭吃，把头剃秃了，找一身行头滥竽充数。刘大嘴实在找不着和尚老道了，眼珠一转就想起他师父崔老道来了，顾不上风急雨大，匆匆忙忙过来找崔老道去帮忙。崔老道虽然不是干这行的，可论起这些迷信的勾当，没人比他更明白，没有他拿不起来的。

刘大嘴急匆匆跑来，连呼哧带喘，没等崔老道开口问，直接让崔老道准备准备，救场如救火。

“这场白事儿可不能少了师父您，赶紧过去帮忙，得了钱咱师徒二人平分，亏不了您。财主家那位傻少爷数数不知道多少，吃饭不知道饥饱，但是舍得花钱，这个活儿做下来，赏钱少不了。咱爷俩这一把抄上了，够吃多半年的。”

崔老道一听也高兴坏了，赶紧收拾东西跟刘大嘴就走，没想到这一去惹上了杀身之祸！

2

崔老道得知有白事会，当真喜出望外，明白这是个肥差，可比说书算卦强多了。死人的钱最好挣，赶上有钱的人家，搭棚念经、布置灵堂、香蜡纸码、迈火盆扔小馒头，还得落桌开席。从倒头到出殡的流水席，全套的排场，讲究待客不收礼，甭管认不认识，进来磕几个头就能坐下吃饭，这得养活多少人？崔老道身为火居道，就凭他行走江湖的本领，想在白事会上捞钱，简直是易如反掌。无奈平时不干这一行，插不进这只脚去，还得说是徒弟刘大嘴知道心疼师父，这不跟天上掉钱一样吗？

崔老道一点儿没犹豫，立即收了卦摊儿，跟着刘大嘴一路奔城北。到了财主家一通忙活，白天穿上道袍念经，晚上开始送禄。可能有些人不知道这种风俗，送禄是送福禄之意。旧时迷信，有钱人死了之后要升天，送禄的时候除了焚烧纸人、纸马以外，还要"烧表"，请来和尚老道之类的人，用黄纸糊一个空筒子，形状就像高帽，一头是空的一头是尖的，烧纸时把这黄纸糊的筒子放上去，这筒子叫"表"。干什么用呢？相当于给玉皇大帝上的奏表，用毛笔在上边写字，告诉上天这个人生前积德行善，做了多少好事，死后可以升天。黄纸扎糊的表让火一烧，热流往上走，它就能飞到空中，带着冒火发声，在此过程中可以响三次，响过三次就意味着死人上天了，这就算圆满了。

纸糊的空筒能响，是因为里边分为几层，糊的时候在间隔处特意多加几层纸，纸厚能把空气拢住了，将热流闷在里头，聚集一段时间“砰”的一下爆开，火花四溅很是唬人，原理其实很简单。旧时的老百姓不明其理，以为这玩意儿真能通天。据说纸表烧上天时，响这三下的声音越大越好。糊这个纸表那也是一门手艺，那些大户人家特意多给钱，让和尚老道把纸表糊得讲究一些，别对付对付就完了。钱给得越多纸表烧得越响，说明心诚家善。其实这都是指着白事吃饭的那伙人，蒙取钱财的手段，不给也不行，你给的少了他手底下变个戏法儿，少加两层纸，撒气漏风的，送禄时烧表的响动还没有放屁声大，周围的人都得看笑话，主家这脸可就丢大了。

刘大嘴是南市上的半个混星子，以吃白事儿为生，从念经的和尚、到抬棺的杠夫、落桌的饭庄子，全部由他来找，挣的钱都有他一份，搁现在来讲叫一条龙服务。此外还得充当执事，这是官称，俗称“大了”，怎么披麻、怎么戴孝、怎么磕头、怎么哭，都得听刘大嘴的，他说什么就是什么。白天在灵堂陪孝子忙乎，安排好前来吊唁的亲友，当天的僧道不够，他抽空跑到南门口，请崔老道过去帮忙。趁天黑之前糊好纸表，准备了一切应用之物。到时辰一干人等由打灵堂出来，刘大嘴和崔老道两个人在前，引领送禄的队伍，浩浩荡荡一直走到十字路口才能停下来。按迷信的说法，把鬼送到十字路口，它上不了天也不会跟着人回家。再一个送禄不走回头路，来路是送鬼走的，回去必须另选一条路，那才是给人走的，如若原路返回，那鬼也跟着回去了，所以得转一大圈。

傻少爷家没几个三亲六故，却有的是钱，自然有人来捧臭脚。这次大办白事，不论是否沾亲带故，认识的不认识的半熟脸儿全来了。为什么？都知道傻少爷没心眼儿，老爷子一死他当了家，一个人说了算，趁机套瓷实了关系，以后好骗钱。正所谓“穷人在十字街头耍十八钢钩，钩不到亲人骨肉；富人在深山老林使刀枪棍棒，打不散无义的宾朋”。

送禄队伍可太壮观了，少说得有二三百人，黑压压的一大片。傻少爷肩扛引魂幡，怀抱哭丧棒走在前头，一路走一路行，来在十字路口当中，开始烧成队的纸马香稞。刘大嘴为了赚钱，纸人纸马可是没少预备。他跟杠房、寿衣店、扎彩铺都有勾搭，赚了钱都有他一份，本家用的东西越多，他的进项越大。到地方招呼人焚烧纸人纸马，一旁有锣鼓班子吹吹打打。火堆旁边几股旋风带动纸灰，打着转儿往上走，其实这是烧纸形成的热流，当时的人们可不懂这个，以为这就是通了天了。刘大嘴赶紧喊了一嗓子：“老爷子来收钱了！”崔老道知道该他上场了，将傻少爷叫过来跪在地上，他手端一个铜盘，上头放着黄纸表，装模作样，步踏罡斗。

刘大嘴告诉傻少爷：“少爷你瞧见没有，咱这就送老爷上天了，等会儿这黄纸糊的奏表冒出火，就要上天了，它每响一下，您就得磕三个头，然后给老道赏钱，给得越多心就越诚。”

傻少爷才十七，打小凉药吃多了，脑子有些愚钝，鼻涕流到嘴里都不知道拿袖子抹一抹。如今老爷子一死，家里就剩他一个了，也知道平时别人背地里都叫他傻子，老爷子在世的时候担心自己百年之后这傻儿子吃亏上当，因此没少嘱咐这位少爷，凡事留个心眼儿，不能别人说什么信什么。此时他披麻戴孝，拖着两条清鼻涕问刘大嘴：“我爹上天干吗去？”

刘大嘴手指天上说：“上天当神仙享福去啊！老爷子进南天门就成神仙了。”

傻少爷一听乐了，说道：“上天成仙太好了，成天云里来雾里去的，那我得多赏你们钱。”

刘大嘴跟崔老道心中暗喜，互相使个眼色，心里高兴脸上却不能带出来，还等绷住了，否则非得挨揍不可。崔老道不敢怠慢，赶紧拿火把那纸表点着了，崔老道端着铜盘，俩眼盯住燃烧的纸表，口中念念有词：“人间一段梦，天庭九莲开；翻身归净土，合掌上瑶台；早入天门去，端坐九莲台；花开无数叶，叶叶紫气来……”忽然“砰”的一声闷响，火苗子往上一蹿，火花纸灰四溅。崔老道拉着长音儿，高声叫道：“老爷子魂灵出壳，孝子跪……”

刘大嘴帮腔作势，赶紧掏出个碗举在傻少爷眼前，叫道：“老爷子魂灵出壳了，孝子快打赏，让崔老道好好念咒儿，老爷子早日成仙。”

傻少爷磕完头，伸手掏出一把银元，看也没看，“哗啦”一下扔到刘大嘴的碗里，告诉崔老道：“老道你把咒儿念好了，让我爹上天当神仙。”

现大洋是银的，碗是瓷的，扔到碗里的声响，真叫一个悦耳，听着心里就美。崔老道忍不住偷眼往碗中一看，傻少爷可真不少给，足有十块现大洋，可把他高兴坏了，还是这个活儿来钱快，这得在南门口磨多少嘴皮子才能赚来？当即卖力念咒，不一会儿黄纸表又是一响，崔老道赶忙宣旨一般高声吆喝：“老爷子脚踏祥云，直上九霄！”

刘大嘴把碗往前一递，又撺掇傻少爷掏钱。傻少爷真舍得给，从来拿钱不当钱，一伸手又掏出一把现大洋扔到碗里，跪地上“咣咣咣”连磕了三个响头。

这时纸表爆出最后一响，崔老道心想：这回妥了，分完钱回家买米、买肉、包饺子、捞面，什么好吃做什么，一家老小今天过大年了。他心里胡思乱想，嘴上可没停，继续叫道：“老爷子进南天门，孝子再叩头。”

刘大嘴赶紧在旁边让傻少爷多掏钱，吆喝道：“恭喜老爷子，贺喜老爷子，进了南天门位列仙班，孝子贤孙叩首跪送，赏崔老道……”

刘大嘴这边紧吆喝，那边傻少爷也紧着掏钱，怎知又是一声响，凄厉的声音撕破了夜空，听得在场之人个个脸上变色。

往常给玉皇大帝烧奏表，最多响三声，让死人进了南天门功德圆满，这事就算完了。可是今天奇怪了，三声响过之后，半夜里又传来一声响亮。那个年头世道乱，经常打仗，送禄的人们听出刚才这声音不太对，不是烧表的响动，好像是枪声。大伙儿全傻眼了，深更半夜哪儿打枪？

傻少爷一听不干了，哭得满脸都是鼻涕眼泪，从地上爬起来，抡开胳膊给了刘大嘴一个大耳刮子：“好啊，你跟崔老道合起伙儿来骗人，说好了让我爹上天当神仙，怎么刚进南天门就给枪毙了？你赔我爹……你赔我爹！”

刘大嘴莫名其妙挨了一记耳光，被打得晕头转向，他也不知道怎么个情况，还想编个借口把傻少爷糊弄过去，到手的钱横不能飞了。可是一低头发现自己衣服上全是血，原来刚才这一枪是颗流弹，不知道从哪儿打过来的，却正打到刘大嘴身上，他“哎哟”一声，这才觉着疼，急忙用手去捂枪眼儿，这手还没等抬起来，便身子一晃，当场扑倒在地，气绝身亡，两只眼可还睁着，到死也不明白自己怎么挨了枪子儿。

3

周围那些人一看出人命了，顿时乱了套，此时远处枪声大作，谁也不知道城里出了什么乱子，全都吓坏了，人们你拥我挤，四处逃窜，争着往家跑。

崔老道当时也蒙了，看着刘大嘴身上的枪眼儿还在往外冒血，心疼自己这徒弟死得太冤，万没想到飞来如此横祸。眼下可也不是难过的时候，顾不上给刘大嘴收尸了，赶紧把那碗里的几十块银元抓起来揣在怀里，跟在人群中撒开腿往家跑。就看街上已经乱成了一片，远近好几处火头。一来他心慌，二来天太黑跑的匆忙，认不得道路，只好拖了那条瘸腿，随着满街的人群乱跑。

此时不知打哪儿冲出大批军警，全都一身黑制服，打着白绑腿足登快靴，手持鸡蛋粗细的黑警棍，如狼似虎一般，不问青红皂白看见人就打，打躺下就抓。崔老道拖着条瘸腿跑不快，穿的道袍又扎眼，结果让军警当场摁住了，怀中的银元也被搜走没收了。就这么着，崔老道跟一同被抓的人，都被稀里糊涂地关进了监牢。

那位说，怎么回事儿呢？原来这天城里发生了民变，老百姓跟军队起了冲突，一伙儿地痞流氓趁机打砸抢烧。傻少爷家里有钱，住在北城，那边全是大商号，有家最大的盛源当铺和旁边的洋行都让人点着了，有些地痞混混儿进去抢东西，撕来打去的还出了人命。等军警过来镇压的时候，真正抢东西的歹人早跑了，只抓了两百来个在街上看热闹的平头老百姓，崔老道也是其中一个。

北洋政府见烧了洋行，又死了人，怕把事情闹大了，想来个杀一儆百以儆效尤，又没逮到真正的凶徒，就打算在抓来的这些人里面找几个替死鬼，拉出去游街示众，就说是打砸抢烧的歹人。然后请出大令开刀问斩，只要砍下几颗脑袋来挂到街上，城里的局面必然能够迅速稳定，对内对外也好交代了。

那个时候当官的不把穷老百姓当人看，人命也不值钱，砍谁的脑袋都一样，并没有多大的分别，能交代过去就行。问题是抓了那么多人，横不能两百多口子都砍了，杀少了又起不到杀鸡给猴看的效果，洋人那边也肯定不依不饶。军政府合计了一下，定了个数字，决定要八条命，砍下八颗人头挂出去，准能把这次的乱子给平了。让您说这叫什么世道？可选这八个替死鬼又是个问题，抓了这么多人关入大牢，谁该死、谁不该死没法分辨。

花开两朵，单表一枝，至于官府怎么商量砍谁的脑袋，这些事不在话下，只说牢里关满了从街上抓来的平民百姓。崔老道被抓之后被审了一通，其实也没问什么，更没容他说什么话，就是走了个过场，便直接推进了大牢。牢中一下子进来二百多位，人挨人人挤人都关在一处，有些人认识崔老道，看过他算卦听过他说书，一看他进来赶紧给腾个地方：“道长您怎么也进来了？”

崔老道摇头叹气，连称倒霉：“别提了，一言难尽，敢情老几位也都在，咱跟这儿聚齐了。”

这些被抓进来的大多是闲人，要不然怎么大半夜听见动静就跑出去看热闹。甭管什么年代，爱看热闹的都大有人在，因此倒了霉的更是不少。崔老道一看大牢里的这些老老少少，什么模样都有，真有从被窝里刚钻出来裤子都没来得及穿的，暗中叹了口气，心说：你们这些人老老实实在家睡觉不好吗？非跑出来看什么热闹，不想想这是什么地方，进来容易，再出去可难了！

有几位不知死的，真以为就是来了一趟姥姥家，串一趟门儿转身就回去了，还跟崔老道说："道长您昨天那段《岳飞传》，可正讲到四狼主金兀术统率二十万北国番兵，在诛仙镇摆下连环甲马，南宋兵将抵挡不住，眼看就要兵败如山倒了，岳元帅怎么破这阵？好家伙您那个小木头儿一摔，愣不往下说了，好悬没把我急死，晚上睡觉也睡不踏实了，要不然怎么上街看热闹让人给抓进来了。您来得正好，反正咱在这儿干坐着没事，下雨天打孩子，闲着也是闲着，您给我们接着往下讲吧。"

崔老道说："各位可真够没心没肺的，项上人头都快保不住了，还有心思听《岳飞传》？咱这次事闹大了，烧了洋行死了洋人，官面儿上肯定要找替死鬼顶罪。同治九年火烧望海楼教堂，最后砍了二十颗脑袋才算完。虽然这是前清的章程了，可不管世道怎么变，倒霉顶罪的也是咱这些穷老百姓。"

大伙儿一听崔老道说得有理，这才纳过闷儿来，刚才的兴致一扫而空，也顾不上岳元帅怎么破金兀术的连环甲马了，都在那儿唉声叹气。有胆小的当场吓尿了裤子，抢天哭地，大声喊冤。

崔老道一看崴泥了，心想：我多这个嘴干什么，大牢里乱成这样，一会儿追究下来，还不是得怪到我崔老道的头上？忙说：“诸位别乱，事到如今怕也没用，听老道我唱两句。”他此刻触景生情，叹了一口气，唱起当年火烧望海楼的事。

只听崔老道唱道：“鬼子楼高九丈九，众家小孩砍砖头，一砍砍进鬼子楼，五月二十三起祸头，城里城外众好汉，天津卫的哥们儿要报仇，手拿刀枪并剑戟，斧钺叉钩拐子流星带斧头，一齐奔到望海楼，杀声犹如狮子吼，抓住鬼子不放手，一刀一个不留情，从此惹下大祸头……”

崔老道唱的是什么呢？大清国还没倒台的时候，河口上有一座洋人盖的教堂，教堂里收留了一些盲童。老百姓们不知内情，风传洋人专挖小孩眼珠子，一传十、十传百，越传越邪乎，可就闹大了。有些人信以为真找上门去闹事，连县官都带着衙役去了，引发了很大的流血冲突。洋人开枪打死了知县随从，乱民们红了眼，一拥而上烧教堂杀洋人。结果把洋人给惹恼了，军舰直抵入海口，架起了大炮逼迫清廷查办此案，必须给个交代。官府害了怕，没别的办法只好连蒙带唬，抓了二十个混星子，说是打几下板子揍一顿让洋人出了气就行，可不白打，打完了以后给你们银子。天津卫的混混儿向来以挨打吃饭，几下板子算什么，钱来得也太容易了，素常为了抢码头争脚行抽死签，砍胳膊切大腿，三刀六洞油锅里捞铜钱，“哼哈”二字没有，皱一下眉头就算㞞了，还得谈笑风生。一听说挨完打官府还给银子，都还挺高兴，结果当天夜里把这二十个人都拉到街上砍了头。

虽然是半夜，城里的男女老少听到消息都跑出来观看，这二十个混混儿有老有少，老的六十多、小的十五六。真没给天津卫的老少爷们儿丢脸，虽然知道被官府诓了，死得冤枉，却宁死不认㞞，全扮成戏台上的英雄好汉。有过五关斩六将的关云长、有偷鸡摸狗的时迁、有绿林道上的金镖黄天霸，箭袖靠身蜈蚣纽，杏黄板带飘悠悠，一路往法场上走，一个个趾高气扬、昂首阔步，高呼“今天掉脑袋是为国为民为皇上，十八年后又是一条好汉”。围观的老百姓拍手叫好、纷纷敬酒送行。官府和洋人哪见过这阵势，都看傻了眼。以前会评弹的民间艺人连说带唱，绘声绘色，表的就是这段悲壮事迹。

崔老道一边唱一边想着自己的倒霉事儿，不由得悲从中来，真叫祸从天降。家中有老有少，一家人张着嘴等米下锅，几十块银元到了手，顶他多少日子的进项，天亮之后就可以买面买肉，一家人高高兴兴包顿饺子吃，自己再打几两酒，切上半斤猪头肉，好好孝敬孝敬肚子里的馋虫打打牙祭。过年的时候都没吃上，这回得吃够了。想不到转眼之间落在了深牢大狱，一家老小全指望崔老道一个人养活，他这一进来，让家里这几口人怎么活？怕是“董妃坟”的报应来了，悔不该见财起意动了贪念，跟徒弟刘大嘴去蒙傻少爷的钱。就没有那个发财的命，到头来还是死在这个“贪”字上了。他念及此处心中伤感，这几句唱得悲悲切切，周围那些人也都听得跟着掉眼泪。

正当此时，牢笼之外传来脚步声响，走过来几个警察，为首的一个狱警拿警棍敲打铁栅：“谁他妈在那号丧呢？现在都民国多少年了，怎么还念叨前清的事？我告诉你们这些人，上边已经把事儿查清楚了，没那么严重，现在就把你们都放出去，回去之后都长点儿记性，给我老老实实的在家待着，大半夜的别在街上乱逛了。”

众人本以为此番必死无疑，正自心中难过，没想到突然听着这么个消息，如获九重恩赦，个个喜出望外。等牢门一打开你推我搡争着往外跑，只怕脚底下慢了落在后头，万一警察后悔了又把牢门关上呢？

崔老道是最后进来的，离门最近，一转身就能出去，听到这个消息也是松了一口气。他急着回家，一看牢门打开了，赶紧往外挤，脑袋还没探出去，就让那个狱警给推倒在地：“谁也不许挤，一个一个走。”

崔老道眼见身后那个人从他身上跨过去，一溜小跑地出去了，急忙挣扎起身要再往外走，谁知那个狱警偏跟他过不去，还没等他把脚迈出去，又将他推回了牢里，就不让他走。

崔老道莫名其妙，心里起急，有种无助的恐慌，问道：“爷台，老道没得罪过你啊！咱们往日无怨近日无仇，怎么让别人出去不让我出去？”

为首的狱警眼一瞪嘴一撇，拉高嗓门儿说：“你这牛鼻子老道不是个好东西，刚才妖言惑众，唱什么官府要拿无辜百姓的人头顶罪，搞得人心惶惶，差点炸了狱，你还想出去？”

崔老道一听原来是这么回事，想哭都找不着调门儿了，心里这个后悔就别提了。这才叫“祸从口出”“为嘴伤身”，真是成也这张嘴，败也这张嘴。让人家抓进来还不老实，找个墙角老老实实待着不就得了，怎么让鬼催的非唱那段《烧河楼》，这不是吃饱了撑的吗？官府几时在乎过穷老百姓的死活，在监狱里死个人，跟死个臭虫没什么两样，抬到西关乱葬岗就填了万人坑，这帮穿官衣儿的给你胡乱按个罪名，便可以请功领赏。如果这次被留在牢里，可就再也别想活着出去了。崔老道心里明白，他是死是活全在这个狱警的一句话，放他出去了那就能活，留在这就得死。他顾不上面子了，忙跪下苦苦哀求：“爷台，您不看僧面看佛面，不看佛面看道面，我一家老小可全指着我一个人养活，您千万要高抬贵手啊……”

狱警一撇嘴，说道：“什么不看佛面看道面，我看棒子面得了。”说完把头一扭，不再搭理崔老道了。而狱中其余的人，则争先恐后往外挤，转眼跑了个干干净净，另外几个警察也跟出去了。此时人走光了，监狱中寂静无声，只剩下崔老道和扣住他不放的那个狱警。崔老道欲哭无泪，心说：我这是倒了八辈子霉了。心中悲苦却也别无他法。怎知这个狱警见人都走没了，过去双手相搀，把崔老道扶了起来，口称：“道长，我常到南市听您说《精忠岳飞传》，都听上瘾了，刚才不让您出去，是为了救您一命，后边的书还没说完呢，您可不能赶着出去挨头刀啊！”

崔老道越听越糊涂，仔细一问才明白是怎么回事儿，原来官府要处决八个人顶罪，又不好决定拿谁填馅儿。天津话填馅儿是凑数的意思。不知谁出了个馊主意，宣称把这些人都往外放，让最先挤出去的八个人填馅儿！活该这八个人死，到外面让人家五花大绑捆个结结实实，拿块破布把嘴堵了，二话不说直接拉到法场，请大令过来斩首示众。此刻这八个人全被砍了脑袋，人头已经挂出去了。民国年间的死罪一律枪毙，大令相当于部队里的刽子手，专砍军阀部队里的逃兵。如今要平定局面、杀鸡吓猴，就得把场面搞大，所以没枪毙，而是请军阀的大令枭首。

崔老道听罢始末，这才明白过来，心中暗自后怕。他是最后关进来的，离牢门口最近，跑出去准得挨上一刀人头落地。您别看脑袋长在脖子上，平时不觉得怎么样，一旦要换了地方，那可吃什么都不香了，包饺子、下捞面都跟自己没关系了。崔老道念及此处，不由得冷汗直流，暗叫一声“好险”！

再说救了崔老道的狱警，此人姓杨，名叫杨启兴，在家排行第二，人称杨二爷，大小是个头目。狱警属于闲差，尤其是当头儿的，只要按时点过卯，任你出去东走西逛也没人管。当官的见了，还得夸他们这是帮巡警弹压地面、维护治安。杨二爷在警察里也算好样的，没有旧社会警察身上的臭毛病，从不欺负老百姓，为人讲义气，愿意交朋友。单单一个爱好，没事的时候爱听评书。书馆里那几套翻来覆去听了多少遍，先生说出上句他准能接下句，早听腻了。得知南门口上有个崔老道，摆摊算卦外带说书，他那玩意儿可是独一路的货，天上难找地下难寻，不按正经的套路使活，什么五行八卦、佛道因果都往书里搁，让他说出来还真有意思，要多热闹有多热闹。杨二爷慕名前去，听了一次觉得确实好，全是新鲜玩意儿，同样一部《岳飞传》，崔老道和别处说的都不一样。打那开始听上了瘾，只要崔老道出摊儿，杨二爷必定是穆桂英打仗——阵阵到。一听就是大半天，听完了也不少给钱。崔老道却不认识这位，因为听他说书的人很多，他看不过来那么多人，记不住谁对谁。另外撂地有个规矩，要钱的时候不能跟人脸对脸，为什么？掏不掏钱是人家的事儿，掏钱是赏你饭吃，不掏钱也是理所应当，要钱的时候瞪俩大眼盯着人家，面子矮的不好意思不给钱，这次你把钱要到手了，下次人家也就不来了。所以崔老道对杨二爷没什么印象。杨二爷见崔老道也被抓了进来，不忍心看他稀里糊涂成为刀下之鬼，这才几次三番拦住了没让他跑出去，救了他一命。

救命之恩，如同再造，这也不止救了他一个人，相当于救了一大家子老小。崔老道千恩万谢，又要给杨二爷下拜。杨二爷却摆摆手说：“此地不是说话的所在，再说杨某也是举手之劳，道长不必言谢，如今时局不稳，今后还要多加小心，倘若再有个为难着窄，尽管开口，杨某定当尽力而为。”

从此崔老道跟杨二爷两个人经常走动，成了无话不谈的朋友，杨二爷也没少给崔老道帮忙。崔老道连说书带算卦，辛辛苦苦挣的这几个钱，刚够一家子嚼谷，也就是凑合着饿不死，一辈子没少吃苦受累，不想让后人再学他的本事。可穷人能有几个阔朋友？想找门路改门风可没那么简单，只好又托到杨二爷，请他帮自己儿子找位师傅，正正经经学门手艺，将来甭管贫富，至少可以自食其力养家糊口，绝不能跟他一样再吃江湖饭了。

杨二爷这人长得面相不好，看着就吓人，又是穿官衣的，不熟的见了都躲着走，不敢跟他对眼神儿，但他是个热心肠。书中代言，杨二爷是怎么个长相呢？印堂窄、人中短、鼓鼻梁、耷拉嘴角，看上去有几分凶恶，可是面恶心善，一旦有朋友求到他头上，吃多大苦受多大累，哪怕是搭功夫搭钱跑断了腿，事儿也得办。一来二去还真在城里找到一位手艺高明的木匠，让崔老道的儿子去做木匠学徒。那年头当学徒都是吃苦受累，木匠行中有这么一条不成文的规定：“学三年，帮三年。”也就是说，学徒到师父家里学手艺，不用付给师父学费，师父还得管吃管住，但不论什么脏活儿累活儿，擦桌子洗碗哄孩子，只要师父师娘吩咐下来，都必须要做。虽然说管吃管住，可吃什么住什么，那就得听师父的了。可以说当学徒非常苦。学艺这段时间一共为期三年，三年之中师父将自身本领悉心传授。三年师满，徒弟却不能马上另立门户，还要在师傅家帮工三年，仍然按照学徒的待遇，该干什么干什么，这是为了报答师傅传授本领的恩情。三节两寿还必须有所表示，三节指五月节、八月节和春节，两寿指是师父师娘各自的寿日，都得准备一份贺礼。俗话讲“一日为师，终身为父”，得当成亲爹那样孝敬。

木匠这一行“学三年，帮三年”，最少六年之后才能自己接活赚钱。六年时间可不短，人这一辈子才有几个六年？有许多急于自己创业的学徒，耐不住这连学带帮的六年之苦，学了两三年，也有了手艺，便逃回老家赚钱去了。所以到后来许多师傅在传授艺业之时，都有所保留，不肯一上来就教真本事。以前三年能教会一个徒弟，现在没个五六年，绝不把真东西都传给弟子，更有担心教会徒弟饿死师父的，身上的绝活儿到死也不传授。人家木匠师傅这次是看在杨二爷的面子上，答应三年之内准能让崔老道的儿子学会，学会就让出徒，三年帮工给免了，一年都不多留。只要他塌下心来，跟师父好好学手艺，今后足以安身立命，挣口饭吃是绰绰有余。

崔老道受过杨二爷多次恩惠，总念着这个人的好处，想找个机会报答。怎奈好人不长命，祸害遗千年。民国二十八年天津城发大水，杨二爷为了救小孩，掉在洪水中淹死了。其实杨二爷此人水性非常出色，河边生河边长，一个猛子下去能摸到河底，多大的水也不至于淹死。但是据说发大水的时候闹过河妖，杨二爷是让河妖吃了！

第九章　崔老道捉妖（中）

1

中华民国二十八年，相当于1939年，那年气候反常，黄河泛滥决口，到处都有怪事。成群的蝗虫飞进城里，远看如同一朵朵黑云，铺了天盖了地，把太阳都遮住了，见了人也不躲，直接往身上撞，天上地下到处都是，一抬脚就能踩死好几只，估计是打山东、河南那边飞过来的。黄河流域的蝗灾自古不绝，很多地方为了避免蝗灾保住庄稼，还特地盖了“蚂蚱庙”，里边供上“蚂蚱神”，历来香火不断。可那是在乡下，这种情况在城里太少见了，平时家里的孩子出去逮蚂蚱，一天下来捉上半口袋那就不少了，哪见过这种阵势？有些好事儿的，专门拿麻袋捉蝗虫，根本不用费劲，站到街上随手一兜就是半麻袋，捉完放油锅里炸了，一碗一碗地卖，也不贵，俩大子儿一碗。也真有胆大的人敢吃，别说味道还挺不错，炸得又酥又脆，公的肉嫩母的子满，嚼在嘴里满口留香。穷老百姓肚子里油水少，平常见不着什么荤腥，所以这东西大人孩子都喜欢吃，掏几个大子儿买上两碗当零嘴儿，也算是解了馋。

除了成群的蝗虫遮天蔽日，反常之事还有不少，比如黄鼠狼子搬家。有居民赶早出去，天蒙蒙亮的时候打开门一看，大马路上跑的全是黄鼠狼子，有大有小，神色慌张，净是一家子一家子的。过去那会儿城里的黄鼠狼子不少，可这东西知道躲人，偶尔才能看见一只两只，从未有过成群结队的，看见人也不知道避让，直着眼满处乱窜。你瞧它，它也瞧你，最后拿眼睛一看你，它走了，就跟没事儿人似的，等天光大亮之后就逃得没影儿了。人们议论纷纷，这可不是什么好兆头，怕是要出什么大事。

随后开始下暴雨，那真叫瓢泼大雨，密得看不出雨丝，直接从天上砸下来，下到地上起白烟儿。街上行人稀少，没有天大的事谁也不赶这日子口上出去，各家买卖也都关了门闭了户，窝在家里头不做生意了。有钱人家还好说，家里存了米面油盐，吃什么有什么，个把月不出门也断不了粮。看天儿吃饭的穷人可崴了，每天都得出去挣嚼谷儿喂肚子，出不了门只得瞪眼挨饿。即使顶风冒雨出去了，也没有活儿干挣不到钱。崔老道那会儿租住在南市的一条胡同里，也是个大杂院，从里到外好几十户人家。

崔老道对门这户，是以拉洋车糊口，洋车也有叫黄包车的，一个地方一个叫法，木头车身，胶皮轮带，天津人称之为“胶皮”。这个拉洋车的又膀又壮、高高大大，长得也挺黑，大伙儿给起了个外号叫铁柱子。为人老实本分，什么手艺也没有，但是人长得五大三粗，有膀子力气，只能靠卖力气吃饭，想凑钱买洋车可买不起，只得到车场子里赁一辆，按天给车份儿钱，剩下的才是自己赚的。

要说这拉洋车也能挣钱，干哪一行都有机灵的，那些会拉车的车夫，将洋车收拾得干干净净，用个小垫子铺好了，让人坐上去不硬不凉。自己穿得也利索，专门儿到车站、码头或者大饭庄子门口等客。眼神儿活泛，一般的人他不拉，喊他都不理你，假装听不见，知道你没什么钱，只拣看上去有钱的主儿；或者拉那些刚打乡下进城，不熟悉道路的老客。有钱的高兴了往往多赏几个，要的是这个排场。过去讲究的洋车都带脚铃，擦得锃光瓦亮，摇晃起来“当啷啷”脆响。这脚铃可不是拉车的用，是给坐车的预备的，一般就是一辆车一个脚铃，讲究点儿的一辆车安俩，一脚踩一个，再讲究的安仨，一脚踩一个，手里的文明棍儿杵一个，一路走一路踩脚铃，叮叮当当招摇过市。这一趟车坐下来，比拉车的都累，那也高兴，就为了显示派头儿。除了这种人，还愿意拉外乡老客，初到天津城两眼一抹黑，哪儿也不认识哪儿，要多少他就得给多少，过桥都能卖他个桥票。这一天下来连油灯都不用带，到了饭口就收车，挣上三四块现大洋，交给车场子一块，自己还能落下不少。

拉车有拉车的门道，首先说技术得好，抄起车把得是阴阳把，一手在前一手在后，这样既容易转弯，也不容易翻车。拉起车来讲究眼观六路、耳听八方，嘴勤会说话，见人下菜碟儿，把坐车的主儿说美了，明明是五毛钱的路，能要出一块五来。天天在路上跑，万一赶寸了撞上人，几句话就能把事儿平了，这都是本事。可这几样本事铁柱子身上是一门没有，就是个榆木疙瘩脑袋、闷葫芦嘴，而且他赁来的这辆车也是破破烂烂，车把断了一根还是拿条扁担续上的，成天拉着车满城傻跑就是不上座儿，交车份儿钱都费劲儿，更别说挣钱了。家里老爹老娘都上了年岁，就指着他一个人挣钱吃饭，穷得不像样。本来就是吃了上顿没下顿，这次又赶上连雨天，出不了车就没饭吃，铁柱子的老爹得了重病卧床不起，出气多进气少，这人眼瞅要完。

穷人家没有钱请大夫，铁柱子只得请土郎中过来看了看。什么叫“土郎中”呢？无非打着幌子走街串巷给人看病的江湖郎中。这路人大多是骗吃骗喝的庸才，没什么真本事，可有一点好——胆子大，能治不能治的都敢给瞧，在他嘴里没有看不了的病，万一治好了能挣下钱来，治不好也自有一套江湖话说，至少可以混上一顿吃喝。可铁柱子找来的这位土郎中，进门一摸那老头儿都快没脉了，挺不了多会儿，想骗钱也骗不出来，告诉铁柱子甭费劲儿了，这个人马上就没，赶紧准备后事。趁胳膊腿儿还没僵，该换衣服换衣服，该买棺材买棺材，别等到蹬了腿再抓瞎。铁柱子一听爹不行了，眼泪“哗哗”往下流，一方面是心疼他爹，再一方面是真没钱给老头儿置办装裹棺材。但是人死了也不能扔到大马路上，当时慌了手脚。他也没个主意，实不知如何是好，只能找邻居崔老道商量。周周围围住的全是穷老百姓，也就崔老道见过世面，又认识几个字，懂的事儿多，主意也多，两家当了这么久的邻居，如今只能找他了。

铁柱子跑到崔老道这屋一敲门，崔老道正好在家待着呢。他也没地方去，好几天没出摊儿了，一家老小也吃不上饭，你看着我我看着你，裤腰带勒在脖子上，坐到屋里大眼瞪小眼，饿得眼珠子直发蓝。听铁柱子一把鼻涕一把眼泪地这么一说，崔老道心里也挺难受，无奈想帮衬也帮衬不上，便告诉铁柱子：“先别哭，人都免不了生老病死，光着急没用，还得紧着事儿办。”

铁柱子早蒙了，不蒙又能想出什么法子，便求崔老道给拿个主意。崔老道一想，这三伏天又下那么大的雨，一热一潮屋子里跟蒸笼一样，人死之后搁不了多久就得发臭，到时候招了苍蝇沤了蛆，谁看了不腌心？于是跟这些老邻居老街坊们凑了一点钱。这大杂院儿里住的都是穷苦之人，无多有少，能出点儿的就出点儿，有一个是一个，冒着大雨到棺材铺半赊半买，取回一口薄皮棺材。说好听了是“薄皮棺材”，其实只是几块破木头板子好歹一钉。老爷子辛苦一辈子，光吃苦了，一天福也没享过，临走不能拿草席裹着，那埋到坟地里等于是喂野狗，有这么口薄皮棺材殓起来，不至于暴尸荒野，大伙儿也都安心了。这叫穷帮穷、富帮富。

崔老道又让铁柱子再想办法找点钱，穷人家办白事儿只能一切从简，什么过场都不走。这么热的天也停不了灵，能有口棺材就不错了，不过人死出殡之前，起码得有个供奉，哪怕半拉烧饼一个窝头也成，否则到了阴间还是饿死鬼。

这可要了铁柱子的短儿，虽说是个孝子，奈何家徒四壁，买棺材都是邻居凑的，哪还有钱啊？但凡有口吃的也留不到现在，五尺多高的汉子，到这时候一个大子儿拿不出来，恨不能在墙上一头撞死，这真叫“有钱男子汉，没钱汉子难”。只好拉着洋车出去，看能不能碰碰运气拉趟活儿，哪怕挣一毛钱给老头儿买俩烧饼也好。不过外头大雨滂沱，天儿也太早，跑出好几条街别说人，连条狗都没见着。铁柱子心里头难过，脑子里边也乱，不知不觉到了城西。这边本来就比较荒凉，这时候更没有人，急得铁柱子蹲在房檐底下直掉眼泪。

这时，打对面走过来一个学生。那会儿学生都是洋派，出门穿学生服，头上戴学生帽，打着雨伞在街上过。铁柱子一看好容易有个人了，赶紧抹去泪水，上前求那学生："您行行好坐我这车吧，我爹快不行了，我想凑俩钱给他预备些供奉，让他走在黄泉路上不至于挨饿。"

那学生一听这情况，心里十分同情，但学生是不坐这种车的。您看拉洋车的什么时候拉过穿学生服的人，他身上也没带钱。可看着铁柱子一个血气方刚的大小伙子，戳在这儿一把鼻涕一把眼泪的，连着雨水一个劲儿往下流，着实的可怜，实在不忍心扬长而去。正好手上有一包点心是给家里老人带的，就直接给了铁柱子，说："别的忙我帮不上，你把这个捎回去吧，算是我一点心意。"

铁柱子感激涕零，谢过学生，裹好点心揣在怀里，不让大雨淋着，一路没停脚跑着回到家，他爹这会儿刚咽气。铁柱子跪在床前大哭了一通，然后把那包点心交给崔老道："道长您看这个行不行？"

崔老道打开油纸包儿一瞧，口水都快流下来了。铁柱子没吃过没见过，不知道什么是好东西，崔老道可知道。这是盛兰斋的点心"鹅油宫饼"，这个要不行就没有再行的了，穷老百姓哪见过这个，崔老道活这么大岁数也只吃过两回。

盛兰斋是嘉庆年间已有的点心铺，百年老字号。以前崔老道的师爷，曾给盛兰斋点心铺看过风水，说这家铺子做买卖能发大财，但是不利人口。因为这整个铺面开在斜街上，从前到后是个喇叭形，前头门脸像扇子面，又宽又大，位置也好，却是越往里走越窄，走到尽头只能站一个人。按风水先生的说法，这叫嘴大嗓子眼小，吃得下咽不下，使劲儿咽得把人活活噎死。到后来果应其言，盛兰斋点心铺掌柜家买卖做得很大，钱越赚越多，却经常死人，本来很大家子，到民国时候只剩下一脉单传。

在当时来说，盛兰斋的点心意味着品质，用的糖是有名的潮糖。潮糖油性大，时间越长越黏，怎么放也不硬，什么时候拿出来都是软乎的，做出来的点心不会发干。使用的香油全是自己磨的小磨香油，大油选用上好的板油。当年有个荤油李，炼出来的大油为上等之品，盛兰斋点心铺专用荤油李的大油。鸡蛋、面粉、果料无一不是真东西，诸如什么葡萄干、松子仁、红梅、青梅、桂花、芝麻之类，也是各有各的讲究，不用没来头的原料。不单是点心有名，元宵、蜜饯也称一绝。

铁柱子吃棒子面长大的，能有个饱就不错，这辈子没见过细粮，他哪懂这个，一看崔老道说好，急忙取出一块鹅油宫饼，双手捧着送到老爷子嘴前，一边哭一边喊着："爹啊！这是盛兰斋的点心，儿子我没本事，活着的时候没让您吃上过，走在黄泉路上垫一口，别饿着肚子投胎。"只见挺尸在床上的老爷子突然动了，这嘴似张似不张，眼皮似睁似不睁，颤颤巍巍想够那块鹅油宫饼。

屋里除了铁柱子一家和崔老道，还有院里来帮忙的邻居，一看死人张了嘴以为诈尸了，全给吓坏了。唯有崔老道看出那老头儿还没死绝，让这点心把那口气又吊回来了。您说这人得馋到什么程度?

崔老道忙让铁柱子给老头儿喂点心，可不能直接给，拿过来咬上一大口，一准儿得噎死。他告诉铁柱子拿勺把点心碾碎了，用热水就着一口一口地喂老爷子。没想到这一块点心下肚，老头儿又睁开眼了，又连着送下几口去，眼睛竟然有了神采，嘴唇哆里哆嗦，似乎有话要说。

铁柱子一看，没想到老爷子临死之前我还能见上一面，这是有话要交代啊！赶忙抹了一把眼泪，将耳朵贴上去问：“爹呀，您想说什么？”老头儿吧嗒吧嗒嘴，吐出一句话来：“点心……还有吗？”大伙儿一听全乐了，这哪是死了，这是让馋虫又给勾回来了！

那么说，这老头儿真死了吗？其实没死，就是几天没吃饭身子太过虚弱，饿晕过去了。要是再没东西吃，那就真死了。如今闻见这点心的香味，再一吃这点心，又把这口气吊回来了。如果说真死了，别说一块鹅油宫饼了，你吃灵丹妙药也救不回来。不过这盛兰斋的点心能把这老头儿这口气给勾回来，也真是名不虚传。不管怎么说人是活过来了，街坊邻居们转悲为喜。

铁柱子见老头儿缓了过来，不由得又惊又喜，非要去找那位学生，当面磕几个头谢谢人家救了他爹一命。可他知道自己拙嘴笨舌，也不会说话不懂礼数，便求崔老道跟他一同前去。

崔老道心说：外头雨都下冒了烟儿，那个学生还会站在雨地里等你不成？你知道人家住哪儿吗？上哪儿找去啊？

可铁柱子刚刚经历了大悲大喜，非求他走一趟，直肠子一根儿筋，说死说活都得去。崔老道也不好推辞，无奈只得跟铁柱子打家里出来，冒着大雨去找那个学生。

两人来到街上，找来找去找不着，也不可能找着，不知道人家姓什么叫什么，往哪儿去了家住何处，能找着那才叫见鬼了。铁柱子这才死了心，不过再想回去可回不去了，持续不断的暴雨，使河水猛涨，堤坝崩决，开始发大水了。

2

民间流传这么个说法，“九河下梢天津卫，三道浮桥两座关，往南走是海光寺，往北走到北大关”。总说天津卫地处九河下梢，实际上主要是五条河，分别是“子牙河、海河、永定河、大清河、北运河”，河道纵横交错，发起大水来可不是闹笑话。1939 年这场大洪水，是有史所载最大的一次，洪峰频繁，大水如同猛兽一般追逐四散奔逃的老百姓，城里城外一片汪洋。

天刚亮，雨就停了，这洪峰紧接着就过来了。铁柱子看水不深，还想蹚着走回家。崔老道见迎面横着一条线状的水头，远看像是一条白练，离这他和铁柱子站的地方越来越近，可也看不出水势大小，寻思是否先找个地方躲一躲，避过去再说。突然在旁边的草丛中钻出一条大蛇，迅速爬上了路边一棵大树。崔老道瞅个满眼，心中立时生出不祥之感。蛇是有灵性的东西，位列五仙，能把蛇吓成这样，看来这场大水来得厉害。他连忙拉着铁柱子也往树上爬，刚上树那大水就到跟前了，天阴如晦，浊浪翻滚，洪波卷着各种杂物滔滔而至，无非箱子、柜子、桌椅、板凳之类的，河面上还漂着不少被洪水吞没的浮尸，甚至牛羊骡马之类的大牲口也不在少数。

崔老道和铁柱子目睹了这场洪灾，趴在树上不住发抖，尤其是水里的那些浮尸，男男女女、老老少少什么样的都有，一个个肚子圆鼓鼓跟皮球似的，有的还大睁着双眼，随着浪头忽上忽下，从两个人的脚底下漂过。城区的地势高低不同，有些地方水流刚没膝盖，有的地方则仅剩个屋顶，简陋一点的民宅已被冲得七零八落。老百姓们纷纷逃到高处，也有很多人被困在屋顶树梢上下不来，只能干等着。

崔老道和铁柱子两人置身的那棵大树，周围有许多房屋，发觉闹大水的居民，背着老的抱着小的爬到屋顶，年轻力壮的手忙脚乱从家里往外搬东西。人们说话相闻，但被洪水困住，谁都不能离开，就看那些落水之后还没淹死的人，身不由己地跟着浪头起伏漂流，在水中浮浮沉沉舍命挣扎，伸着两手想抓住房檐树梢，可水流太急，转眼就被大水卷走了。有人被冲得一脑袋撞在树杈子上，水面上红流一闪，接下来便无影无踪了。后来终于有几个人找来长杆，伸到洪水中将落水之人拖上房顶。

又过了一阵子，水势渐渐平缓下来，人们以为洪水很快就能退了，谁承想又下起了大雨。众人三个一堆五个一群，分别聚在高处，全身上下都湿透了，在漫天大雨中没处躲没处藏，也动不了地方，忍饥挨饿、叫苦连天，却没有任何办法。

好不容易支撑到中午时分，城里的人组织小船过来救援，那些船有水警的小艇，也有河上的渔船。崔老道和铁柱子趴在树上，望见十几条小船往西驶来，再仔细一瞧，相熟的杨二爷也在其中。

杨二爷这几年混得不错，早就不做狱警了，已经当上了警长，负责这一带的治安。杨二爷厚道耿直、深得人心，连那些摔打叉刺的混混儿也给他面子。自打他当上警长，地面儿上相比以前太平多了。这次遭了大水，杨二爷头一个站出来组织救援，他老远就瞧见崔老道在树上，忙指挥手下前去搭救。崔老道和铁柱子被救到船上，忙着问城里的情形，得知家里头没事，两个人才把悬着的心放下。

由于船少人多，每条小船上都挤得满满当当，船本来就不大，此时吃水太深，水流又急，船身晃晃悠悠眼看要翻，掌船的连忙告诉警长杨二爷："不能再上人了，否则就要翻了。"

以前的人迷信，船上最忌讳说"翻"说"沉"，那掌船的当时是急眼了，这话一出口立刻后悔了，抬手给了自己一个嘴巴。

警长杨二爷一看附近还有很多人让大水困着，跟掌船的船老大商量，多救一个是一个，想是这么想，不过小船上确实没地方了，根本容不下人落脚，这时不知谁喊了一嗓子："不好了，洪峰又来了！"

众人心头一紧，用手遮雨顺其所指看去，望见远处一道白线，压着水面往这边来了，越来越粗，越来越大，看方向应该是大清河那边来的水。

洪波流速湍急，还没等看清楚，比房顶都高的大浪头已卷至近前，立时打翻了几艘载满了人的小艇。

崔老道和警长杨二爷所乘的小船，侥幸避过了这波洪峰，但是也受到波及，被冲出很远，船身随波逐流起伏摇晃，有几个人被剧烈的晃动甩下了船。杨二爷和铁柱子都会水，同样想着救人要紧，相继跳下船去搭救落水的人。

天津卫当地人会水的不少，都是河边长大的，从小在河里打滚儿，那会儿也没人教给怎么游泳，扑腾扑腾自己就会了。杨二爷和铁柱子不仅会水，水性还都不错，一个猛子扎下去，眨眼之间到了三丈开外。

崔老道明白他自己这两下子，下了水也是白给，就别跟着裹乱了。

他趴在小艇上把心提到了嗓子眼儿，替铁柱子和杨二爷捏了把汗，突然发现远处有一大团黑乎乎的涡流，在洪波之中忽隐忽现，一会儿沉到水底下就不见了，一会儿又出现在水面，卷起黑色的水柱，逐渐往这边移来。崔老道不是一般人，他有道眼，看出来这个漩涡来者不善，其中带着一股子黑气。正当诧异之时，猛然想起一件事，心道：糟糕，这是大清河里的河妖啊，这东西竟然趁着洪水逃出来了！

3

相传很多年以前，天津城外的大清河水患泛滥，河中常有黑色漩涡出现，足有一丈多宽，从高处俯望下去，好像有什么个头儿很大的东西躲在河底吸水。下河游泳之人或是过往船只，往往来不及防备，一旦被卷进去便下落不明，人们都说那是河妖所为。后来经过高人指点，官府铸了一尊铁牛镇住河妖。当年把这尊千斤铁牛沉入河道，大清河才变得平静下来，不再有河妖为患。今天这场罕见的大洪水太大了，可能是冲垮了大清河的河道，又让河妖给逃了出来。

崔老道看出情况不对，心里起急，拼命招呼水里的人快游上船来。这时，铁柱子刚把一个落水的人救起搭到船上，而警长杨二爷却越游越远，要救一个被大水冲走的小孩。忽见洪波中的黑色漩涡迅速逼近，杨二爷和那个落水的小孩，转眼就让漩涡卷走了，再也没有浮上水面。

崔老道在船上哭天抹泪、肝胆欲裂，心疼自己这兄弟就这么没了。杨二爷素常人缘不错，别看是穿官衣儿的，平时没有架子，特别热心肠的这么一个人。大伙儿有什么难事找他，他从没拒绝过，总是想方设法帮忙。目睹杨二爷在眼皮子底下被洪流吞没，船上的人无不难过，以为杨二爷为了救人，被大水冲走淹死了。只有崔老道看出事情没那么简单，以杨二爷的水性绝不会轻易淹死，这洪波之中有河妖出没！

书要简言，这场大水过了很久才退，周围郊县的房屋田地多被冲毁，连城里的百货大楼都给淹了。水退了之后，人们到处寻找，始终没找到杨二爷的尸首，只得找了几件杨二爷的生前之物，做了个衣冠冢，替杨二爷出殡埋葬。发丧那天崔老道和铁柱子都去了，说来可是巧了，原来那天送给铁柱子盛兰斋点心的学生，正是杨二爷的儿子。

铁柱子和崔老道一样，都受过杨二爷的恩惠，对杨二爷感恩戴德，出殡那天哭得稀里哗啦。崔老道这么多年虽说见惯了人情冷暖、世态炎凉，像杨二爷这么掏心掏肺帮他的朋友可没几个，何况还救过自己的命。眼看杨二爷英年早逝，好端端一个人就这么没了，也是痛心疾首，告诉杨二爷的家里人，这棚白事里里外外该出力的地方，均由他一力承担。铁柱子跟崔老道跑前忙后帮忙料理，听崔老道念叨杨二爷死得蹊跷，八成是让河妖给吃了。铁柱子咬牙切齿捶胸愤恨，当即发了大愿，豁出性命不要，也得除了河妖，替杨二爷报仇。

崔老道也有此意，可这件事还得从长计议，他先带着铁柱子到大清河走了一趟。大清河在天津卫西郊静海县，两个人到地方放眼一看，直河出平地，河水舒缓，波澜不惊，看不出有什么异样。

铁柱子脑子不转弯儿，想着既然是河里的妖怪，就要用麻袋把河道填堵，使河水改道，然后看看这大清河中到底有什么吃人的东西。

崔老道连连摇头。这件事说着容易做着难，大清河如此宽阔，得用多少麻袋才能挡住河水？再说这条河中的妖气已经不在了，也许那河妖趁着发大水，逃到别的地方去了，纵然把大清河堵住让河水改了道，那也是徒劳无功。

两个人去找附近的人打听，近日来可有非常之事。一问之下果不其然，前些天闹大水，河底的泥沙让洪流翻卷上来，大水退去之后，人们看到有半截锈迹斑驳的大铁牛，带着断掉的铁链铁环，横倒在河边的淤泥之中，一定是让大水从河底带出来的。此时那半截镇河的铁牛，已经被人拉走了。

崔老道和铁柱子得知这个消息，均是吃了一惊，心想：这回麻烦大了，镇河的铁牛被大水冲了上来，河妖肯定是跑了。1939 年这场大洪水，洪流是奔着东南去的，南面地势低，水洼河道多不可数，又是大大小小、勾搭连环，都是通着的，想不出河妖会躲到什么地方，可没那么容易找着。待在这儿也没用了，二人只好回去商量。

白天铁柱子还要拉洋车，怎么着也得赚钱养家糊口，老爹的命才缓过来，不能断了口粮。他这洋车是打车行里赁来的，每天要交份子钱，交够份子钱再赚才是自己的，他又不会变通，就知道傻卖力气，所以起早贪黑特别辛苦，也挣不来几个钱。

崔老道相对清闲，他到南门口摆摊儿，还是干老本行，连说书再算卦得拣最热闹的时候，一早一晚没人，在家的时间比较多。每天挣够饭钱收了摊儿，便回到家中翻箱倒柜，找出几本残破古旧书页发黄的图册，拿出罗盘按着地理方位推断河妖的去向。

闲言少叙，转眼过了半个多月，这一天傍晚，铁柱子收车回来，跑得满身臭汗，一进院门脸都顾不上洗，直奔崔老道这屋：“道长，您听说了吗，南洼出怪事了！”

崔老道摆摊儿算卦为生，南市那地方人来人往，闲言碎语传得最快，城里城外的大事小情，他都能听着，所以早就知道了。这半个多月以来，南洼里接连淹死了好几位，下去游泳摸鱼的人，个个有去无回，不仅如此，连尸体都找不着，莫名其妙就没了。很久以前，天津城外沽水相连，城的西南边，地势低下，和南洼连在一起，这南洼是一眼望不到边的茫茫大泽，两头通着河，当中一大片水面开阔，两端狭窄，水非常的深，只有北边的坡沿上有住户。村子里的人常在这儿捕鱼捉虾，以前从没出过此等怪事。偶尔淹死一两个人，也在所难免，等到死尸发胀就会浮到水面上来，绝不会活不见人死不见尸。天底下哪条河里没有淹死的鬼？而今接二连三地死人，村民们心都慌了，一来二去弄得人心惶惶，谁也不敢再下南洼，打边上过都离得远远的。崔老道暗暗思索，这个事情太过蹊跷，也许正是从大清河里逃出来的河妖所为，难不成它躲到这片大水洼子里了？

铁柱子迷惑不解，问崔老道：“道长，咱总说大清河里的河妖，那究竟是个什么东西？”

这事崔老道也说不上来，早年间退海还地，有了这条大清河，年代既久，水府里的东西又不比旱地上的，匿于洪波之中兴风作怪，行踪诡秘至极，见过的人哪还有命在？因此没人说得上河妖到底是什么，到底长什么样。崔老道说：“这东西道行很深，虽然知道它躲在南洼里，可也没那么容易除掉。照眼下的情况，只有一个办法能对付它。”

铁柱子一听说有法子除掉河妖，愣头青的劲头又上来了，当即撸胳膊挽袖子，问崔老道怎么对付那妖怪。他可等了不是一天两天了，想起杨二爷惨死，心里就一阵阵地难受，打算问明白之后，转天天一亮就去动手。

崔老道却是一摆手道："急不得，你铁柱子虽是水性了得，能比得过那河妖吗？下到水里遇上河妖，也是白白送掉性命。"

铁柱子焦躁不已，急得直搓手道："这怎么办，难道警长杨二爷的仇不报了？别看我铁柱子是个臭拉胶皮的，却也懂得知恩图报。道长你有什么除妖的法子，只管说来，我干什么都行，纵然是上刀山下油锅，我也不会皱一皱眉头。"

崔老道见铁柱子心意决绝，便点了点头，伸手从怀中摸出一个小铁盒，打开一看里面是数枚钢针，不是缝衣服针，而是纳鞋底子的大针，正是他当初从小点儿当铺取来的一盒神针。他告诉铁柱子："这办法说简单也简单，说难也是极难，你按照我说的做，杨二爷的仇肯定能报。我给你画张纸符放在床头，屋里点根大香，你捏好一枚针睡觉，夜里走出去，不管看见什么、听见什么，切记勿惊勿怕，只管走你的。出城走到南洼水边，用力将这枚针扔到水里，然后扭头就往回走，来回的路上无论谁在你身后说话，你千万记住了不要理会，也不能回头，看准了一个方向走，香灭之前必须赶回来。如此这般，连续三天，那河妖准死。"

铁柱子本以为有多难，一听居然这么简单，拍着胸脯子说："这还不容易吗？道长您就瞧我的吧。"

崔老道说："你千万不能大意，必须照我说的做，稍有闪失你的性命就没了。想想你那老爹老娘谁能养活？"

铁柱子点头称是，告诉崔老道只管放心，这些话他牢记于心，绝不敢忘，一定按照崔老道说的去做。

崔老道当即取出黄纸、朱砂，画了一道天师符，都是曲里拐弯的蝌蚪图案，谁也看不懂，让铁柱子天黑掌灯之后贴到床头；又取出三根大香，和钢针一并交给铁柱子，嘱咐再三，千千万万记住自己说的话，稍有闪失，不仅杨二爷的仇报不了，他的性命也难保。

要说崔老道的本事有多大，别说外人，连他家里人都不清楚，只能说是高深莫测。可他从不敢用，因为命浅福薄压不住，怕遭天谴挨雷劈，只凭摆摊儿说书算卦为生，依靠耍嘴皮子混碗饭吃。这一次是替杨二爷报仇，那可是他的救命恩人，崔老道也顾不上那么多了，不得已铤而走险。他也明白自己上了岁数，又贪生怕死，去了就回不来，而铁柱子正当壮年，气血方刚又心直胆大，或许能行。

4

放下崔老道在家里怎么担心不表，单说铁柱子，此人虽是个直性子人，却也不傻，明白崔老道用的这是道法，听起来玄而又玄，自己可参不透，按照崔老道说的做就行了。因此不敢多问，只把崔老道的话记在心里，回到家和往常一样洗脸吃饭。他心想：这一次真让我把河妖除了，给杨二爷报了仇不说，我铁柱子得露多大脸？到时候在天津卫人称“除河妖的铁爷”，人前显贵，鳌里夺尊，越想越得意。回到家这会儿天色还早，家里还没做饭，铁柱子一看正好，到外头买完棒子面儿又买了二斤鲫鱼，把辛苦一天挣的钱全花了，回到家架起柴锅，来了一锅贴饽饽熬小鱼。为什么要吃鱼？铁柱子心里有盘算：夜里斗的这个河妖甭管是什么，都是水里生水里长，肯定跟河中的鱼虾沾亲带故。既然都是水里头的东西，我先足足吃上一顿鲫鱼壮胆，多多少少添上几分底气。

老天津人有钱没钱的都爱吃鱼，有钱的吃好鱼，讲究“一平二鲙三塌目”。都知道这句话，但说法不一样，有人说是按口味排的，有人说是按上市先后排的，其实都不对。这个“一二三”说的是分量，平子鱼个头儿最小，但是一斤以上的才好吃，鲙鱼要吃二斤左右的，塌目鱼再小也不能小过三斤。

天津卫自古盛产鱼虾，伏天该吃鳎目鱼，“河口塌目”身上都是蒜瓣子肉，吃完上法场挨枪子儿都不怕，不过价钱也不便宜。铁柱子这样的穷人吃不起塌目鱼，河沟子里的杂鱼小虾也不少，做出来照样好吃。就拿这贴饽饽熬小鱼来说，灶上支好了柴锅，熬最便宜的小鲫头鱼，锅底下熬着鱼，锅沿上贴饽饽。饽饽就是棒子面儿做成的饼子，贴好了以后扣上锅盖一咕嘟，出锅的时候不仅鱼熬熟了，饽饽也贴得了，靠着锅沿的这 侧嘎嘣脆，下面挨着鱼的这一半已经被鱼汤浸透了，吃下去又解饱又解馋。虽说小鲫头鱼、棒子面儿没一样值钱的，这么做出来却真是好吃。铁柱子甩开腮帮子、撩开后槽牙一顿足吃，寻思把力气攒足了，夜里好给杨二爷报仇，吃饱喝足坐在屋中等待天黑。

铁柱子家就这么一间房，用几块破木板子在当中隔了一道，改成了一明一暗。铁柱子拉车早出晚归，怕打扰爹娘休息，就让老两口在里边睡，大小伙子火力也壮，他自己就在门口打地铺。等到掌灯之后，铁柱子打怀中把崔老道画的黄纸符拿出来，在床头上仔细贴好了，点上一根引魂香，然后握着一枚钢针躺到床上。平时一早天还没大亮他就出去拉车，跑一大天累得臭死，晚上到家往床上一躺，向来倒头就睡，沾枕头就着，今天却不一样，心里头有事儿睡不着，躺在那胡思乱想。不知过了多久，他心说：坏了，崔老道只说晚上出门往城南走，可忘了问到底什么时辰出去，是前半夜还是后半夜，是三更还是四更？

铁柱子此人是个受穷等不到天亮的急脾气，当下要找崔老道问个明白，免得耽误了大事。匆匆忙忙起身出门，走了几步发现不对劲儿。前文书咱说过，铁柱子和崔老道同住在一个大杂院里，什么叫大杂院？一个大院子，东、西、南、北四面有房，一家分住一间，住户按日子给房东交房钱，每一户的房租也不一样。房子越大、朝向越好房钱就越多，院门只有一个，住户进进出出全从那儿走。铁柱子家是一间北房，崔老道家朝东，按说出了屋一扭屁股就是崔老道家，出大杂院儿还得走大门。走了没几步发觉不对，脚下是一条很平坦的土路，前不着村后不着店，也不知道怎么走到这条路上来了。此时头顶上星月皆无，四下里乌漆墨黑，哪有什么大杂院儿，更是连半间屋舍也没有，身后仅有一点红光忽明忽暗。

他愣了一下，心想：是了，身后是那个香头，崔道爷告诉我夜里出去一路奔南洼走，自己家住的是北房，由打屋门口出来，背对着香火头儿走就是南！念及此处，铁柱子不再犹豫了，抬腿迈步就往前走。路上黑灯瞎火，除了铁柱子一个人没有。走着走着，打前边过来一个穿黑衣服的老头儿。铁柱子走的这条路虽不宽，但是并排走上五六个人也是绰绰有余，可那黑衣老头儿不偏不倚，直冲铁柱子迎面而来。到了铁柱子跟前，停下脚步问道：“后生，谁让你到这儿来的？你知不知道这是什么地方？还敢往前走？”

铁柱子记得崔老道的话，不敢直视那个黑衣老头儿，也不答言，低下头只顾往前走。

黑衣老头见铁柱子不说话，从身后跟上来道：“我说你等会儿，不能再往前走了，那不是你能去的地方，听我一句劝，你赶紧回家吧。”

铁柱子仍然装作没听见，继续往头里走，但是心里也不免犯嘀咕，不知道这老头儿是干什么的。

黑衣老头儿见铁柱子不理他，却并不死心，紧着脚步跟在身后一个劲儿地问：“到底是谁让你来的？你往那边去干什么？还要不要命了？”

铁柱子心觉奇怪：大路朝天，各走半边，咱们两个人各走各的路，我没碍着你，你也没碍着我，你管得怎么这么多？心里是这么想，嘴上可没说出来。这要搁在平时，以铁柱子的直脾气，非得顶他几句不可，此时却不忘崔老道的叮嘱，绷紧了这根弦儿，硬生生忍住了没开口，只是闷头往前走。

黑衣老头儿看出铁柱子的脸色变化，继续说道：“后生，我可是为了你好啊！你再往前走就回不去了，你知道这条路是哪儿吗？”

铁柱子这会儿吃了秤砣——铁了心，任凭那个黑衣老头儿如何啰唆，他也不去理会，加快脚步往前走。他平时以拉胶皮为生，腿脚很快，没多一会儿，走到一片黑茫茫的水边，心想：这地方是不是南洼？铁柱子往四下看了看，再没有别的路可走，应该就是这个地方了，便按崔老道的吩咐，用力把手中的那根钢针往水中投去，扔完了大针之后不再多看，扭头就往回走。说也奇怪，路上那个黑衣老头儿也不见了踪迹，他远远看到前方有一点微光，想起是之前在屋里点的那根引魂香，认准了方向走得更快了。

铁柱子快步往回走，离那香火越来越近，眼瞅快到地方了，身上忽然打个寒战，猛地睁开双眼，发现自己还躺在地铺上，那根大香才烧了一半，刚才好像是恍恍惚惚的一个梦。这个梦可也够真的，低头再一看，不由得倒吸了一口凉气，握在手中的钢针不见了。在梦里不觉得怎么样，此时仔细一想，这事儿还挺邪乎。天一亮他赶紧去找崔老道，把经过一五一十说了一遍。

崔老道听完点头说："你这么做就对了，再有两天即可大功告成，但你千万记住，路上不能跟任何人说话，一定要在香灭之前回到家中。"

5

铁柱子一回生二回熟，有了头一回的经验，第二天坦然多了。白天照样出去拉胶皮，不等下黑就收车回家，吃饱喝足了就在家待着。等到夜里掌灯时分，老爹老娘都睡下了，他又点上一支引魂香，看床头的纸符也贴好了，手中攥紧第二枚钢针，什么也不多想，躺到床上就睡，再一睁眼又从屋里出来，跟昨天一样，不知不觉又走到那条黑暗无人的土路上。

头一天已然走了一遭，今天不这么纳闷儿了，扭回头看准了香火头儿的位置，顺土路往前就走，和头一天夜里一样，又遇到了那个穿黑衣服的老头儿。

黑衣老头儿这次显得很着急，对铁柱子说："今天你绝对不能再过去了，你先停下来听我说句话，我告诉你件事，等我说完了你愿意接着走我绝不拦你。”

铁柱子记着崔老道的话，对那老头儿看也不看一眼，只顾往前走。

黑衣老头儿追上来哀求说：“后生，你站一站听我把话说完了，只要你扭头回去，要什么我给你什么，你要钱还是要宝？”

铁柱子虽然是穷，但为人很有骨气，此时脑子里只有一个念头，要除掉河妖替警长杨二爷报仇，给钱给宝贝诱惑不了他，任凭那黑衣老头儿把嘴皮子磨破了，铁柱子也是全然不理。

黑衣老头儿说：“后生，枉老夫费尽口舌，你且听老夫一言，有钱了你想干什么干什么，想娶媳妇儿不想？想吃好东西不想？你想要什么尽管开口，只要你说一句，我立刻给你拿过来。”

虽然崔老道没有说破，铁柱子这时候也看出来了，这黑衣服老头儿多半就是大清河里的妖怪变化的。崔老道嘱咐的话不能忘了，任凭对方说出大天去，我只当自己是个没嘴儿的闷葫芦。心里想着这些事儿，对黑衣老头儿的话充耳不闻，一路来到水边，把那枚钢针扔到水中，转身往回走，跟前一天夜里一样，一起身发现仍在自己家的床上，手里的钢针又没了。

转天一大早，铁柱子打开家门就看见崔老道在院里等他。两个人一起来到门口的早点摊儿上边吃边聊，铁柱子把昨天夜里的情况一说。

崔老道嘱咐他：“能不能除了河妖，成败就在今天晚上，只差这一哆嗦了。这最后一次，千万不能掉以轻心，稍有闪失可没人救得了你。虽然说这主意是我出的，但是你在半道有个什么闪失，我也没有搭救你的法子。”

铁柱子说："道长放心，我这嘴就跟用针缝上一样，绝不会说出半个字来。"吃过早点辞别了崔老道，仍出去拉洋车赚钱，夜里贴好纸符，点了第三根引魂香，握住最后一枚钢针躺到床上，半夜起身上路。

此前铁柱子已在这条路上走过两次，上坡下坡沟沟坎坎儿都知道，闭上眼也错不了，走起来比前两天更快。估计还得遇上那个老头儿，铁柱子暗地里嘱咐自己千万不能搭话。果不出所料，走到半路上又遇见了那个穿一身黑衣的老头儿。

黑衣老头儿这一次又急又怒，暴跳如雷，伸手指着铁柱子的脸说道："你小子还敢再来？"

铁柱子心里只想着：我走到水边，把最后这枚钢针扔进去，往回走到家，大清河里的河妖准死，总算替警长杨二爷报仇了。因此他对黑衣老头儿看也不看，径直往前走。

那黑衣老头儿说了半天，见铁柱子根本不搭理他，不由得更加恼恨起来，把脸往下一沉，目露凶光，咬牙切齿地说道："既然你把事做绝了，也别怪老夫翻脸无情，今天夜里我就让你全家都死！"

铁柱子是个至孝之人，他自己怎么样都不在乎，为了给杨二爷报仇，千刀万剐他也豁得出去，只是怕连累家里的老爹老娘。他一听这话，心里头暗自吃惊，但转念一想不对，这黑衣服老头儿又不认识我，怎么可能知道我家住在哪里，险些上了他的当。

那黑衣老头儿见铁柱子神色不定，显然已经乱了方寸，可终归还是没有开口，便恶狠狠地说道："你不信是不是？那你瞧着，我现在就去吃了你家里人……"

铁柱子见那黑衣老头儿说着话就往回走，以为对方真要去，心想：

坏了，他虽不认识我，可眼下只有这一条路，他要是顺着火亮往回走，一准儿能找到我们家。一想到这儿，再也忍不住，忙转身叫道：“你敢……”哪承想他刚回头开口说话，就看身后那点香火一下子灭掉了，眼前顿时漆黑一片，再也看不见路。铁柱子捶胸顿足，肠子都悔青了，但此刻为时已晚，再说什么都没用了。

话分两头，铁柱子那边儿没闲着，崔老道这一夜也没睡安稳，一直心惊肉跳，总觉得要出事，鸡叫头遍就坐在当院里等，等到天色大亮，却始终不见铁柱子从屋里出来。他心知大事不好，急忙推门进去一看，那支香火早已熄灭，铁柱子直挺挺躺在地铺上，已然气绝身亡，到死手里还捏着那枚钢针。

铁柱子家里人和邻居们都不知道怎么回事，这活蹦乱跳的大小伙子，头天晚上回来还活蹦乱跳，怎么说死突然就死了，有人落泪有人惋惜。纵然疑惑可也想不出个道理，或许这就是命吧，只可怜铁柱子的老爹老娘，这会儿哭得死去活来，老两口子就这么一个儿子，他这一死，以后再无指靠。

崔老道心里一清二楚，只有他知道出了什么事，却不敢声张出去，一个人躲到无人之处偷着抹泪。他暗自赌咒发愿，不除掉入清河里的河妖誓不为人！可心里头跟明镜儿似的，他自己去报仇只会送命，想要成事还得找人帮忙，问题是找谁呢？

崔老道寻思能除掉河妖的人，除了年轻力壮之外，还有最关键的两点，一要胆大不怕死，二是心坚如铁。因为崔老道听铁柱子说了之前的经过，知道河妖会在半路上百般恐吓千般诱惑，心意稍不稳固，真魂出壳之后可就回不来了，到哪里才能找到诛妖的侠壮之士？

第十章　崔老道捉妖（下）

1

转眼过了一个多月，崔老道还没找到合适的人，终日愁眉不展，加之着急上火，嘴里起大燎泡，腮帮子肿得老高，饭都吃不下去了。这河妖兴风作浪，不知道害了多少人，杨二爷和铁柱子也把命搭上了，想到这里崔老道心中一阵黯然，不知几时才能给这二位报仇？

这一天，崔老道坐在炕头上发愁，忽然想起一位，不是旁人，正是以前送禄烧奏表时的那个傻少爷。这位傻少爷一脑袋糨糊，怎么看也与豪侠之士没有半点关系，可有一点其他人还真比不了，此人生来一根筋，认准了的事撞上南墙都不带回头的，得把南墙拆了接着往前走。只要提前告诉好了他，别人再说什么他也不会信，天底下哪有比他更合适的人？

崔老道盘算好了，心说：就是他了！捉妖一事刻不容缓，当下拔起腿来，出门去找那位傻少爷。虽说送禄烧奏表已经是好几年前的事了，但这傻少爷还真没忘，一见崔老道就急了，瞪眼问：“你这牛鼻子老道，上次说好了送我爹去当神仙，怎么刚进南天门就让人家给枪毙了？我还没找你算账呢，你还敢送上门来？”说罢抬手就要打崔老道。

崔老道就知道傻少爷肯定还得提这段儿，来的路上都算准了，要不说一根儿筋呢！他早编好了词，赶紧解释：“孝子哎，您先别着急，根本不是那么回事儿，这里头一定有误会。您家老爷子早进南天门了，这会儿不知道正跟哪位老神仙下棋呢，绝没让人枪毙。当时街上过兵，开枪打死的是混混儿刘大嘴，您不是也在场瞧见了？不过这也叫因祸得福，老爷子上天当了神仙，手底下也得有个使唤的人不是，正好让刘大嘴当个引路提灯的童子，鞍前马后的伺候您家老爷子。”

傻少爷仔细一想，刘大嘴确实死了，看来崔老道没说假话，况且听意思刘大嘴也没白死，上天伺候老爷子去了，这是件好事儿，便不再追究了。书中代言，混白事的刘大嘴在天津卫绝对是有名有号，到了后文书，这个傻少爷当上了摔打叉刺的混混儿，凭他一股子傻劲儿，也干出许多让人意想不到的事，同样不是个简单的人物。旧时天津卫地面上出了“四神三妖、七绝八怪”，这二位是“八怪”里的，无论善恶良贱，也是占了一个坑的人物字号，单拎出来都有一段热闹回目可说，有机会咱再细表。

接说崔老道崔道爷，出来之前打听清楚了，傻少爷本是家财万贯，他爹留下来的家产不敢说金山银山，那也是差不了太多，可架不住那些狐朋狗友蒙他骗他，平日里花钱如同流水一般，这两年早把家产败掉了一大半。傻少爷家是北城一等一的富户，宅中有专门放钱的屋子，一摞摞的银元码在地上，他再傻也看得出来钱少了，一屋子钱跟半屋子钱毕竟不一样，那也差得太多了。手底下有厚道的家人告诉傻少爷，外头的那些朋友要分清辨明，很多人纯粹是蒙钱来的，他们的话不能都信。傻少爷别的不知道，却知道钱是好东西，有什么都比不上有钱，可他哪分得清谁是好人，谁在蒙他？正跟这儿发愁呢。

崔老道一听正中下怀，他本就是找上门来煽风点火的，顺坡下驴告诉傻少爷："恕老道我直言，您面带破财之相，是不是经常有小人来蒙骗您的钱财？"

傻少爷闻听此言连连点头，认为这崔老道还真是能掐会算，我想什么他都知道，说的是一点没错，我得听他的。

崔老道是何等人，摆摊儿算卦的最擅长察言观色，吃的就是这碗饭，一看傻少爷的反应，心里头更有底了，继续说道："老道我掐指巡纹一算，以往那些蒙骗你的人虽然可恶，但都是小河流水，您家大业大，也不在乎这几个小钱，凭傻爷您的机智，这还瞧不出来吗？不过是您宅心仁厚，睁一只眼闭一只眼，只当赏他们一口饱饭罢了。"

崔老道这话里有学问，不显山不露水先给傻少爷扣了一顶高帽子，一个是说他们家广有钱财，另一个夸他机智。俗话说"打人不打脸，骂人不揭短"，傻人就不爱听别人说他傻，崔老道一夸他机智，傻少爷心里那叫一个美，觉得崔老道真不错，虚的没有，净说实话，咧开嘴哈哈大笑。

崔老道瞧出火候差不多了，又跟傻少爷说："刚才贫道只说了一半，紧要的话还没说。虽然您周围这些狐朋狗友，吃不穷您花不穷您，可我掐算了一卦，最近有个穿黑衣服的老头儿，憋着坏要把您家的钱全卷走，这可太狠毒了！都说老奸巨猾，人越老坏主意越多，再聪明的人都保不齐上了当，老道我特地赶来给傻爷您通风报信，咱爷们儿不能让这老头儿得逞啊！”

崔老道一番花言巧语，说的跟真事儿一样，把傻少爷唬得一愣一愣的。傻子这些年总吃这个亏，最怕让人家把钱蒙走，听了崔老道的话吓了一跳，赶紧问崔老道：“怎么办？求道长教我，有何良策？”

崔老道热的也没有，哪来什么“凉策”，只是将以前嘱咐铁柱子的话，又原封不动嘱咐给傻少爷，让他原样照办，定能保住家财。必须以不变应万变，不论穿黑衣的老头儿说什么，决不能搭话，否则你的钱可就没了，记住了这一点就行。

崔老道走江湖混饭吃，全凭一张嘴巧舌如簧，论别的不行，瞪眼说瞎话的本事，他在天津卫认第二，没人排得了第一，何况糊弄一个傻子，那还不是手到擒来？当时把傻少爷眼泪都说出来了，对崔老道感恩戴德、千恩万谢，又从兜里抓了一大把银元送给他。崔老道嘴上客气，手可伸出去了，接过银元揣在怀中，又将钢针、大香和符咒留下，叮嘱再三，这才告辞而去。当天晚上，傻少爷也和铁柱子一样，床头贴符，桌上点香，倒头便睡，晚上捏着钢针出门，一路往南走，同样在半道遇上了穿黑衣服的老头儿。

第一天那黑衣老头儿先问傻少爷去哪儿，又说那地方不能去。傻少爷却只记着崔老道的话，认为这老头儿是憋着坏来骗他家财产的，根本不予理睬，到水边扔下钢针，掉头往回走；第二天那老头儿求傻少爷回去，要钱给钱要宝给宝，傻少爷是直肠子的实心眼儿，认准了这个老头儿是来骗他的，一说话家里的产业就没了，同样闭着嘴不答一言，该怎么走怎么走，该怎么扔针怎么扔针；到了第三天，那黑衣服老头儿凶相毕露，声称要去吃掉傻少爷全家老小。这招儿对铁柱子有用，因为铁柱子是孝子，家里有爹娘二老。傻少爷一听这话好悬没笑出来，更相信崔老道的话了，这黑衣老头儿摆明了在骗他，家里就他一个人，哪来的什么老小，老爷子早上南天门当神仙去了，其余都是下人，是死是活他可不在乎，因此不吃这套，径直往前走。等那黑衣老头儿意识到这是个脑子里一根筋的主儿，傻少爷已经把钢针投完了。

到了第四天早上，几片朝霞飞天际，一轮红日上扶桑，又是个好天儿。崔老道赶去南洼，打老远就见水边站满了人，来到近处一看，原来河里浮上一条三丈多长的大黑鱼，嘴里吐着血沫，白肚皮朝天。围观之人无不惊叹，指指点点议论纷纷，不知水洼子里为什么会出这么大的鱼。崔老道心里踏实了，挤在人群中暗暗点头，知道傻少爷把河妖降住了。您听明白了，这只是降住了，可还没除掉。

周围看热闹的村民瞧出了便宜，把南洼里这条三丈多长的大黑鱼用钩竿子拖拽上岸，各家各户争相上来割肉。黑鱼食性甚杂，什么东西都往嘴里吃，哪怕是扔到河里的死猫死狗，连河漂子也能给啃干净了。老百姓可不管那一套，本来就吃不上饭了，现成的鱼肉既不费力又不花钱，这是白来的，岂能放过？拿着菜刀挎着篮子，你一块我一块，人人奋勇个个当先，只恐割少了吃亏，剔得那个干净啊！不到一个时辰，那条大黑鱼就只剩一堆白骨了。等到人们散去，崔老道这才走到近前收敛鱼骨，就地用火烧成灰，装在一个坛子里，埋到城西掩骨塔下。

从此天津城很少再有水灾发生。直到 1956 年的时候，掩骨塔因雷击破坏倒塌，当年汛期连降暴雨，洪水犹如脱缰野马一般滚滚而来，淹没了大半个城区。

民间传说河妖就是这条大黑鱼，也有人说是条大蟒或是老鳖，总之越传越玄，出你之口入我之耳，添油加醋说什么的都有。崔老道却知道，黑鱼并非河妖，而是被河妖附在了身上。河妖之形并不固定，凭崔老道的本事，也没办法将其彻底铲除，只能捉起来镇在掩骨塔下。那座掩骨塔，乃是城中义民所造，专门收敛荒郊野地里没主儿的尸骸，塔里堆满了骷髅白骨，所以塔砖上全都是符咒，塔顶又以八卦为形，什么妖魔邪祟镇在塔下，也甭想再兴妖作怪。但也只是镇住了，想要彻底铲除还要看天意。

崔老道捉妖之后，把河妖焚骨成灰，装在坛中埋到塔下，很多年后终于等来天雷诛妖，连同石塔一同劈毁。不久天津城又遭了洪水。别人不知道，崔老道却明白，只因这只河妖年深日久道行太大，遭受天雷之后必有异象，这才引来了洪水。不过经过这场大水，天津城往后多少年不会再有水患。

2

傻少爷捉妖有功，只有崔老道明白前因后果，他自己完全不清楚，以为黑衣老头儿没了，家财也就保住了，成天胡吃闷睡大把花钱，进项顶不上花销，又被人连蒙带骗，金山银山也架不住这么折腾，到最后把家产败了一个精光。

从前的傻少爷家太有钱了，老爷子在世的时候置办下了良田千顷，不用自己耕种，全租给佃户，年终岁尾收地租。不仅如此，家里的房产不下十条胡同，也都赁出去给别人住，铁杆儿庄稼一样收租子，而且还开连号的当铺。傻少爷他爹知道儿子缺心眼儿，担心自己百年之后撒手闭眼，自己这宝贝儿子就没人管了。为了给傻儿子留点存项，老爷子找人用金子铸了十八尊罗汉，从小就告诉他记住三句话“放债莫讨账，种地别插秧，没钱打和尚”，不仅是逗孩子的顺口溜，也是给儿子留的后路。放债莫讨账说的是当铺，借钱当东西的不来赎，当铺才挣得到钱；种地别插秧就是告诉他收地租，地有佃户去种，不用自己操心；没钱的时候把十八尊金罗汉打碎了，换成钱也够享乐一辈子。老爷子心里有数，知道自己这儿子傻，成天给他念叨这几句话，让他牢记在心里，想等傻少爷长大之后再给他讲明白了。可还没来得及说，老爷子就进了南天门当神仙去了。

傻少爷站着吃躺着花，一年三百六十五天，天天可劲儿地造，再加上狐朋狗友连蒙带唬，都从他这儿骗钱，再厚的家底也不够他如此挥霍，甭说十八个金和尚了，就是金山也得掏空了。买卖全兑了出去，地也卖光了，金罗汉全抵给了宝局子，等到没钱吃不上饭的时候，想起老爷子说过“没钱打和尚”，跑到寺院中抡起扫帚一通胡打乱捶，专找光头和尚下手，让人家当疯子扔进班房蹲了半个月。家里虽说没有亲人了，手底下使唤人还不少，工钱欠了一年多了，一看傻少爷进了班房，那还跟这儿干什么呀？凑到一块儿一商量，把宅子的房契翻出来变卖一空，众人分了钱各奔东西，来了个树倒猢狲散。

傻少爷打班房出来，回到家一看房子都换主儿了，跟人家讲理被打了个半死，可叹偌大的家业，几年光景被他败得镚子儿皆无，到头来只得流落街头，忍饥挨饿。傻少爷过去住在大宅门儿中，衣来伸手饭来张口，糖里生蜜里长，要什么有什么，哪里懂得世上的人情冷暖。如今沦落街头，无处安身立命，整天东游西逛，结果误交了匪类。常言说“学好不容易，学坏一出溜”，傻少爷凭着又傻又愣，刺了文身当混混儿，摔打叉刺要胳膊根儿，道儿上的规矩满不懂，从不按套路出牌，全凭一股子愣劲儿。

拿这个文身来说，过去混混儿文身都有讲究，在文身里边文龙的居多，龙和龙又不一样，刚开始当混混儿的属于才入行，通常在背上文“出水龙”，暗指刚出道。几时混出了名堂，再在出水龙旁边加上祥云、太阳变成“钻天龙”；浑横不要命的在胸口文“抬头龙”，暗指从不低头服软，是硬茬子；黑白两道通吃的混混儿文“过肩龙”，两个肩膀上分别有一条龙，那是告诉你官私两面都能平蹚；有钱有势的人也有当混混儿的，不是为了吃饭，就为招摇过市欺负人，这样的人文“盘腿龙”，两条龙从脚脖子一直盘到大腿根儿，说明这个人根基硬，轻易扳不倒。除了文龙以外，“关二爷马上抡刀”、“三太子闹海伏龙”都有说法、有讲究，含义各不相同，代表了你在混混儿界的身份地位，不是谁想怎么文就怎么文，想文什么就文什么。傻少爷不懂这一套，更不在乎什么规矩不规矩的，看什么热闹文什么，左臂上文的是三仙仗剑，右臂上文的五鬼擒龙，那都是成了名的老混混儿才敢往身上扎的。他一个傻子整天带两膀子花儿满世界晃悠，因为这个没少挨打。不过也正是由于他人傻，谁都不怕，又浑又横，蛮不讲理，打遍街骂遍巷，七个不行乎八个不在乎，大不了挨顿打，饭辙可有了。

好比说谁家饭菜刚摆上桌，还没等动筷子，他踹开门进来，坐下就吃，你不让吃就掀桌子骂脏话，你动手他也动手，打不过就挨打，反正你不敢打死他，挨完了打明天还来，你能把他怎么样？只能求这位爷明天换个地方，别在一家吃起来没完。

傻少爷成天到处转悠，吃喝是不愁了，谁家的门他都敢进，谁家的东西他都敢吃，还都拿他没办法，到后来只是吃你的喝你的都不行了，还得讹钱，你不给钱我就不走。凭着这一身的傻劲儿，居然也混出点名气，一提天津卫的傻爷，没有不知道的，谁惹得起这么个主儿？

当时的天津卫，可以说遍地是混混儿，四大锅伙各霸一方，分别在东、南、西、北四城站脚儿，各有各的字号：东城的老君，西城的老悦，北城的四海，南城的九如。彼此之间界限分明，一旦有人越了界，上别人的地盘闹事，那就会引发一场恶斗。混混儿打起来可不管三七二十一，镐把、斧子、鸟枪、匕首，有什么招呼什么，还有站在墙头房顶往下倒开水扔砖头的，怎么狠怎么来。从谁口中吐出一个“服”字，那可就栽了，以后再也抬不起头。四大锅伙经过多年争斗，地盘相对稳定，很少有人出去找麻烦，倒也是相安无事。哪知道出了傻少爷这么一个货，什么规矩都不讲，打得过就打，打不过抹你一身大鼻涕恶心你，整个儿一滚刀肉，天津城四个角没有他不敢去的，挨多少打也不在乎。到后来都没人打他了，嫌太累。四大锅伙懒得理他了，官厅也拿他没辙，他也没多大的罪过，无非是到别人家里头抢口吃的，你还能把他枪毙了不成？抓回来关几天还得管他饭，打他骂他全没用，就这么个玩意儿。后来官厅想了一个治混混儿的绝招儿，当混混儿要胳膊根儿的称英雄论好汉，最好面子，如若认了栽、服了软，以后就当不成混混儿了，所以把天津卫挂名排号的混混儿全抓来，傻少爷也在其中，他也没想跑，在哪儿吃饭不是吃？抓回来带到公堂之上，不审不问、不打不骂，干什么呢？让这帮混混儿“认干妈”。上妓院找来几个人老珠黄的窑姐儿，嘻嘻哈哈、淫声浪调，劈开腿往门口一站，勒令这帮混混儿挨个儿的从妓女裤裆底下钻过去，一边爬还得一边大声叫妈。不钻裤裆的一律打入木笼，放在太阳底下晒成咸鱼。名义上是对刁民略施惩处，一没打二没毙，这么晒死官厅没责任。如此一来，等于把当混混儿的逼上了绝路，要么钻裤裆，要么活活晒死。这一下乐子大了，围观的老百姓里三层外三层，一个劲儿地叫好。当混混儿凭的就是个脸面，天大地大面子最大，折了胳膊不折腰，舍爹舍娘不舍脸，钻窑姐的裤裆还管窑姐叫妈，岂不成了婊子养的，这可太损了。真不乏脖子一梗，宁死不从的好汉，那就把命扔了。大部分觉得好死不如赖活着，钻过裤裆、认过干妈，抱头捂脸出了大堂，以后再也抬不起头来。

傻少爷那个没脸没皮的劲儿一上来，根本不在乎钻窑姐儿裤裆，出来之后自吹自擂，东、南、西、北四城那么多成了名的大混混儿，钻裤裆没他钻得快，干妈没他认得多，谁还敢跟他比？此后他更加肆无忌惮了，到处横冲直撞，一来二去成了天津卫的一霸。

傻少爷混出名头了，钱也有了，身边上也多了几个小兄弟。有人给傻少爷出馊主意：“现在的天津卫提起傻爷您的名号，真可以说是无人不知无人不晓，响当当的英雄好汉。不过您还差一样，英雄好汉得玩小娘们儿啊，您看那戏文里边英雄配美人儿，那才叫气派！”当初傻少爷家里边金山银山有的是钱，也是吃过见过，但是那会儿岁数尚小，没对女人动过心思。而今他一听这个小兄弟说的有点儿意思，登时来了兴致："上哪儿去玩小娘们儿？"小兄弟说："那得上妓院啊，群芳院是个好地方，那里边的姑娘美若天仙，一个赛一个的水灵，闭上眼划拉出来的也是有模有样。"傻少爷一拍大腿："得嘞！咱今天就去群芳院！"

众人簇拥之下，傻爷昂首阔步进了群芳院。老鸨子立马笑脸相迎，脸上的粉渣子直往下掉。大茶壶看座上茶，一看这位傻爷满不懂，头一次来，就让他先押十块钱上两盘瓜子，这叫开双盘，随即把姑娘们都叫出来了。什么冬梅、腊梅、烟儿煤、硬煤；春桃、春香、春饼、春卷儿，一个个打扮得花枝招展，莺莺燕燕把傻少爷围在当中。傻少爷人傻心直，眼光也和旁人不同，上不接天、下不连地，隔一路独一门的品位，那么多好看的一概不要，一眼相中了春桃。

大家伙儿一看，这傻爷的口味真挺特别，这个春桃胖胖乎乎的大身子，脸上的粉涂得老厚，打扮倒很时髦，旗袍开的都快到胳肢窝了，两条大粗腿，穿着高筒的玻璃丝袜子，身上还喷了不少香水，香风臭气、搔首弄姿，一下子就把傻少爷给迷住了。敢情这位傻爷就喜欢胖的！春桃好几年不开张了，一撩旗袍直往外飞燕么虎，怎么呢？闲的！可这世上有得意孙猴儿的，就有喜欢猪八戒的，这一次赶上她的主顾了。

在过去来说，天津卫有四大害，分别是"毒、赌、娼、混"，也就是抽鸦片、赌钱、妓院和混混儿，全是坑死人不偿命的。傻少爷四样占了两样，这就离倒霉不远了。

从这一天开始，傻少爷隔三岔五来群芳院，一来就打莲台，说白了就是喝花酒。过去讲究"不搭莲台不叫阔"，可不是炒俩菜烫壶酒就算完了，得让大茶壶上有名的大饭庄子，点整桌的上等酒席，装进食盒送到妓院。酒要好酒，菜要好菜，你在妓院里开席包了姑娘，就是主人，得请大家伙儿，一摆就好几桌，狐朋狗友一人点一个姑娘，大茶壶在边儿上伺候也得打赏，您算算那得多少钱啊？虽说傻少爷当混混儿以来没少讹钱，可妓院是什么地方？销金窟无底洞！向来吃人不吐骨头，有座金山也不够往里边填的。傻少爷的钱又没个数，老鸨子大茶壶加上妓女们都知道他傻，该要一块钱的得找他要个十块钱，傻爷照给不误。春桃不是值钱的妓女，再接不来客就快让老鸨子打出去了，赶到了傻少爷这儿，却按班子中头牌姑娘的价钱要。就这么造了三五回，傻少爷身上的钱就没了，还欠了一屁股债。世人常说"婊子无情，戏子无义"，春桃看上的只是傻少爷的钱，眼见傻少爷变成了穷光棍儿，也就厌烦怠慢了。傻少爷却对春桃着了迷，仍是天天来找她。春桃知道天津卫傻爷的恶名，也不敢往外赶他，就跟傻少爷说："傻爷，您是天津卫的英雄好汉，可人是英雄钱是胆，掏不出钱那还叫英雄好汉吗？这就有点儿不像话了，没钱您想办法去啊！就凭您这名号，横刀拦路、强取豪夺，看谁敢不给！"

春桃这个婊子，可真够歹毒的，出这么个损招儿，岂不是把人往死路上送？傻少爷却听不出来，反而觉得春桃说的在理，本来也憋着干一票大的，再让春桃这么一说，心气儿就上来了。说干就干也不耽搁，出门正撞见一个挎枪的军官，上去一个通天炮，打了军官一个满脸花，夺下枪来直接奔了粮铺。军官也没防备，让傻少爷这一拳打蒙了，以前当兵的多横？"妈了巴子是护照，王八盒子是免票"，出门一向横着走路，老百姓见了都躲得远远的，做梦也没想到光天化日之下，有人敢抢他的手枪，等明白过来傻少爷早跑了。

您说这位爷傻，他却知道空手抢不来钱，拎上手枪锤砸明火，光天化日之下闯进粮铺。粮铺的人见是傻少爷，手上还有盒子炮，那可没人敢跟他硬来，您要什么拿什么吧。傻少爷心中得意，还得说是抢钱容易，早该这么干了，抓过柜上的银元、老头票，一把一把塞进怀里。但是粮铺平时的收入都存银号了，柜上才有多少钱？傻少爷不甘心，好歹也是抢了一回，得够本儿啊，又背了两袋子大米，他倒明白——大米也值钱。

傻少爷还以为这跟挨家蹭饭讹钱一样，怀里揣着抢来的钱，背着两麻袋大米，大摇大摆往群芳院走。粮铺的小伙计早跑去报了官，官厅得知有人光天化日锤砸明火，大白天的就持枪抢劫，胆大包天目无王法，这不反了天了，立刻派出缉拿队捉拿强人。没等傻少爷走到地方，就被缉拿队的摁住了，抹肩头拢二背捆了一个结结实实。

这在当时来说可是大案子了，警察厅长亲自坐堂审问，光天化日持枪抢劫，这还了得？傻少爷整天与地痞无赖为伍，别的没学会，只知道当混混儿首先就得横，认打不认罚，脖梗子得硬。去别人家抢吃的也好，讹人家钱也好，落到官厅大不了挨一顿打，只要你不服软，官厅拿你也没辙，到最后还是得给你放了。可有一点他没想到，以前抢吃蹭喝的都是小事儿，没多大罪过儿，不至于掉脑袋，官厅也不会把你打死，打你一顿你不认，又打不出钱来赔偿，就不会再跟你纠缠下去了。然而这件案子在当时惊动了整座天津城，那还好得了吗？等到警察厅提审他的时候，傻少爷照样拍着胸脯，横打鼻梁一脸的不在乎，就是傻爷我干的，能拿我怎么着？要杀要剐随你的便，皱一下眉头不是英雄好汉！当时就把厅长给气乐了，拿过多少凶顽的罪人，可真没见过这么不知死的，这可倒好，一不用打二不用审，直接就承认了，拦路袭击军官夺取枪支，又持枪抢劫粮店，还顽抗拒捕，如今擒获了此案的首恶元凶，官厅可记大功一件，升官发财指日可待。于是告诉傻少爷，好汉做事好汉当，二十年后美名扬，脑袋掉了也不过碗大个疤，你可得硬到底，否则不是好汉。经过三审六问，判了傻少爷一个枪决。傻少爷满不在乎，当堂大叫："害怕我就不抢了，为了春桃把命丢，死后做鬼也风流，枪毙也好砍头也好，你给傻爷我来个快当的！"

3

深牢大狱是什么地方，好人能上那里边去吗？说是虎穴狼窝也不为过。牢头狱霸跟活阎王似的，进来的人不问青红皂白先是一顿好打，打完了锁在尿桶边上，什么时候认头伺候人了，什么时候再把你放开。傻少爷不懂这一套，被押入死牢等待处决，却依旧恶吃恶打，谁他都不服，挨完揍该怎么横还怎么横。其他犯人也看出来了，这是一个二百五，反正活不了几天了，也别打他了，告诉他要横别在里边耍，那不叫本事不是好汉，真想露脸的话，枪毙那天游街示众，路上全是看热闹的老百姓，那才是你逞英雄充豪杰的机会。一众警察为了邀功，也都来告诉傻少爷，枪毙游街的时候可不能认㞞，如何如何才是英雄好汉，到时候全看你的了。傻少爷信以为真，一门心思逞英雄，铆足了劲儿只等枪毙的这一天。

到了正日子，狱卒看守以及别的犯人都来道喜，摆下一碗酒一块肉，给傻少爷送行。军警将一众死刑犯提出大牢，插上招子押赴法场。“招子”就是死刑犯上法场时，脖子后头插的牌子，上面写有该犯的姓名罪状，拿朱笔圈上画个十叉。游街的队伍浩浩荡荡，一百多巡警手持警棍在前头开道，马兵步兵护卫两侧，待决的犯人走在当中，行刑队跟随在后。打西马路出来，绕城一圈，最后回到西马路，再出西门上法场，这一路都是热闹。

出门看红差的老百姓人山人海，密密匝匝挤在道路两旁，一个个抻脖子瞪眼，踮着脚尖往里瞅。一左一右两名军警押解傻少爷，蹚着镣子稀里哗啦走到北马路上。他倒没忘了今天是露脸的机会，这可不能错过，按别人教给他的，一边走一边冲道路两旁看热闹的人群抱拳拱手，嘴里不住叨叨。但他傻了吧唧前言不搭后语，说的东一榔头西一棒子，人们也不知道他说的是什么。傻少爷心里奇怪，怎么没人鼓掌叫好呢？看来光说话不行，还得来点别的，这时候就听看红差的人群中有人高喊：“唱一个吧！”傻少爷一听，对啊，我怎么没想到呢？这个他行啊，“哇呀呀”一声高叫，这就开嗓儿了，唱了一出“朱买臣马前泼水，崔家女难续前缘”。您别说唱得还真是那个意思，围观看红差的无不鼓掌叫好。一同押赴法场的犯人到了这会儿，一个个斜腰拉胯，有人吓得连道儿都走不了了，一边一个军警架着胳膊拖死狗一样往前走，连屎带尿顺着裤腿往下流。傻少爷唱完了戏文，听着围观之人喝彩声如雷，心中十分得意，这算是出风头了。抬头一看路旁有一个买卖家，门前挂的牌匾上写有“福聚来”三个字，傻少爷一个大字不识，这块招牌他却认得，知道这是个酱肉店，店中的烧羊肉做得最好，用的羊肉一水儿是口外的阉羊，味道鲜美、肥而不腻。傻少爷以前经常上这儿解馋来，寻思一会儿可就挨枪子儿了，吃什么也不香了，怎么着我得再来上一顿烧羊肉。

想到此处，傻少爷往福聚来门口一坐就不走了，跟押解的军警说："福聚来的烧羊肉我得尝尝！"自古以来，官面儿上对待上法场的人犯都有个担待，只要提的要求不过分，能满足的尽量满足，人都要死了，何必再难为他？福聚来掌柜的正倚在门框看热闹，闻听这位大爷点名要吃他家的烧羊肉，那可不敢怠慢，忙让柜上伙计切了一大盘。以前的买卖家都迷信，上法场的死囚吃你的东西，那可是阴功一件。因此大买卖家赶上出红差的日子，必定在门口摆一张桌案，备好了酒肉，待决的死囚打你门前路过想吃就吃，不想吃看上一眼也好，这都是积德行善。如若吃上几口你准备的饭菜或者喝上一碗酒，那就等于积了阴德。阎王爷有知，到时候全给你记下来。此时已经入了民国，买卖人却仍信这套。

小伙计端上一大盘烧羊肉，恭恭敬敬捧到傻少爷面前。傻少爷接过盘子看了一眼，二话没说"啪嚓"一下就给扣地上了。掌柜的和小伙计吓了一大跳，不知道怎么得罪这位爷了。还没等他们问，傻少爷先说话了："掌柜的，财迷你也得挑挑时候，傻爷我是要上法场的人，能吃你多少东西？吃你的东西那是你的造化，你给我切的这盘是腱子，没什么油水儿，蒙别人行，在傻爷我这儿你可过不去。怎么不把你福聚来的烧羊肉腰窝端出来？"

周围看热闹的老百姓一瞧，傻少爷真是吃过见过，而且胆大包天，其余的死囚吓得拉了胯、尿了裤，他死到临头还有心思吃烧羊肉，这才是个人物字号，纷纷起哄叫好。掌柜的无奈，只得又让伙计切了一盘肉，又端上一大碗酒。傻少爷得意了，抱拳拱手给围观的老百姓行了个礼，坐在地上连吃带喝大快朵颐，酒肉吃了个干干净净。傻少爷吃完了烧羊肉，又继续往前走，从北门转到东门，这一次唱的是“薛平贵单思十八载，王宝钏相逢苦莫提”。看热闹的最爱这样重情重义的英雄豪杰，又是一阵叫好鼓掌。傻少爷更来劲儿了，风风光光走到了东南角，抬头一看有个大买卖——老字号稻香村，起源于苏州，真正的南味点心，乾隆爷都爱吃，御笔亲题的匾额。他又站住不走了，点名要吃八大件。稻香村的老板赶紧招呼伙计，端出各色点心，什么“大八件、小八件、自来红、自来白”，在傻少爷面前摆了一地。傻少爷来者不拒，吃够了点心往前走，越走劲头儿越足，越走越是得意，这辈子没这么风光过。

看热闹的也高兴，往常出红差的，死囚大多吓得没人样了，何曾见过这等视死如归的好汉。眼见傻少爷连吃带唱大义凛然，没有不挑大拇指的。此起彼伏喝彩声中，队伍浩浩荡荡走到了南门。这边看热闹的人最多，平常就是热闹地方。傻少爷劲头儿上来了，抬高嗓门儿唱了一出“杨四郎思老母肝肠寸断，铁镜公主盗令箭大义凛然”，又是一阵喝彩，老百姓不停地喊好，一直在那儿鼓掌，手都拍红了。傻少爷是连吃带唱一点儿也不害怕，游街的队伍绕城走了一圈，转过南门口，又回到西门。西门大酒缸旁边有卖面汤的，闻着香气扑鼻，又把傻少爷的馋虫勾起来了，要了一大碗，稀里呼噜吃完一抹嘴，出城走到了西头小刘庄法场。甭管这一路上逞了多大的英雄，露了多大的脸，来到法场之上躲不过一颗黑枣儿。法场中间是个土台，民间俗称

"美人台"，取销魂之意。等待枪决的死囚在美人台上一字排开跪好了，单有一个军警拿过两条白布，在犯人脑袋上横竖系一个十字，横着的这条盖住双眼，竖着的这条由打脖子底下勒上来，过了头顶有另一个军警攥住，为的是防止犯人乱动。行刑的枪手站犯人身后三步开外待命，等监刑的长官一声令下，往前走三步，顶住犯人后脑勺开枪。

今天行刑的乃是大名鼎鼎的神枪手陈疤瘌眼，因为傻少爷这是大案，所以上头委派他来行刑。此人面相凶恶，以前在军阀部队里当兵，有一手绝活儿，手快枪准、弹无虚发，说打眼睛蹭不掉一根儿眉毛，加上干这个酒肉管饱，还能多拿一份赏钱，这才改了行。

陈疤瘌眼上前一拱手："傻爷，今天是陈某人送您上路，王法是官面儿上定的，案子可是您自己做下的，您要恨别恨我，我这手快枪也快，准让您走得又快又稳，咱是早死早脱生，赶到阎王殿前讨个好出身！"他开枪的手法和别人不同，说完话一扭身，背对傻少爷走出三步，不回头，甩手打了一枪。傻少爷当场死在枪下，陈疤瘌眼头都不转，收枪就走。可叹傻少爷误听人言，逞一时之勇光天化日抢劫粮店，本是锦衣玉食的富家子弟，最终落得这样一个结果，而且无亲无故，枪毙之后连尸首都无人认领，实在是凄凉。

崔老道一直跟在看热闹的人群里，从头到尾瞧了个满眼，心里挺不是滋味儿。等法场周围看热闹的人走光了，崔老道出来收敛了傻少爷的尸首，埋于荒坟之中。

人死如灯灭，可是枪毙傻少爷一事，却被人们添油加醋越传越广，名头比他在世时大过十倍不止。傻少爷在老百姓口中传来传去，俨然变成了天津卫头一号的大混混儿，武艺高强、义薄云天。因为一个军官强占某青楼女子，傻爷路见不平拔刀相助，在粮店门口三拳两脚打死了这个军官，又放火烧了群芳院，闹动了半座天津城，缉拿队出动两百多人才将他拿住。傻爷到得公堂之上宁死不屈，插了招子五花大绑游街示众，从容赴死、慷慨就义，惊了天地、泣了鬼神，难怪说众口铄金，以讹传讹就这么厉害，其实满不是那么回事儿。

第十一章　金刀李四海（上）

1

崔老道捉了河妖之后，仍在南门口撂地画锅，摆摊儿算卦外带耍嘴皮子说书，靠这个养家糊口。天津城南市是江湖艺人集中的地方，跟北京的天桥旗鼓相当，跑江湖的艺人想出头，就得奔这两个地方去，要么天桥撑得住场子，要么南市站得住脚，没在这两个地方闯出名堂不敢称腕儿。

崔老道说书不为出名，只为吃饭，能把一家老小的嘴喂了就成。他说的这是野书，跟书馆中的先生不一样，真可谓独一无二。首先穿着打扮就特别，真正的说书先生高台教化、讲古比今，穿的是长袍马褂儿，收拾得利利索索的。开书之前有小徒弟把书案上醒木、手帕、小茶壶摆放齐整，先生手拿一把白折扇儿，看着就有派头儿，稳稳当当迈四方步走上台，醒木一拍台下面鸦雀无声。崔道爷在路边说书没那么多讲究，扇子、手绢一律没有，也穿不起长衫马褂，花钱置办的东西一律不用，手里没个抓挠不得劲儿，干脆就用拂尘，照样比画什么像什么。往路边一站吐沫横飞、连说带比画，拂尘上的马尾甩得上下翻飞，听书的人凑近一点儿能扫脑门子上，晃得大伙儿眼花缭乱，顺带赶了苍蝇蚊子，倒也显得热闹。

只会说书还不行，还得会要钱，你不认识我、我不认识你，手心朝上平白无故找人家要钱，这可不容易，那得会要，行话管这叫“窥杵”，绝对是门学问。书场、茶馆里的先生不用学，专门有小伙计下去打钱，撂地卖艺的却不然，不懂要钱的“纲口”，说得再好也是枉然。而且这里边不分文武，你说我是打把式的，练的是刀枪、卖的是拳脚，用不着说话，这叫外行。都知道有句话叫：“光说不练嘴把式、光练不说傻把式，连说带练才是好把式。”南门口有很多打把式卖艺的，都是在地上画一个圈，两旁摆放兵器架子，上立刀枪剑戟，身上是小衣襟、短打扮，两截儿的蓝布裤褂，高挽袖面儿，抱拳拱手作过了揖，未曾开练先说话：“各位老少爷们儿、父老乡亲，学徒我初到贵宝地，兜儿里没钱了，有道是人穷当街卖艺、虎瘦拦路伤人，人要奔福地、虎要上高山。我可不敢说我会练武，在场的老少爷们儿藏龙卧虎，您打过一拳、踢过一腿就是我的老师父，一会儿我献个丑，走上两趟您给我指正指正。练完了要钱吗？不要，在下以前在镖行混饭吃，行里有一宗宝贝，唤作虎骨追风膏，能治什么呢？往大了说刀砍斧剁、黑红二伤，往小了说闪腰岔气、腰疼腿疼，我这膏药全能治。咱有言在先，买不买全凭您自愿，买了您是赏我饭吃，不买我也绝不恼您，只不过您可别看完了一回身，把人墙给我撞个大口子，那您可是毁我的饭门。

闲言少叙，一走一过一行一站，各位赏下您的眼目来，在下这就开练！”

说完了打一趟拳，打完拳没人买膏药也不要紧，嘴里有话接着说：“看来各位都是高人，花拳绣腿难入您的眼目，不要紧的，我再卖卖力气给您练一套兵刃，不过我练完了您要是还不买膏药，那可就没办法了。您都是养儿养女的人，无多有少您给俩，够我把今天的店饭账结了就行。您都是我的衣食父母，看着我饿死谁也不落忍。我这就练一套花枪，看看哪位给我扔头把钱，我这儿先谢谢您了。”这一套行话叫“杵门子”，一般来说到了这时候就能要到钱了。

如若练完了还没人给钱怎么办？那就该拐着弯儿骂人了，行话叫“钻纲”。骂人是骂人，可不能骂爹娘祖奶奶的，骂了人还得让人挑不出理。比如这位练了两趟还要不来钱，就该这么说了：“各位三老四少，我一膀子力气扔在这儿，汗珠子掉地下摔八瓣儿，愣是没人给钱，怪不得说文武圣人也不打此处过呢！”这话什么意思？就是说你们这个地方不通王法、没有礼教，比骂人还损，如果周围的人中有练过武的、念过书的，脸上就挂不住了，怎么着也得给几个。所以说过去走江湖卖艺的人，无论文武两道，不仅得有真能耐，纲条子、杵门子也不能缺，缺了就算外行。

崔老道摆摊算卦也会“钻纲”，因为经常会碰上故意来找碴儿的，怎么算怎么不对，黑的非得说成白的，哪怕你算他“只有一个爹”，他也说不对，“我还有个干爹呢”，这就是成心找事、鸡蛋里挑骨头。崔老道对付这样的人自有一套说辞，但是很少使，跟谁都是客客气气的，讲求和气生财。可是倒霉不走运，说好话也得挨打。

前些天来了个算卦的，这位穿绸裹缎、戴金佩玉，一看就是有钱有势，身后跟着四五个使唤人，有端着茶壶的、有托着烟袋的。崔老道说了一车的好话把他捧高兴了，卦金一给就是两块银元，搁过去能买一口袋白面了。崔老道接过钱，赶紧说吉祥话："您老人家宅心仁厚、体恤穷人，我祝您吉庆有余、子孙万代！"话一出口，来算卦的这位急了，上去给崔老道一个大嘴巴，又让手底下人把卦摊儿砸了。过后一打听才知道，敢情这位是前朝的太监，你说他"子孙万代"，这不找抽吗？

因此说，在旧社会吃开口饭太难了。崔老道算卦的买卖本来就不行，又让人把卦摊儿砸了，只好说起了野书。用行话来讲，崔老道说书那叫"海青"，没门没户没师父，从没得过任何传授，全凭这张嘴能说，想起什么说什么，什么都敢往外说。别的书不会，单会讲这么一段《岳飞传》。提起这套书来有两种说法，一种是袍带书，一种是神怪书。袍带书主要讲的是岳元帅征战沙场，率领岳家军与金兵厮杀，最有名的回目要数"兵困牛头山，大破连环马"。说书先生凭着一张嘴要说出千军万马的气势，两军阵前刀来枪往、插招换式，怎么攻怎么守怎么破阵怎么杀敌，听的是嘴上功夫，刀枪架儿也得漂亮，正经说书的先生向来按这个路子使活。

崔老道没得过师父传授，搁现在的话说叫没练过基本功，不是科班出来的，说不了长枪袍带这类吃功夫的书，他却会扬长避短，按照神怪书来说。说那岳飞岳鹏举本是西天如来佛祖头上的金翅大鹏鸟，曾在狮驼岭跟孙悟空斗过法，难分上下高低，简直太厉害了。只因如来佛祖曾被孔雀一口吞入腹中，佛祖剖腹而出，这孔雀就如同是他的生身之母，孔雀和大鹏本是兄弟，故此相当于如来佛祖的娘舅，收于我佛如来头顶的金光之中。有一次女土蝠听佛祖讲经的时候过于聚精会神，一不小心出了一个虚恭，也就是放了一个屁。金翅大鹏明王眼睛里不揉沙子，这一下可把他给惹怒了，飞上前去一口啄死了女土蝠。佛祖不高兴了，罚金翅大鹏鸟下界投胎，了却这段因果。投胎的路上又见到铁背虬龙，金翅大鹏鸟看这东西不顺眼，顺道也给啄死了，连带着龟丞相、虾兵蟹将一个没留，一锅全端了。这些东西转世变成了哈迷蚩、王氏、万俟卨、罗汝楫等人，所以岳飞出生三天家里就闹大水，正是当初铁背虬龙手底下的虾兵蟹将前来报仇，专门跟岳飞对着干。除了这几位，从老狼主完颜阿骨打到四太子金兀术，也是出于前世注定的因果，才来搅闹大宋天下。

这套封建迷信的东西，让崔老道说起来可谓得心应手，别人都及不上他，没他这么会编。听书的明知崔老道是信口胡编、瞪眼说瞎话，架不住编得好。崔老道又是会耍嘴皮子的老江湖，虽然没有正经学过，他也知道这说书得有扣儿，这扣儿就是悬念，你光在那儿说这不行，说得挺热闹，说完了呼啦一下全走了没人掏钱，这不是白忙活吗？说到节骨眼儿上，就得先停下来，然后伸手要钱，扣子不大钱就要不多，你想多要钱，人家也不多给。在南城根儿底下听书的，都不是什么有钱人，真有钱的人家茶馆儿听书去了，所以还得会说好话。崔老道就有这本事，不仅扣儿大，他也会说好话，毕竟周围这么些听书的人里头，至少有多一半儿压根儿没打算掏钱，身上也没带钱，你手心朝上、张口要钱，也不能把这些掏不起钱的穷哥儿们伤了，没捧钱场还给你捧人场了不是？

崔老道一般讲到扣人心弦的地儿，众人正听到紧张之处，他就停住了，把碗拿出来放到地上，满脸赔笑，冲周围一抱拳：“诸位，诸位，诸位，老道我今天伺候诸位这段《精忠岳飞传》，就是为了替佛道传名。所谓善恶到头终有报，只争来早与来迟。今天老道说这段书，一是大伙儿捧老道的场，二一个呢是咱大伙儿的缘分，老道我家里头孩子大人都有，也得吃饭啊！您看这天气一天凉似一天了，不怕您笑话，我们这一家子人晚上睡觉的时候，还盖着口罩儿那么大的被褥呢，连一件棉衣服都没有，大人能凑合，孩子可受不了啊！我这叫什么呢？棒子面儿倒在茶壶里——不好活呀！没法子，还求各位您帮帮忙，有钱的您帮个钱场，给多给少都念您的恩德，没钱的您帮个人力，在旁边站脚助威，容我要个棒子面钱，回去之后一家人端起饭碗，绝忘不了您的好处。”

崔老道说这么一番话，明里暗里的就让人不好意思不掏钱了，还就得这么说，不这么说要不来钱。所以说吃开口饭这一行不容易，这就叫“撂地画锅”。你首先得脸皮厚，磨不开面子不行，往那儿一站必须有本事说住了人，人家才会给你掏钱，要没有这两下子，干了也是白干。崔老道包袱加得巧，扣子拴得也紧，加上南门口闲人多，吃饱吃不饱的也没处去。那个时候的老百姓还就爱听这样的书，真有很多人捧他的臭脚，天天围着他听《岳飞传》。

好听是不假，路数也不俗，可架不住时间久了，一段《岳飞传》翻来覆去地说，听书的也都快背下来了，谁还愿意再听？老道说书看似新鲜，可等新鲜劲儿一过去，也就没人来捧场了。崔老道倒是挺卖力气，甭管有人没人，由打晌午开始说，说会儿歇会儿，歇会儿说会儿。说得口干舌燥，两眼冒金星，可是路过的站住了没听两句，一看还是老一套，抹头就走了。没人听崔老道也不能闲着，不然上哪儿挣钱去？可一直说到天至傍晚，愣是挣不出一碗粥的钱。

崔老道也想过去书馆偷艺，学两段儿不会的在南门口说，可转念一想也不成，那些个说书先生无非也成天的“三国列国东西汉、水浒聊斋济公传、大八义小八义、三言二拍西游记”，没什么新鲜玩意儿，还得花钱买票，费挺大劲偷来的艺，说的也未必比他们好，多余费那个劲儿。崔道爷思前想后、寝食难安，可一天不出去说书就一天没饭吃，这套《精忠岳飞传》在南门口来回来去说了十几遍，不说还真不行，他又不会别的。虽然大伙儿全听腻了，可也备不住有外来的没听过，给他掏上几个。

且说这一天，崔老道又来到南门口，跟往常一样，用树枝子在地上画了一个圈儿，站好了端上架势准备开书，有个路过的人看见了，就问他：“崔道爷，今天说哪段书？”

崔老道见有人搭话，心里还挺高兴，正好就着来人的话开书，当下将拂尘一摆：“过来过往的各位爷台，老道我今天实实在在给您说上一段儿，跟那些说书的不一样，我说这个不为挣钱，说的是善恶，论的是因果，为的是替祖师爷传道。”

几句话说完，还真围拢上来这么三五位。崔老道一看有人了，更卖力气了，接着说：“天道轮回、是非因果岂是人力所能左右，那是几辈子之前就定好的。话说那奸臣秦桧为何陷害忠良，一十二道金牌把岳元帅从两军阵前调回临安？披麻拷剥皮问，遭了那么大的罪过儿，到头来屈死在风波亭，这其中有一段因果……”

围过来的人一听开头儿说得天花乱坠，说来说去敢情还是这段儿，除了《精忠岳飞传》就没别的了，能不能有点儿新鲜玩意儿啊？当时一哄而散，该干什么干什么去了。

崔老道臊眉耷眼站在原地，说也不是不说也不是，接着说吧，眼瞅没有人听，不说吧，干站着更难受。他也是无可奈何，吃这碗开口饭真不容易，大街上说书不比书馆，上那儿听书都是有钱的主儿，为了摆阔比着给钱。听撂地的都是来往的路人，平地抠饼、对面拿贼，全得凭本事，几句话把人腮帮子勾住了，才能挣着钱，东西拿不住人，那就干瞪眼挣不来钱，嘴皮子说破了也是没用。家里那老老小小好几张嘴，今天又得挨饿了。正在一筹莫展之际，却见对面来了这么一位，人高马大、肩宽背阔，长得挺魁伟，大秃脑袋锃亮，一根儿头发都没有，太阳光底下一照，晃人的二目。那位站在崔老道对面，不慌不忙从怀中掏出两样东西，把在手中迈个丁字步，突然大喊了一声：“嗨！”崔老道心里打了个突，暗叫一声苦：“本来这买卖就不好，今天又来了个呛行市的！”

2

前文书说崔老道在南门里撂地说书没人听，白话了一晌午，一个大子儿也没挣，正发愁家里几口人的饭辙呢。正当此时，马路对面来了一位，这位在路上一走，大伙儿就纷纷回头看他，怎么呢？长得太有特点了，人高马大、膀阔腰圆，大秃脑袋一根头发没有，亮得都能照见人影儿，站在长街之上，打怀里掏出两样东西。崔老道的眼贼，一瞧原是来抢买卖的同行，心里当时打了一个突，真是屋漏偏逢连夜雨，船破又遇打头风，呛行市的来了。光头手里这两样东西是竹板和鸳鸯板，要说哪个也不新鲜，都是江湖艺人吃饭的家伙。咱先说这个竹板,光头拿出来的不是一套,只有两片竹子的这个大板,行话叫“扤”,交在右手握住了。按说左手应该使“节子”，也就是五片竹板加铜钱串成的小板儿，“噼里啪啦”这么一打，就该开口说了。光头却不然，他左手拿一对半圆形的铜片，那是唱山东快书用的鸳鸯板，也叫月亮板。围观看热闹的一瞧这可新鲜了，这两个东西怎么能放一起用呢?能对得上趟儿吗？从来没见过这么使的，这是什么买卖？不过这里头也有懂行的，一看光头的两件家伙事儿，就知道这是有本领的人，正经的山东快书都这么使，后来的人嫌麻烦、不愿意下功夫，久而久之简化了。

光头拉开了架势，突然之间大喝一声，引得一街两巷行路之人纷纷侧目观瞧。光头这一嗓子中气十足、声若洪钟，又出其不意，把胆子小的吓了一哆嗦，抱着孩子的好悬没扔地上，心说：这位怎么了这是？光头要的就是这个，一看大伙儿都注意他了，手中这两件家伙上下翻飞可就练开了，您别说还真有两下子，有板有眼加花活儿带身段儿，把这两副板子耍得成龙配套，一点不别扭，没等张开嘴唱，人就围了不少。有许多路过的看见围了这么多人，不知道怎么回事儿，也纷纷驻足观瞧，围观的人是越来越多。

崔老道也凑上去瞧热闹，反正他这买卖开不了张，就看看这个光头有什么本事吧。他揣着手往人群里一站，但见这个大秃脑壳子，小衣襟短打扮，腰里系着麻绳，脚上打着绑腿，一看就是个乡下来的怯老赶。崔老道暗自发笑，这个光头不好好在家种地，也想来天津卫吃开口饭？知道这是什么地界吗？板子虽然打得热闹，最多也就是唱几段山东快书，张家长、李家短，打虎的好汉武二郎，哪有什么出奇的，天津卫的老少爷们儿耳音多高，到时候一准儿要不来钱。

崔老道久走江湖，知道有两种人怕来天津，一是厨子，二是艺人。因为天津人口味高、耳音高是出了名的。先说口味，天津人无论穷富嘴都刁，穷有穷讲究、富有富讲究，一桌燕翅席未必吃得美，一碗羊骨头炖的入了味儿反倒觉得解馋；再说这耳音，更了不得了，天津名“卫”，实则却是“埠”，水旱两路的码头，旧社会的艺人初到一个地方卖艺称为“拜码头”，拜的是谁？有人说是同行同业的前辈，也有人说是官府衙门，还有人说是行帮各派的地头蛇，这些个说法都对，却不全面，最主要拜的是当地百姓。老百姓认可了你的能耐，你才有饭吃。艺人成名成腕儿，得把全国四大码头跑一个遍，四个地方都红了那才叫腕儿。而天津卫这个码头最难跑，这个地方的人吃尽穿绝、听得多见得广、话茬子也厉害。如果艺人的玩意儿真好，绝对认头掏钱；如果说玩意儿不行，必定是连挖苦带贬损，使卖艺的难以立足，所以一般的艺人往往先跑别的码头，最后才敢上京下卫。

咱再说这个大光头，板子打得那是真卖力气，抬胳膊踢腿全身上下都跟着动，只打板儿却不张嘴。围观的挺纳闷儿，就有人问了：“大个儿，你这是要什么把式？别光手里忙活，也唱几句让咱听听！”光头当时停住了手，定住身形又把板儿收了起来，冲人群作了一个罗圈儿揖，一张嘴是满口的山东话：“诸位，紧打家伙当不了唱，烧热的锅台当不了炕，话是这么削，俺可不能唱，为横么捏？这是哪儿捏？

这是天津卫，水旱的码头，繁华的所在，藏龙卧虎横么能人没有捏？各位叔叔大爷横么新鲜玩意儿没听过捏？咱乡下人这两下子不敢献丑，可是初登贵宝地，住店要个店钱儿，吃饭要个饭钱儿，不朝您老几位张手，那奏得挨饿，干脆！我给您几位削个小段儿，听着好咧，您了再给钱，听着不好转身就走，可不算您不对。来来来，老少爷们儿散开了，咱来个圈儿大人薄，得看得瞧。”

崔老道一听，可以啊！这位了不得，江湖口说得滚瓜烂熟，可不像是个生瓜蛋子。但是一个乡下人能说什么出奇的玩意儿？真要是老婆孩子热炕头这么一念叨，全是家长里短柴米油盐，别管卖多大力气，谁也不可能给你掏钱。崔老道插手站在人群里接着听，瞧着这个怯老赶在那忙活，就等着看笑话。没想到光头再一开口，一点儿山东味儿都没了，换了个人似的，满嘴的官话，字正腔圆，不吃字不咬字，舌头耍得是真利索，每个字儿都钻到人耳朵里，清清楚楚、明明白白，听着那叫一个脆，一听就是行里人。不仅如此，光头说的这段书更是别具一格，既不是长枪也不是短打，什么公案、袍带、侠义、鬼狐一概不是，说的就是天津卫的真事，一下子就把围观的这些人的腮帮子给勾住了。

这件事当地人多多少少都有过耳闻，崔老道也听人说过：南城这边有一座凶宅，什么叫凶宅？就是死过人的地方，死也不是好死的，非得是横死的才叫凶宅。以往京津两地的凶宅不少，光头说的这家凶宅，闹鬼闹得挺邪乎。早些年这家的姨太太私通戏子，正行苟且之事的当口，被本家的老爷撞破。这个脸可丢大了，纵然说大丈夫难免妻淫子不孝，可还有句话叫“王八好当气难平”。家里出了这种事搁谁也抬不起头来，更别说高门大户有头有脸的人家了，那还能饶了她？就将这个姨太太活活烧死在后院，不承想此后就闹上鬼了。有人半夜三更起来上茅厕，瞧见姨太太身穿戏装画着脸、脚不沾地穿房而过。到后来本家老爷睡觉的时候，总感觉有人喊他听戏，觉也睡不踏实，以至于神情恍惚、寝食不安。有一天老爷留了个心眼儿，上床之后假装睡着了，想看看到底是什么作怪，没过多久，就觉一阵阵阴风直往被子里钻。他没敢把眼全睁开，眯缝着往外边一看，只见姨太太身穿戏袍站在床前，一张脸上全是血，五官模糊，也看不见嘴，却一声一声招呼老爷起来看戏，吓得老爷“啊”的一声，吐出一口鲜血，两腿儿一蹬见了阎王。这座大宅从此空了，至今无人敢住。

这是出在天津卫的真人真事，老百姓们传来传去，你添点儿油我加点儿醋，那位再放点儿十三香胡椒面儿，结果是越传越邪乎。不过崔老道知道实情，那座宅子并非有鬼，他是怎么知道的呢？杨二爷在世的时候，作为警长查办此案，查来查去发现了真相。原是姨太太身边有个忠心耿耿的小丫鬟，觉得主子平时待自己不薄，又死得冤屈，决心替主申冤为主报仇，扮上戏装在宅子里装神弄鬼，一到半夜就出来。老爷做贼心虚，让这个小丫鬟给吓死了。后来警察厅破了这个案子，在天津城引起了不小的轰动。崔老道和杨二爷是莫逆之交、无话不谈，有一次哥儿俩聊天儿，杨二爷说过这件事的前因后果。

光头这个外乡来的怯老赶，当然不知其中真相，可从他口中说出来，大小节骨眼儿、犄角旮旯没有一处洒汤漏水，就跟自己亲眼见过一般。崔老道听得出，这些内容有一多半是光头信口胡编的，但是编得确实精彩，入情入理扣人心弦。这也没什么，说书没有不掺东西的，编得好不好可就看本事了。有能耐的先生，一本《封神》能说七八年，你明知道很多内容是他胡说八道，可就听得上瘾，这才是降人的地方。光头说到紧要关头之处突然打住，围观众人正听得入神，他却不往下说了，欲知后事如何，咱们下回接演！

这个扣子留得又狠又准，别说这些围着听书的，连崔老道的腮帮子也被勾住了。人群里有人拦住他不让走："山东儿，刚说到节骨眼儿上，你可别不说了，后来怎么了？"

光头"嘿嘿"一笑，双手抱拳打个罗圈揖，又变回了一嘴山东话，对众人说道："诸位叔叔大爷，俺一个人儿由打济南府出来，这一路上吃饭住店全凭这张嘴。眼看时候不早了，说了这么半天我这肚子还没着落。今天全仰仗着各位了，无多有少您帮衬几个，一天的饱饭冲您老吃，一宿的好觉冲您老睡，心里没有惦记了，我再把这一段儿踏踏实实地给您讲完了。"

这一番话说完，光头把上衣下襟兜起来，走上前去转圈找众人要钱。这咱就得多说一句了，过去在街上说书唱戏为什么能挣钱？那时的老百姓没什么娱乐，干完了活儿闲着没事，揣着几个铜子儿上街听一段"玩意儿"，就是这一天里最高兴的时候。在街上听书的人，不比坐在茶馆儿里的，多是"扛大包、拉胶皮"之类干苦力的人。就拿这卸船的来说，一早起来天不亮就到码头上等着，瞧见来了船，立刻扛上铁锨跑去抢活儿。船老大随便挑四个膀大腰圆有力气的，一个人给一块钱，两个钟头卸完船，累得上气不接下气，再有活儿也不干了，一来歇歇胳膊腿儿，二来都是穷苦人，得互相帮衬，给别人留口饭吃，钱不是一天挣的，今天够吃了就成。攥上这一块钱，给家里买好了一天的吃食，这个时候回家太早，到家也是闲着，揣着剩下的钱出来听“玩意儿”。这个钱可是卖力气挣来的，“玩意儿”不好可舍不得往外掏，但是天津卫的老少爷们儿也懂得捧角儿，佩服真有能耐的，甭管说的唱的，只要听着过瘾，必定舍得掏钱，不白占你的便宜。

光头这半段书说下来，在场的各位听得耳朵都竖起来了，那真叫一个鸦雀无声，哪位嗓子眼儿痒痒了咳嗽一声，都得招一片白眼儿。这时候真要不往下说了，晚上的觉也睡不踏实。大家伙儿纷纷掏出钱来往光头的衣襟中扔，给的钱虽然不多，却架不住听书的人多，圈里圈外越围越多，足足有百十来位，你给仨我给俩，凑在一起那可就不少了。

一转眼，光头这小褂已经兜不住了，扫了一眼加起来足有个四五块钱。崔老道在一旁眼馋坏了，心说：我这一天嘴里不闲着，腮帮子都说酸了，能有五毛钱就算是多的。这个乡下来的怯老赶，这么一会儿就挣了四五块钱，真是人外有人、天外有天，老道我跟人家比差得太远了。

光头不慌不忙把钱收好了，端起架势继续往下说，那真是引人入胜，说来说去又到了留扣子的地方，比刚才那个扣子还拴人，他又不往下说了，对周围的人拱了拱手，唱道：“日落西山黑了天，家家户户把门关。喜鹊老鸹奔树林，家雀燕子上房檐。五爪的金龙归北海，千年王八回沙滩。书说到此为一段，明日里来复前言。”

常听书的人都明白，这是今天的死扣儿，说出大天去他也不可能再往下说了。哪有一天就把整部书说完的？时候也真不早了，家里人还都等着吃饭呢，心里再痒痒也只得各回各家，三三两两的兀自议论着刚才听的书，一个个意犹未尽。崔老道心服口服外带着佩服，一瞧人都散了，扭头也往回走，还得想饭辙去。光头却在身后叫了一声："道爷留步！"

3

崔老道听光头说了一下午的书，眼睁睁看人家赚得盆满钵满，自己连一个大子儿也没见着，这就叫人比人得死、货比货得扔，真觉得无地自容。此时天色将晚，想着一家老小又得挨饿，心中颇为无奈，垂头丧气刚想走。那个光头却将崔老道叫住，三步并作两步赶到切近，对崔老道深施一礼："道爷，您辛苦。"

崔老道见人家客气，连忙还礼道："不敢当，仁兄辛苦，不知有何见教？"

光头说："今天借道长您的宝地，挣下了一天的吃喝，事先也没言语一声，还望道爷不要见怪。这么着吧，兄弟做个小东，请您吃个便饭，算是给您赔罪了，您看能不能赏个脸？"

崔老道心想：大伙儿听腻了我这套《精忠岳飞传》，我又不会说别的，活该挣不来钱，怪不得旁人。人家靠本事吃饭，凭能耐挣钱，如今还要请我吃饭，看意思是个外场人，正是求之不得，今天晚上不用挨饿了！

他心里高兴，脸上不能带出来，架子还得端足了，别让人小瞧了，就对光头说："仁兄所言差矣，你我都是走江湖吃开口饭的人，人不亲艺还亲呢！按说你远道而来，到了天津卫的地面儿上，理应由贫道一尽地主之谊，摆桌置酒请你吃饭，怎好让仁兄破费？可不怕你笑话，我这一整天一个大子儿没挣，兜儿比脸还干净，如此说来，贫道可就却之不恭了。"

光头这一天挣了不少钱，可那得分跟谁比，跟大铺眼儿的买卖比起来，不过是凤毛麟角，所以太好的大饭庄子不敢进，再说也犯不上，就他们俩没必要摆一桌酒席宴，便在南门口找了一家二荤铺。二荤铺是过去老百姓吃的小饭馆，有的连字号都没有。门面也没有大的，顶多一明一暗两间屋，和大饭庄子不一样，大饭庄子是暗灶，吃饭的看不见做饭的，这儿是明灶，灶头设在门口，饭座要往里走。所谓"二荤"指的是头蹄儿下水，过去有种说法"肉是一等荤，下水是二等荤"，肉卖得贵，下水却便宜，进不起大饭庄子就上二荤铺解馋。虽说简简单单家常便饭，但是哪家都有拿手的绝活儿，做得好了照样客似云来，踢破门槛子，正是"座上客常满，锅中肉不空"。卖的酒没有好酒，大酒坛子打开了散着卖，俩大子儿打上满满当当一白瓷杯，能有个一两半不到二两，到这儿来上一盘熘肝尖一杯酒，既过了酒瘾又解了馋，吃完再来一碗扣卤烂肉面垫底、高汤卧果儿溜缝，总共用不了几个钱。在老时年间，这样的小饭馆遍地皆有。

光头和崔老道进了南门口这家二荤铺，点了一盘羊头肉、切了两大碗杂碎、四个羊眼珠子，大份的爆肚儿多放香菜，浇上刚炸的辣椒油，一个人面前摆上一杯酒，烧饼、面条先不忙。光头告诉崔老道："道爷您可别客气，敞开儿了吃敞开儿了喝，不够咱再要。"两个人一口酒一口肉，一边吃一边聊。崔老道本是个有名的大馋虫，往常撂地说书挣的儿毛钱，还不够一大家子人吃棒子面儿的，有日子没见荤腥了，别看不是美酒佳肴、山珍海味，可都是实实在在的东西，对他来说，能吃上这些就不容易，一时间忘乎所以，顾不上吃相了，甩开腮帮子，擦开后槽牙，前一口还没咽下去，后一口又往嘴里塞，好悬没噎死，赶紧喝酒往下顺，那个没出息劲儿咱就别提了。

崔老道明白吃人家的嘴短，说话愈发恭敬客气："这位老板，老道我这吃相让您见笑了。实不相瞒，我平日里撂地说书，可挣不出这份吃喝，时不时饿肚子，倒不是天津卫的老少爷们儿不养活咱，实在是身上的能耐不济，比不得老板您。"

光头哈哈一笑，仰脖儿把杯中酒一饮而尽，招呼老板娘再给满上一杯。那位问了，这个饭馆儿没伙计吗？怎么是老板娘倒酒？您别忘了，二荤铺小饭馆儿不是大买卖，卖的全是便宜东西，雇不起伙计，都是老板连做带端、老板娘打酒收钱。过去的妇女讲究大门不出二门不迈，轻易不能见生人，可那分人家。大门大户的太太、小姐是这样没错，穷老百姓却没那么多讲究，尤其是干小饭馆儿的，整天迎来送往，真有那耍得开的老板娘，打扮得花枝招展，往柜台后边一站，饭座儿来了连说带笑还陪喝酒，都成招牌了。赶上好色没出息的，看这家老板娘漂亮，天天来吃饭，有钱了切盘肉炒俩菜，没钱了扔俩大子儿要盘花生米，吃什么放一边，主要为了和老板娘套近乎，可顶多也就是便宜便宜嘴。

光头满上一杯酒，跟崔老道说："道长言重了，咱一个乡下老赶，哪称得起什么老板，只不过老天爷疼咱们穷人，给咱的这张嘴能说几句人话，靠着它吃不饱也饿不死，这就知足了。”

崔老道说：“老板您要是吃不饱，我就该饿死了。问句不该问的，白天您说的这段书，老道我略知一二，是天津卫的真人真事，可没您说得这么好听，您是从哪儿得来的传授？”

光头笑道：“什么传授不传授的，咱这些跑江湖说野书的，哪个正经拜过师父学过艺？真要是得过传授，咱还用顶着太阳就着黄土撂地画锅？早上茶馆里说整本大套的书去了，谁还在街上混饭吃？不瞒您说，我是昨天在街上捡了张旧报纸，也不知是哪年哪月的，上面三言五语写了这么几句，我才知道这个事儿，给他编纂编纂，说出来混口吃喝。”

崔老道闻听此言暗暗吃惊：“光头这段书说得跌宕起伏、扣人心弦，居然是临时胡编的？凭往常的见识、嘴上的本领，看了几行报纸就能说一下午，挣好几块现大洋，这是多大的能耐？”赶忙敬了光头一杯酒：“遇上您是贫道我的运气，您无论如何也得传给我一手儿，把这后边的故事给我念叨念叨，等将来您去别处发财了，让老道我在这儿混口饭吃。”

光头说：“道爷，实话跟您说吧，今天这扣子拴住就完了，后文书我还没来得及编，编也编不下去，明天一早我就奔保定走了。”

崔老道若有所悟，对光头一挑大指：“罢了，您真是高人！”

光头让崔老道这么一捧也听高兴，嘴岔子咧得老大，借酒劲儿掏心掏肺地对崔老道说：“道爷，咱不是高人，只是个粗人，从来没有什么高招儿。干咱这一行讲究‘无风起浪’，这四个字掌握好了，没有不赚钱的道理。”

崔老道不是平庸之辈，脑子转得快，心知光头要说真东西了，急忙竖起耳朵问道：“贫道我愿闻其详，还求您赐教，何为‘无风起浪’？”

光头酒后吐真言：“咱撂地干买卖的，不比书馆中的先生，到书馆听书的大多是识文断字之人，不说有多大的学问吧，反正胸无点墨的苦大力肯定不会去，也去不起，所以那儿的先生们都是高谈阔论、讲古比今。咱可不一样，听咱这玩意儿的，都是一睁眼就该着一天饭钱的穷老百姓，听的是个新鲜、图的是个过瘾，要给他们讲什么叫三气周瑜、舌战群儒，两句话没说完人家就不听了，扭头就得走，非得讲街头巷尾的奇闻逸事才留得住人。老百姓最爱听什么？最爱听身边的事儿，这里头太有讲究了，说远了不行，说近了也不行。往远了说，你给他们讲燕王扫北怎么建立的天津卫，那跟现如今的穷老百姓有什么关系？当然没人爱听；可往近了说，南门口哪家的媳妇儿偷人了，传到本家耳朵里你可得挨揍，挣俩钱儿还不够买膏药呢！这个尺度不好把握。好比眼前这爆肚儿，哪儿都有爆肚儿，材料都一样，怎么就单上你这儿吃，就是因为火候儿拿捏的好，欠一分不脆、多一分牙碜，就讲究个恰到好处。咱说书也一样，得让听书的好似知道，至少听说过这么个事儿，可是知道的又不多，以为你能给说透了，却听不出你也是胡编乱造。再者甭管事儿大事儿小，必须够得上一个奇字，无巧不成书那是套路，无奇不成书才高明，话到奇处字字绝，全指这个‘奇’字抓人。好比门口那个卖馄饨的，谁家的馄饨都是面皮肉馅，怎么就他家人多？别人鲜肉拌香油做馅儿都干不过他？就是因为人家有奇招儿绝活儿，面还是那个面，馅儿也还是那个馅儿，唯独汤不一样，用的是田鸡腿儿调汤，哪儿都吃不出这个鲜味儿来。再者所谓评书，须是连评带讲，掰开揉碎添油加醋，为了耸人听闻，必须有收有放，没风卷起三尺浪，于无声之处响惊雷，反正是怎么邪乎怎么来！”

正所谓“老龙常在沙滩卧，一句话点醒梦中人”。崔老道本就是个吃货，光头用吃喝作比，当真让崔老道受益匪浅、茅塞顿开。论嘴上的能耐，他倒不输光头，吃亏就吃在没有新玩意儿，也是先入为主，翻来覆去就那一部《精忠岳飞传》，说得都长了毛了，没想过应该说别人没说过的。这一下行了，回去编纂一个没人听过的好段子，何愁挣不来钱？

简单地说吧，两个人酒足饭饱，出了二荤铺拱手辞别，青山不改，绿水长流，江湖上有缘再见。崔老道喝得迷迷糊糊，别过那个大光头，一路往前乱走。他是吃饱喝足了，家里那几张嘴里可还没着落，出来一整天空手而回，如何对得起一家老小？干脆找个没人的地方忍一宿，想出几个出奇的段子，明天挣了钱再回去。他一边胡思乱想一边走，不知不觉行至一处，抬眼一看是城隍庙，崔老道微微点头，自己跟自己说：“这个地方倒是冷清，没人打扰正好想想段子，今天老道我就夜宿城隍庙了！”

4

城隍庙在天津城的西北角，门口臭水坑是民间俗称的“鬼坑”。以前天津城四个城角各有一个大水坑，俗传这四个大坑是“一坑银子一坑鬼，一坑官帽一坑水”。怎么讲呢？西南角的是“水坑”，不仅面积大，水也很深，直通赤龙河，老百姓也将此处称为“大水沟”；东北角是“银子坑”，这一带位置最好，上风上水，有前朝的官银号，住户非富即贵，全是有钱有势的大财主；东南角是“官帽坑”，老时年间开科取士的贡院在此，出过很多当官的，所以说是官帽坑；西北角是“鬼坑”，是因为水坑在城隍庙大门口。城隍爷阴间的司管，老百姓认为这一带的阴气最重，周围的买卖大多是扎彩铺、杠房、棺材铺，另外杀牛宰羊的屠户也不少，在水坑边儿上干活儿，不要的下水和脏东西都往坑里倒。

且说崔老道喝得眯瞪转向，想在城隍庙里对付一宿。这座城隍庙规模不小，始建于明代，荒废于民国。以前四月初一城隍爷的寿诞，那是个大日子，天津城里得开庙会，庙前边张灯结彩、搭台造棚，连唱七天大戏。戏棚两侧有个对子，崔老道至今还记得。上联是“善报恶报，循环果报，早报晚报，如何不报”，下联是“名场利场，无非戏场，上场下场，都在当场”。初六、初八这两天还要恭请城隍爷出巡，初六这天出巡，只在庙门口转一圈，不上远处去，出罢即归。初八是重头戏，这一天名为“鬼会”，地方上出人抬上城隍爷的神像，按照提前规定好的路线巡城，后面跟随一队队踩高跷的，敲锣打鼓热闹极了。不过抬着出巡的神像可不是供在庙中的那座，且不说抬不抬得动，万一掉在地上摔了，触怒了神灵，谁担待得起？因此抬上出巡的城隍爷是用苇子编的另一尊，外边糊上纸画上金身，大小一般无二，平时摆在后殿，专赶在庙会巡城的时候抬出来。当年还有大清朝的时候，崔老道主持过巡城庙会，一天下来可以挣十几两银子。而今到了民国，城隍庙也已破败不堪，推开庙门迈步进去，但见蛛网密布、尘埃久积，差点儿呛了他一个跟头。殿中神像供桌仍在，城隍爷端坐中间，判官、小鬼分列两旁。城隍爷统辖一城阴司，九河下梢的孤魂野鬼，全归这座城隍庙管。两旁的配殿曾是义庄，慢说是住宿，谁有胆子三更半夜进来？崔老道不在乎，他吃的就是这碗饭，庙宇纵然破败，勉强也可容身，掸了掸尘土往供桌底下一躺，脑子里翻来覆去只有一个念头——攒个什么段子挣钱？

在天津卫说书太难了，“河东河西、上角下角”的老少爷们儿，甭管有没有钱，个顶个是听玩意儿的行家，一开口三句两句就听得出好坏，没真本事可拢不住人。你这刚说一上句，下句马上就能接上来，行话这叫“刨底”，底都让人刨了谁还听你的书？所谓“生书熟戏”，非得找一个从来没人说过的好段子，那才挣得到钱。白天在南门口说书的光头是个能人，凭捡来的报纸上三五句话，就能编出一大套玩意儿，他不挣钱谁挣钱？枉我崔老道号称铁嘴霸王活子牙，气死诸葛亮、赛过刘伯温，前知八百年，后知五百载，在天津卫也是有名有号的，行走江湖这么多年，肚子里有的是货，我怎么就编不出来？凭什么他行我就不行？不成，我非得编个拿人的，勾住大伙儿的腮帮子，让一街两巷的人也高看我一眼，挣几块钱拿回去，一家老小就不用喝西北风了。

正当崔老道胡思乱想之际，城隍庙中刮起一阵旋风，吹得崔老道身上直起鸡皮疙瘩。庙中原本黑灯瞎火，又让飞灰迷得睁不开眼，但觉庙门打开了，走进来一个人，却看不见是谁。此人说话挺客气：“崔道爷？您上这儿干什么来了？”

崔老道听来者认得他，以为是听过他说书的人，不好意思说没挣钱回不了家，遮羞脸儿说：“承问承问，老道我走到此处，见天色不早了，只好找城隍爷寻个宿儿，顺便想想明天说什么书。”

刚进庙的那位说：“崔道爷的书我没少听，您最拿手的是《精忠岳飞传》，明天还讲这个不成？”

崔老道忙说：“《说岳》乃贫道的顶门杠子、看家的本事，可也不能天天说，明天咱来一段别的书。”

那位说：“那敢情好，但不知道爷要说哪段书？”

一句话问得崔老道哑口无言，《精忠岳飞传》是不能再说了，可想了半天他也没想好明天说什么。

那位说：“崔道爷，当年不是有《金刀李四海》这件公案吗？您怎么不说这段书？”

崔老道嘴上能耐惯了，前知八百年、后知五百载，好意思说没听过吗？只得敷衍道：“对对，您说得不错，这件公案确实有意思，无奈这陈年旧事、相隔久远，贫道……记不太全了。”

那位说：“不要紧，《金刀李四海》这件公案里头的前因后果，我记得还挺详细，要不我给您念叨念叨？帮助您回想回想？”

崔老道忙说：“那可太好了，您快给我说说，怎么个金刀李四海？”

那个人坐在崔老道对面，说出这件公案的来龙去脉，直听得崔老道目瞪口呆。

不知不觉天交五鼓、鸡鸣四起。崔老道迷迷糊糊睁开眼，见自己仍躺在城隍庙大殿的供桌之下，心里觉得古怪，刚才说话的人哪儿去了？爬起身四下里一看，殿中大门紧闭，哪里还有旁人？狐狸、刺猬也许有那么一只半只，要说活人，可只有崔老道一个。昨天夜里是谁说话？城隍庙的牛头马面？判官小鬼？抑或城隍老爷？

崔老道仿佛在城隍庙中做了一个梦，梦中听来的话却记得真真切切，他生怕忘了，赶紧一打挺坐起身来，将那段《金刀李四海》在心中过了两遍。暗道一声“侥幸”，天助老道我得了这个段子，这要是在南门口一说那还了得？我这说书的都上瘾，何况那些听书的？倒不如我趁热打铁，今天就说这段书了！

此时天色还早，崔老道掸了掸身上的尘土，打城隍庙里出来，一路走到南门口，找了一个卖早点的，头天一个子儿没挣，身上没钱吃饭，又得跟卖早点的赊账。南门口做小买卖的都认识崔老道，有时候也听他说书，平日里抬头不见低头见，谁也备不住有个手短的时候，穷人可怜穷人，赊上一次两次这都没什么。卖早点的给崔老道盛了一碗豆腐脑，多舀了半勺卤子，又拿了俩烧饼，告诉他先吃着，等有了钱再还。崔老道也不客气，心想：今天这段书说了，就能见着钱了，连同以前的账一并还了，吃饱喝足来到平日里撂地说书的地方。过了晌午，路上来来往往的行人渐多。崔老道觉得时候到了，开口唱到：“福字添来喜冲冲，福缘善庆降玉瓶；福如东海长流水，恨福来迟身穿大红。”

崔老道在这儿一唱，三三两两引来几个闲人，全是家门口的街坊四邻，说话也不外道，一看崔老道准备开书了，其中有一位打趣说：“恁么的崔道爷，您今儿个又说精忠报国的岳元帅？不如您喝口水歇会儿，我来替您讲，您看咱来哪段儿？是诛仙阵大破连环马，还是十八罗汉斗大鹏？是杨再兴误走小商河，还是牛头山高宠挑滑车？我保证从头说到尾，洒不了汤漏不了水，您看怎么样？”

老话说“京油子、卫嘴子”，老天津卫的话茬子厉害，这位说话连挖苦带损找乐子，崔老道还不能急。成天在街上说书，什么人都能碰上，三五句话就给说急了，这一天还不够打架拌嘴的，书也甭说了，钱也甭挣了。再说崔老道心里头也明白，人家没把你当外人才跟你逗，不然理都不理你，下巴颏冲天——眼里就没你这么个人。如若为这个翻了脸，那叫“不吃话”，以后可就没朋友了。不过崔老道是什么人？指着嘴吃饭、靠着嘴穿衣，怎么可能吃这个亏？他的嘴皮子也不饶人，当下说道：“这真叫有心栽花花不开，无意插柳柳成荫，想不到老道我这点儿衣钵还有了传承。”

在场的众人听得哈哈大笑，看着那位嘴欠的心说：让你多嘴，这一下成了崔老道的徒弟了，俗话说“师徒如父子”，一下子就小了一辈儿，这就算吃亏了。

崔老道久在江湖上混迹，要多圆滑有多圆滑，什么人他也不得罪，纵然把便宜找回来了，也绝不能让这位下不来台，紧接着又说：“您把老道我这点儿能耐学去，说出来一准儿比我高明，老道我就该没饭吃了。可我知道，您也是养儿养女的人，怎么能不心疼我呢？还是让老道我伺候各位吧！不过您刚才说得太对了，《精忠岳飞传》再好听，却不能天天说，为什么呢？俗话说得叫——盐多了不咸、醋多了不酸，渤海湾里的大对虾好吃，一天三顿、一顿二十斤，连吃上十天半个月也受不了。东西再好不能见天儿吃，听书也是如此，咱得换换样儿了。今天老道我就给各位换段儿新的，好不好不敢说，却担保没人讲过，除了我这儿您上哪儿也听不着，您可听好了，这段书有个名目，唤作《金刀李四海》！”

崔老道在这南门口算卦说书这么多年，除了《精忠岳飞传》，真没听他说过别的，此刻开了新书，扯着脖子连说带比画，唾沫星子横飞，引得过往的行人纷纷围拢上前。欲知崔老道说的《金刀李四海》究竟如何，且听下回分解。

第十二章　金刀李四海（中）

1

摔碎瑶琴凤尾寒，
子期不在对谁弹；
春风满面皆朋友，
欲寻知音难上难。

几句闲词道罢，咱们书开正文。各位老少爷们儿您听好了，今天咱说的这段书，虽说也是三回五扣一坨子，可老道我经师不到、学艺不周，又是头一回说这段书，保不齐有个崩瓜掉字儿吃栗子，一来一往的您各位多多包涵。

刚才这段儿诗文讲的是哪两位呢？不用我说您也听得出来，正是俞伯牙和钟子期。那俞伯牙乃是晋国上大夫，身份尊贵，钟子期却只是山中的樵夫，以砍柴为生。虽然地位悬殊，俞伯牙却视钟子期为知音，一曲《高山流水》奏罢，弹者动情，听者沉醉，相敬相惜。钟子期死后，俞伯牙把琴摔烂了，终生不再复奏一曲。这二位的交情，天下人无不敬佩。正所谓“一贵一贱交情乃现，一死一生乃见交情”。提到交朋友，还有这么一个说法“宁学桃园三结义，不学瓦岗一炉香”，什么意思呢？当初刘、关、张桃园三结义，甭管是赏金封侯还是天各一方，手足之情就没断过，哥儿仨好了一辈子，那是交朋友的典范；瓦岗一炉香说的是瓦岗寨贾家楼四十六友，也是一个头磕在地上，到后来为了各自的利益拔了香头子，四分五裂，以至于兄弟相残，不复当年结拜之情。当中只有一位例外，谁呀？正是马踏黄河两岸、锏打三十六府，交友赛孟尝、孝母似专诸，名头盖了山东半边天的神拳太保。这位秦琼秦叔宝，人称秦二爷，为了朋友两肋插刀、当锏卖马，那叫有求必应，交友遍天下，提起秦二爷的名号天底下无人不知，无人不晓，没有不挑大拇指的。交朋友人家算交到家了。

从信陵君、孟尝君到宋江、秦琼，咱们说这些人都是古时好交朋友的典范。那位说交朋友有什么用呢？有的人想不开，有钱自己花不好吗，吃点儿什么不好呢？何必仗义疏财？您可别忘了，钱财乃身外之物，生带不来，死带不去，况且一个人能耐再大也不可能包打天下，什么事都能自己解决，命再好也有个三起三落。比方说一个人运气不行，干什么都不成，但是世上之人形形色色，这个人运气不好，做事难成，却有那运气好的人，如若跟这样的人交朋友，原本成不了的事也许就成了。想当年信陵君那是何等尊贵，尚且用得上鸡鸣狗盗之徒，更何况平头老百姓呢？

闲言少叙，撇开稀的捞干的、撂下远的说近的。当初咱天津卫有这么一位孟员外，也是出了名好交朋友的。虽是天津人，却不在城里头住，出西门三十里地，有这么一个地名叫杨柳青，是那个地方的员外爷。员外这两个字不是谁想叫就能叫的，顶得上半个官职，只因没有实权，是官员以外的，故此称为员外，大多是花钱捐来的，也有品级，也吃朝廷俸禄。到后来地主豪绅、有钱的富户都可以称员外，但无论如何非得是有钱有势、富甲一方的才行。您见过哪个叫花子、打八岔的敢称员外？

孟员外早先家里日子过得不错，不敢说大门大户趁多少钱，倒也有房有地开着买卖，丰衣足食、吃喝不愁，一家子过得其乐融融。这个孟员外最好交朋友，城里城外、上上下下相熟之人不少，也是到处有朋友。可有一节，这些个人多为酒肉之交，成天在一起花天酒地、胡吃海塞，那真叫前呼后拥、众星捧月一般。可是常言道“患难见真情”，怎么看够不够朋友？非得到了赶事儿的时候，方才看得出来交情深浅。月有阴晴圆缺，人有旦夕祸福，谁也备不住有个倒霉的时候，到后来孟员外家倒了霉，遭了一把天火。这把火着得太大了，那真叫乌云覆大地、红光遮半天，千道金蛇舞、万座火焰山，高楼大厦顷刻倒、雕梁画栋片时完，天降杀人剑、水火最无情，直把前边的买卖、后边的宅子，连同家里的金银细软一点没剩下，干干净净的烧成了一片白地。多大的财主也禁不住这一把火，此后的日子就是一天一地了。万幸家里人都还平安，没有烧死烧伤的，可是家产全部付之一炬，什么都没有了，这往后这日子怎么过，吃饭都没着落了。无奈之下一家三口带上老娘，在残砖败瓦上搭了一座窝棚容身，冬天灌风、夏天漏雨，一阵风吹过来，顶子都晃悠，进门儿就脱鞋，脱鞋就上炕，一家人窝在铺上，连床被子都没有，整天忍饥挨饿，勉强过活。孟员外看着全家老小唉声叹气，跟媳妇儿说："家里的，你不必叹气，别忘了我在外边这些年可没闲着，净交朋友了，等我出去找几个朋友凑点儿本钱，再把买卖开起来，过不了一年半载，便可恢复家业。"

话是这么说，孟员外可也明白，世上什么事最难？莫过于找人家借钱。上山擒虎易，开口求人难，而开口求人借钱，则是难上加难，真不知道怎么跟人家张这个嘴。奈何眼下没了活路，不张嘴也不行了，再难也得去。按照交情深浅，挨家的这么一去，这才发现人情似纸，乃至于比纸还薄！只落得个心灰意懒，怎么呢？他交的这些朋友里没一个用得上的。常言道"好事不出门，坏事传千里"，这些人听说孟员外家遭了一把天火，偌大一个家业烧得干干净净，如今成了分文皆无的穷光蛋，打早儿就防备着他来借钱，有的假意推脱，有的避而不见，还有狠的，吩咐手底下人，只要姓孟的上门，俩嘴巴外带一蹬罐儿，怎么来的怎么给我打将回去。这就叫人情冷暖，世态炎凉。

孟员外万般无奈，两手空空回到家中，把出去借钱的遭遇跟夫人说了一遍。夫人也替他不平，无奈眼瞅家里揭不开锅了，自己饿上三顿两顿的，忍忍也就过去了，老的小的还都等着吃饭呢，便对员外说："早时也听你说过，城里有一位开绸缎庄的庞三爷跟你有交情，那是个大家人户，倒不如你上门去求求他？人家手指头当中漏出来的、牙缝儿里边剔出来的，也够咱对付上一阵子。"

孟员外知道媳妇儿说的这位，大号叫庞元庆，天津卫人称庞三爷，绝对是位响当当的人物，大小的绸缎庄开了五六家，专营江南丝绸，每年包好几条船，顺着运河到苏、杭二州采办货物，赚了大钱，发了大财。他是跟这位庞三爷认识，却说不上有什么交情，无非喝过几次酒，还算聊得上来，仅此而已，并没有多熟，况且足有两年多没见了，不然出去借钱的时候，怎么没想到这位庞三爷呢！可又想不到别人了，能找的已经找遍了，只得厚起脸皮，去到庞三爷的府上求告求告，多说点儿好话，万一赶上人家这两天心气儿顺，说不定真能借个一星半点儿的，也够老的小的吃饭了。

孟员外来到庞家一看，真不愧是大富之家，两扇广亮大门气派非凡，门前有上马石、下马石，立着拴马的桩子，台阶上放着几条懒凳，几个小伙计坐在门房喝茶聊天儿，一看有人登门求见，赶紧跑进去禀报。没过多一会儿，几个下人簇拥着庞三爷打门里出来。孟员外一看，罢了，还得说是庞元庆庞三爷，人家这才是大财主，一身上下穿绸裹缎、养尊处优、红光满面，从里到外透着一股子贵气。别的不说，单说这身衣服扔着卖也值几十两银子，正经的江南丝绸，上绣团花朵朵，再看这花儿绣的，瓣是瓣、叶是叶，最好的绣工一天顶多绣一寸。过去有钱人穿衣服讲究到什么程度呢？衣服上绣的花按照四季三时这么来，春赏海棠夏观莲，秋汀芙蓉冬梅寒，讲究不同的季节穿不同的花，应不同的景儿。再说这“三时”，一样的衣服一做三件，从上到下、从里到外都一样，绣的花却不同，早上起来穿的这件上绣一个花骨朵；吃过午饭换上一件，衣服上绣的这朵花是开的，花团锦簇、姹紫嫣红；吃过晚饭再换一件，这朵花已经凋谢了，红衰翠减、暗香疏影。这叫一日三开箱，意思是一天得换三次衣服，过去都是有钱又有闲的大财主才这么穿。

孟员外看看庞三爷这身穿着打扮，再低头看看自己这身破衣服，不由得自惭形秽，想起之前借钱四处碰壁，心里头一个劲儿打鼓，暗想：庞三爷腰缠万贯，我却一贫如洗，连饭都吃不上了，何止是一天一地的差别，以前也没有太大的交情，他能认我这个穷朋友吗？

正当他踌躇不决之时，庞三爷已经来在了门口，降阶相迎，抱拳拱手道："听底下人回禀，说是打杨柳青来了个故交，我思来想去在那边也不认识别人，估摸就是兄弟你。自从上次一别，你我二人可有日子没见了，想死哥哥我了，快快请进，咱哥儿俩好好聊聊。"说罢走上前去，一把攥住了孟员外，携手揽腕往里就走。孟员外受宠若惊，脑袋瓜子好一阵发蒙，任由庞三爷拽着进了屋。

到得厅堂之上，分宾主落座。有下人把茶沏好了，又端过来几盘糕饼点心、干鲜果品。两个人一边喝茶一边叙话，东拉西扯、天南海北什么都聊。庞三爷说什么，孟员外就应承着，始终心不在焉，几次想开口提借钱的事儿，话到口边又咽进了肚子。为什么呢？他寻思庞三爷可能还不知道我落魄了，才会如此款待我，借钱的话一出口，准和别人一样把我撵出去。人家家大业大，我却落得如此田地，真是天壤之别，如何开得了口？再加上庞三爷不跟他见外，也是买卖人，把生意场上来来往往的事情这么一聊，孟员外更找不到开口借钱的机会了。这个话上不来下不去堵在嗓子眼儿，无论如何也说不出口。哥儿俩聊了半天，时候就不早了。眼看红日西沉，天色近晚，庞元庆吩咐下人准备晚饭。家中的使唤人不少，厨子、管家、丫鬟、老妈子一齐忙活，端汤上菜，安排酒宴，饭菜摆了满满一大桌子，又把酒给斟满了。哥儿俩入了席，把酒言欢。有钱的大财主在家款待朋友，那都不用问，全是好东西，一桌的鸡鸭鱼肉、山珍海味。孟员外落难以来，平日里净喝西北风了，几杯酒下肚，也不端架子了，狼吞虎咽好一通胡吃海塞。有下人在一旁伺候斟酒布菜，庞三爷陪着聊天儿，二人推杯换盏，酒酣耳热。怎么吃怎么喝聊什么暂且不提，这一顿饭直吃到二更天前后。要说这孟员外也没什么起子，连吃带喝落了个沟满壕平，到最后酩酊大醉，路都走不稳了。庞元庆让手底下人准备了一间客房，将他扶去屋中安歇。

孟员外借酒劲儿睡了个昏天黑地，这一夜无话，转过天来，睁眼一瞧，我这是在哪儿呢？再往四周一看，屋里的家居摆设、床上铺的盖的都够讲究的。我们家不是烧没了吗？如今一家子人挤在破瓦寒窑忍饥挨饿，怎么会睡到这么好的地方，难道是我身在梦中不成？一个人坐在床上，脑袋里昏昏沉沉想了半天，这才记起昨夜喝得大醉，借宿在庞元庆庞三爷家中，心里这个后悔啊！暗怪自己没出息，本是想找庞三爷借几个钱渡过难关，居然酒后失态，醉卧于此。我是吃饱喝足了，家中妻儿老小可还挨饿呢，唉！无论如何，今天我也得跟庞三爷把话说明白了。

孟员外头昏脑涨地爬起身来，有个家仆打扮的人听见动静推门进屋，瞧见孟员外醒了，赶忙端盆打水，伺候他洗脸穿衣。可真够周到的，这边给他备了里外三新的整套衣服，洗漱更衣完毕，早饭也安排好了。孟员外吃早饭的时候问家仆："这位管家，你们老爷在哪屋？待会儿劳烦替我引个路。"

家仆恭恭敬敬地说："员外爷，我们家老爷一大早出门了，临走吩咐小的好好伺候您，他今天怕是赶不回来了。这不，特地给您留了一两银子，让您待闷了就出去遛遛，有什么事等他回来再说。”

孟员外一听，那就等吧，吃罢早饭，为了排遣心中烦闷，揣上一两银子从庞家出来，这儿瞅瞅那儿逛逛。天津城里那是多热闹，大街小巷人来人往，做买的做卖的应有尽有。孟员外身上有了钱，腰杆儿就硬了，一时得意忘形，连吃带喝再看看玩意儿，一天下来把这一两银子全花了。赶等天色擦黑，街上人越来越少，孟员外开始后悔了，心想：庞三爷今天回来了还好，借来钱我就回家了，万一他没回来，或者说不愿意借我钱，我身上分文无有，回去怎么跟夫人交代？本来有这一两银子，带回家也能对付些日子，我怎么给花了呢？孟员外臊眉耷眼回到庞家，找到那个伺候他的家仆一问，庞元庆还没回来。他无可奈何，心事重重又住了一宿。

再转过天来，家仆伺候孟员外吃过早饭，仍是拿出了一两银子递过来，让他出去散心，随便吃随便玩，晚上回来睡觉。书要简言，此后天天如此，也不知庞三爷出门去谈什么生意了，一直没顾得上回来，孟员外在这儿干等，每天住在人家府上，有下人伺候洗漱吃喝，早上给他一两银子，让他出去东游西逛，不愿意出去，就在府上饮酒喝茶，乐意干什么干什么，底下人不曾有半点怠慢，一晃住了三个多月。孟员外实在等不起了，心里头惦记家里人，又不知庞三爷什么时候才能回来，什么时候才能借给他钱，便将每天这一两银子花一半留一半儿，攒下这么十几两，心说：我也甭借钱了，眼瞅快过年了，再不回去一家老小只怕全得饿死，有了这十几两银子，带回家先把年关对付过去，余下的做个小买卖也够了。于是跟家丁打了个招呼，打庞家出来，直奔杨柳青。

一路上归心似箭，寻思我这一出门三个多月，心也是够大的。我在庞家有吃有喝，一天还有一两银子的零花钱，天津城逛了几个遍，也不知道家里过成什么样了，越想越是担心，脚底下攒劲儿，赶紧往家走。别的不说，先买点儿好吃的，糕饼、酱肉裹了一大包，带回去让一家老小解解馋。孟大爷紧赶慢赶，来到家门口不看则可，看罢他是大吃了一惊！

2

崔老道说到此处，拿眼扫了扫围着听书的这些人，一个个瞪着眼竖着耳，听得聚精会神，腮帮子全被勾上了，就等着听后边的结果。崔老道拴上扣子可就不说了，听书的人们满脸的诧异，你一言我一语地问崔老道：这孟员外家到底出了什么事？因何会大吃一惊？是他媳妇儿跟别人过了，还是一家老小全饿死了？

崔老道一看火候到了，知道该要钱了，赶紧抱拳拱手说道："各位老少爷们儿，后文书问别人不灵，不怕您出去打听去，整个天津卫只有老道我一个人知道，也有心接着伺候众位，再给您往下念叨念叨，可无奈家中还有好几张嘴等着吃饭。昨天就干瞪眼饿了一天，今天您听痛快了甩手一走，老道一家还得挨饿。没别的，有钱您捧个钱场，今天饿不死我，接着给您说书；要说您出来的慌张，忘了带钱，也不要紧，站脚助威帮个人力，我一样承您的情。"

一番话说完了，拿出一个小笸箩，听书的人明白该掏钱了。这会儿腮帮子都被勾起来了，听了这么多年书，可还真没人会说这段儿。咱们之前说过，老天津卫的耳音高，不好糊弄，但是只要你的玩意儿好，那也是毫不吝啬，肯定捧你。今天崔老道这段《金刀李四海》挺有意思，还没说到书胆就这么抓人，真要是往下说，指不定多热闹呢！掏几个钱也值了。当场你给仨我给俩，纷纷往笸箩里扔铜子儿。崔老道口中连道“辛苦”，一圈转下来，笸箩装了小半下，足有这么四五块钱，心里这叫一个痛快。等会儿说完了书，什么好吃买什么，回家包饺子捞面，今天就算过年了。崔老道把钱收在怀里，再次行了个礼，这才书接前文：

前文书正说到孟员外打庞家出来，用攒下的钱买了一堆吃食，紧赶慢赶往家走，一路回到杨柳青。到了住处一看，不由得大吃一惊，怎么回事儿呢？此前被烧毁的宅院竟又盖了回来，前边的店铺，后边的宅子，一间不缺、半间不少，盖得磨砖对缝、碧瓦朱檐，比原先的还气派，心说：这是谁呀？房子虽然烧了，可这地还是我们家的，怎么连个招呼都不打就在我这儿盖房？哪有这么欺负人的？难不成老婆孩子日子过不下去了，把地给卖了？那也得跟我这当家的说一声啊！

孟员外心中恼火，越想越生气，正待上前砸门，大门左右一分，走出来一位夫人，穿戴光鲜齐整，手端一个脸盆，看意思是要倒水。孟员外定睛一看，来者不是别人，正是他的夫人，这位孟大奶奶！当时眉毛都立起来了，一股子邪火直撞脑门子，心说：我这才走了多长时间，这家占了我的地不说，怎么连我媳妇儿都收了房？骑在脖子上拉屎也得有个分寸，拉干的我扒拉下去，拉稀的我找块布擦擦，这可明摆着是骑在我脖子上拉痢疾，欺负我还得往死里恶心我，当真是欺人太甚！念及此处，火往上撞，立即冲上前去，一把将媳妇儿的手腕子攥住了，恶狠狠地问道："我这三个多月没回家，你居然不守妇道靠了人儿，你吃不了苦罪倒也罢了，我那老娘和孩儿让你们赶去了哪里？你倒给我说说，究竟是哪一家这么欺负我？"

孟大奶奶见当家的回来了，当真又惊又喜，反问道："你在这儿胡言乱语什么？这不是咱自己家吗？"

孟员外莫名其妙："是我疯了还是你疯了？咱们家分明被一把大火烧成了白地，连买卖带宅院全没了，全家老小挤在破瓦寒窑当中，吃不上喝不上，我才进城找庞三爷借钱，这一去三个月，又不曾让人给你带钱回来，何以又起了一座宅子？还说这是我家？"

书中代言，这是怎么回事儿呢？原来这位庞元庆庞三爷，真乃交朋友的典范，早听说孟员外家遭不幸，也知道他去找以前的狐朋狗友借钱翻身，可是没一个人借给他。当初怎么吃怎么喝，好得都跟一个人似的，等孟员外遭了难再找这些人，却是四处碰壁，都拿他当作瘟神一般来躲，还有直接把他打出去的。心下也自感叹，寻思如何拉他一把，这天孟员外一上门，他就知道是借钱来的。

庞三爷心里明白，堂堂五尺高的汉子，找人借钱张不开嘴啊！他不愿意让朋友为这个难，想了个万全之策，顾及了孟员外的面子，还得帮他这个忙。吩咐手底下人好吃好喝招待着，每天给孟员外一两银子把他稳住了，自己带人到杨柳青帮孟员外家再建新宅，原来什么样还盖成什么样，只许更好不许凑合，又花钱将之前的买卖恢复起来，连掌柜的带小伙计原班人马都招齐了，告诉孟夫人这些钱是孟员外早先存在他那儿的，这些年就算入了股，如今买卖赚了钱，理应连本带息还回来。

孟大爷听完孟大奶奶一番话，想明白了前因后果，眼泪可就止不住了。走投无路碰运气才去找人家借几个钱度日，没想到这位庞三爷如此仗义，枉我以前自夸交朋好友，今日才知道什么叫真朋友，从此也不再和那些狐朋狗友吃吃喝喝，一门儿心思做买卖，一家人和和美美又过上了好日子。

孟员外的买卖越干越好，富足胜于从前，至于他如何到庞三爷家登门拜谢，如何把钱都还上，那是后话，按下不提。回过头来再说庞元庆庞三爷，他交的朋友遍天下，可不是只孟员外这么一位，在天津城里人称赛宋江的及时雨，比不了秦琼秦二爷那也差不到哪儿去，交朋好友、仗义疏财那是出了名的，可要说跟他交情最相好的，还得说是金刀李四海。

庞元庆和李四海是磕了头的拜把子兄弟，喝过血酒、发过死誓，两个人好到什么程度呢？这么说吧，庞三爷出去买东西，无论买什么，准是两份。好比说天时凉了，庞三爷去聚元号买帽子，如果说这样的帽子店里只有一顶，掌柜的绝不往外拿，知道这位爷有一个好朋友，一买准是两顶，两人都得有，否则再喜欢也不要。两个人的这份交情，可以说整个天津卫没有不知道的，说起来人人钦佩，个个叹服。

咱们说李四海李四爷，在衙门口当差，穿的是官衣，吃的是官饭。按说在衙门口当差的，都是人家上赶着攀高枝跟他结交，衙中有人好办事，指不定什么时候有个用着用不着的，少不了找他行个方便，哪怕一时间用不上，能和穿官衣的交朋友也有面子。唯独李四爷例外，他这份差事交不了朋友。您别看穷有穷朋友、富有富朋友，这交朋友看的是人品、对的是脾气。秦桧那样的大奸大恶之人，千人骂万人恨坏到家了，也还有三两个好朋友。为什么说干李四爷这一行的交不了朋友呢？交朋友跟差事有何相干？这得分什么差事，世上三百六十行，行行都可以交朋友，而旁人见了李四爷，却向来敬而远之，不是觉得这个人不好，而是心生惧怕。因为李四爷是天津卫衙门口儿刑房的头一把刀，掌刑执法砍人脑袋的刽子手，吃“断头饭”的这么一位。

刽子手这差事可不是谁都能干的，过去来讲，说这个人命犯华盖，十二分命硬，逮谁克谁的主儿才能做这一行，因为可以压住死于刀下的亡魂，除此之外就只能为僧为道。另外还有一种说法，不能跟刽子手交朋友，关系再近他也成天琢磨你的脖子，干这个差事的，甭管跟谁在一起，都让人家走在前头，倒不是因为客气，只为找借机会看这位的脖子，琢磨怎么下刀。当刽子手的习惯在身边带一只猴儿，走到哪儿牵到哪儿，没事就用手捻猴儿的脖子，找准了关节，杀人之时候便于下刀。

前文书说过，庞元庆庞三爷交朋友不分贵贱，上至达官显贵，下至贩夫走卒，只要聊得上来，投脾气对胃口的他都愿意交。还不认识李四海的时候，他就打心眼儿里佩服此人。只因庞元庆知道，仗义从来屠狗辈，负心多是读书人。虽说李四海是当刽子手的，以砍人脑袋吃饭，出红差杀人的时候如同凶神恶煞，可他杀人跟别人不一样，行刑时总有另一名差官相助，这个差官唤作“引刀”。死囚跪在法场之上，十个里边得有八九个吓破了胆。引刀的官差怀抱鬼头大刀站在近前，这柄鬼头大刀可不一般，大太阳底下一照，明晃晃夺人的二目，寒气逼人，其实根本没开刃，它砍不了人，只是让死囚误以为砍他的是这个官差，就一直盯着这把刀。李四海趁机行至背后，反手抡刀、手起刀落，使这位死得出其不意，少受点儿罪。因为他光注意眼前这把刀了，正看得头晕目眩，后边真正的刽子手就下刀了，没等明白过来已然人头落地，这是李四海的仁义之处。

李四海刀法也甚是了得，砍人的时候讲究“断筋留皮”，一刀下去筋骨皆断，此乃朝廷的王法，唯独脖子前边的这层皮不砍断了，留个囫囵尸首。咱们说来简单，这可不是一日之功。刽子手行刑之时手起刀落，若想断筋留皮，力道火候十分不好掌握。您想想脖子上的皮有多薄？稍微使点儿劲就断了，非得恰到好处，出刀迅速，收刀也得快，这两下子绝非一朝一夕可以练成。按说这么使刀是偷手，死囚家里人得提前给刽子手好处，李四海却从来不要，人都死了，不忍再让他身首异处，足见此人心慈。不过遇上为非作歹、打家劫舍、糟蹋女子的，他可从不手软，给多少钱也没用，一刀下去人头能飞出去老远，说明此人善恶分明。

庞元庆当初久闻李四海仁义，佩服他的所作所为。按照过去的规矩，刽子手出完红差回来，路过一街两巷，大小买卖家都会给一份花红，大买卖多给，小买卖少给，借刽子手身上的杀气趋吉避凶。只要李四海路过庞家的绸缎庄，庞元庆总是多给，动不动就是三五十两银子。李四海自是心存感激，一来二去两个人交上朋友了，喝了几次酒，聊了几回天儿，越说越投脾气，大有相见恨晚之意，最后一个头磕在地上，结为八拜之交。

3

刽子手这份差事，其中的讲头可不少。咱就拿过去在北京城杀人来说，明朝的时候杀在东、剐在西，东四杀人、西四剐人；到清朝挪了地方，出宣武门过虎坊桥到菜市口开刀问斩，杀剐都在这个地方。按礼部定下来的规矩，北京的城门用处不同，好比说这阜成门，门上刻着梅花，因“梅”与“煤”同音，这个门就是运煤用的；西直门门洞子上有水波纹，这个门是走水车的，清朝的皇上不喝京城的水，专门有人每天拉着水车从京西玉泉山往宫里送水，走的正是这个门；宣武门被称为“死门”，天字号的死刑犯开刀问斩全打这儿出去，囚车行至门下，犯人在囚车之中抬头观看，可以瞧见刻在城门洞子下的三个字“后悔迟”，打这儿出去过虎坊桥，意在将犯人送入虎口，最后到菜市口刑场开刀。刑场东面是鹤年堂药店，每到杀人的时候，掌柜的和伙计必定走到门前，手里拿着铁算盘来回晃动，驱鬼辟煞。刑场西侧立有一块石碑，上写四个大字“国泰民安”，以此为镇物，这是在北京。

天津杀人在哪儿呢？老时年间是出天津城西门，有个地方叫小西关，刑场设在这个地方，皆因此地相距掩骨塔最近，砍了头无人收敛的尸首，均由抬埋队送入掩骨塔。天津卫最好的皮匠，常年在小西关一带做买卖，平时走家串户缝破鞋。到了出红差的日子，他们往往多有一份进项。好比说有人犯了死罪将要开刀问斩，本家提前来找皮匠，说好了价钱，等人头落地之后，皮匠负责收敛尸首，再把人头和尸首缝在一处，让死人落个全尸，这一份彩钱比缝一百双鞋都多。不过胆子小的也干不了，您想想，脑袋瓜子砍下来，一腔子血有多高喷多高，将掉在地上的人头捡回来，连血带肉黏黏糊糊缝到一处，一般人受得了吗？

当时天津城里的刽子手不下七八位，也有个尊卑高下，头一把刀便是李四海。这个行当“有师徒、无父子”。其中有两个原因：一来刽子手常年杀人为生，不好娶媳妇儿，哪家愿意把姑娘许给这样的人？因此大多没有子嗣，晚年无人赡养罕有善终；二来是这一行杀气太重，狗见了都躲着走，即便有了家室，也不愿再让后辈儿孙干杀人的勾当。因此历来只有师父传徒弟，下刀的时候讲究干净利落，一刀断头，这也是个手艺。您想想如若这一刀下去，脖子没砍断，犯人得成什么样？在下边等着收尸的家里人还不疯了？再补一刀那可太丢人了，岂不是让来看红差的军民人等看笑话，以后还干不干这一行了？

李四海这口刀上有绝活儿，砍人之前先含一口黄酒喷在刀上，正所谓“黄酒配钢刀，砍头如切糕”。大多死囚到得法场之上，已吓得体似筛糠、屎尿齐流，俩眼就盯着引刀。李四海行至死犯身后，反手握刀，刀随身转，快似闪电，没等死囚明白过来，人头已然落地。脖子上有筋有骨，轻易砍不断。别的刽子手都是正手抡刀、腰腿使劲儿，将上半身的重量全压在刀上，骨断筋折才砍得掉人头。李四海反手抡刀，断筋留皮的本领，天底下再也找不出二一个了，这是他的绝活儿。对枭首示众的十恶不赦之徒，下刀却绝不容情，让他们一个个身首异处，以正国法。李四爷的刀法快，一刀下去人头落在地上滴溜溜乱滚，脑气未尽，有的还会张开嘴咬土。据说他曾砍过一个江洋大盗，却也是个不怕死的豪横之人，让李四海给他来个痛快的。李四爷面如冰霜手起刀落，人头落在地上拧眉瞪眼，口中还喊出了一句“好刀法”，这才气绝而亡，可见李四海这把刀有多快，在天津卫人称金刀，刀不是金的，刀法却值金子。

按照以往的规矩，刽子手在法场上杀人之后不走回头路，好比说出西门杀的人，回来交差的时候要从其他门进来，一路上不能与人交谈，谁喊也不能回头，径直走到衙门口朝法堂上一跪，三班六房的衙役们过来，手持毛竹板往刽子手身上拍打几下，这叫“打煞”，并不是真打，来两下意思意思就得。打完了以后，当天晚上不能回家，要到城隍庙或土地庙里过夜，以免将这一身杀气带回家去。

您听别的说书先生说了：“那一日刑部快马加鞭送来杀人的公函，命刽子手明天午时三刻开刀问斩，刽子手接令把杀人的钢刀从屋里请将出来，在当院蘸好了水，磨得利而又利，那真叫刀宽背厚刃儿飞薄，杀人不见血光毫。紫微微、蓝洼洼，霞光万道，瑞彩千条，人见了人怕、鬼见了鬼惊，只等转过天来砍头如切瓜！”老道我告诉您各位，凡是这么说的，都叫胡说八道，从没有这么干的，杀人的鬼头刀能搁在家里头吗？那还住人不住人？您别说家里，衙门口都不敢放。北京城的刽子手，刀都是用红布蒙起来，放在德胜门外的土地庙里。

回过头来咱们再说李四海。少时跟师父学杀人，白天砍冬瓜、晚上砍香头儿，刀法练得出神入化，天生就是吃这碗饭的料，到了二十多岁便可独当一面，堪称刽子手这一行里的翘楚，在天津卫赫赫有名。

三十岁头儿上结识了庞三爷，义结金兰成为莫逆之交。没事儿的时候庞元庆也劝他：“干兄弟你这一行的，提起来令人敬畏，国家的王法纵有千目万条，到最后用的时候可都落在你这一刀上，正所谓为盗杀人，天理难容；执法杀人，为国尽忠，此乃上九流的差事。不过你总要娶妻生子传个香火，不如趁早金盆洗手封了刀，到时候哥哥帮你开个买卖，那才是长久之计。”

李四海不是不明白这个道理，也没想一辈子干这个行当，不过衙门口如今全指望他这两下子，换个三脚猫四门斗的主儿，还真接不住这口刀。他对庞三爷说：“兄长所言极是，可人在公门内，很多事身不由己，等再过三两年，我一定会向上官请命封刀，奔别的道路寻个未来。”

庞三爷想劝李四海封刀改行，李四海也有这个心思，因为刽子手杀的人多了，说不定会砍什么人的脑袋。过去的刽子手出一趟红差，衙门口给二两银子的犒劳。二两银子真不算少，可也分跟谁比，比起庞三爷还是天差地远。

庞三爷是做生意的商人大财主，钱有的是，又仗义疏财，到处交朋友，天津城没一个不说他好的。怎知人在家中坐，祸从天上来，有一次他居然得罪了皇亲国戚，那还了得，被人胡乱安上了一个罪名，定了一个秋后问斩。亲朋好友上下活动，送钱都找不到门路，就是要他死。李四海也到处求爷爷告奶奶，无奈回天乏术，有心无力谁也帮不上这个忙。可叹庞三爷交朋好友，仗义疏财了一辈子，却摊上无妄之灾，要被绑缚法场，做这刀下之鬼。

书要简言，到了行刑这一天，刑场之上阴风飒飒、杀气腾腾，监斩官如十殿阎王，刽子手似飞天罗刹。小西关刑场设在一片开洼之中，围观的老百姓人山人海，将法场围得风雨不透、水泄不通，生怕错过这场红差。庞元庆背插招子，面朝西跪好了。监斩官见时辰已到，当即一声令下拔去招子，刽子手怀抱鬼头大刀走上前来。庞元庆定睛一看，捧刀的这位不是旁人，正是他过命的朋友、结拜的兄弟，天津卫头一把刀李四海！真可谓造化弄人，要问李四爷这一刀砍是不砍，咱们下文书接演。

4

崔老道将这一段书说了个口沫横飞，一众人等听得是目瞪口呆，那真叫说得解恨、听得过瘾，扣子正甩在嗓轴子上。听书的都是低头不见抬头见的半熟脸儿，全在兴头上，拽上崔老道不让走，纷纷说道："崔道爷您今天要是一走，那真是大德祥改祥记——缺了大德了！我回去这一晚上甭想睡踏实了，哪有这么勾人腮帮子的？李四海这一刀砍没砍啊？干脆我们再给您凑点儿，您一口气儿给我们说完得了。"

崔老道心中暗自得意，这个书当然不能说完，明天还得指它吃饭呢！于是按昨天那个山东老赶的样子，对众人说道："日落西山黑了天，家家户户把门关。喜鹊老鸹奔山林，燕子麻雀上房檐。五爪的金龙归北海，千年王八回沙滩。书说到此为一段，明日咱再续前言。各位都回家歇了吧，欲知后事如何，咱们明天再说。"

人群中有几个昨天听过山东人说书的，对崔老道说："少来这套，昨天那个山东儿说的就是这套，今天我晌午饭都没吃就过来了，结果连人都没见着，这不是坑人吗？崔道爷您这段也没下文不成？”

崔老道笑道：“诸位，老道我在这南门口连算卦带说书，可也不是一年两年了，全仰仗各位帮衬，一家老小才有口饭吃。您放心，那山东儿是个过路的把式，挣完钱就走了，这会儿指不定到什么地方了，老道我的家可就在天津卫，跑得了和尚跑不了庙，明天我一定接着往下说。我要是睡过头儿了，您上家里薅我去。”说罢冲众人作了个罗圈揖，分开人群扬长而去。

听书的众人见崔老道走了，也只得悻悻离去。这段书听得真上瘾，有人嘴里还不住地念叨：“这一刀到底砍没砍呢？李四海真能亲手砍了自己的结拜大哥？这个崔老道是有糖舍不得吃，他还拿咱一把。再说了，他不是个老道吗？怎么出来个跑得了和尚跑不了庙？”

放下听书的不提，单说这个说书的崔老道，在众人面前尚有一份收敛，端起架子一直绷着，这会儿只身一人走在街上，摸摸怀里的这一大把铜钱，好悬没笑出声儿来，真是没少赚。大鱼大肉买了不少，又扛了一袋白面打了一壶酒，回家熬鱼炖肉擀面条，一家人连吃带喝赶上过年了，直吃得胸口顶到下巴颏，脱鞋都弯不下腰了，撑得半夜睡不着排着队在院儿里溜达，饱嗝儿一个接着一个，打起来没完没了。

第二天上午，崔老道吃罢了早饭，慢慢悠悠来到南门口，一瞧，好家伙，已经有十几位戳在那儿等他了，都不知道什么时候来的。真是“莫道君行早，更有不眠人”。崔老道心中窃喜，架势可还得端足了，迈开四方步，不紧不慢行至当场，冲几位抱拳拱手：“老几位来得挺早。”

这其中真有替古人担忧的，对崔老道说：“敢情，昨天您说不讲就不讲了，拂尘一甩走得倒是干脆，我这一宿没睡，净剩下琢磨了，李四海那一刀到底砍没砍？不砍是不尊王法，刽子手也得掉脑袋，如果当真砍了，庞三爷不就死了？这可如何是好？”

崔老道看了看听书的人越围越多，都不用他唱太平歌词圆粘儿了，便对周围的人行了一礼，说道：“这位爷问得好，李四海这一刀如若不砍，不仅有违王法也得掉脑袋，还会有别的刽子手来砍，庞三爷的项上人头照样保不住；可要是砍了，对不起过命的朋友，庞三爷对他有多好？有朝一日两个人在阴曹地府之中打头碰脸见了面，提起这一刀来可不够交情。咱们饭得一口一口吃，话要一句一句讲，至于后事如何，您还得听老道我接着往下说。”说罢将手中的拂尘一掸，端上一个架势，这才书接前文：

甘罗早发子牙迟，
彭祖颜回寿不齐；
范丹命穷石崇福，
算来一切只争时。

上文书正说到庞元庆庞三爷遭人陷害，定成一个秋后问斩的罪过，这叫斩监候，说白了就是凑一批人，等到秋后一并处决。过去杀人有时节，等到秋风扫落叶之时，天地之间一派肃杀之气，这是专门处决死囚的时候；也有杀得快的，那叫斩立决，比如处决国家的反叛，向来不拘时日；另有一个斩监候，也是掉脑袋的罪过，只不过没定日子，先收了监，先关在里头，什么时候想起来了什么时候再杀，留给本家一个上下打点的机会，把该送的钱送到了，兴许就不杀了。

庞三爷虽然不是做官为宦的，却是家财万贯，在天津城的名声也好，又有一个过命的朋友在衙门口当差。有钱能使鬼推磨，只要肯花钱，买条人命又有何难？可无奈他惹的人来头太大，乃是皇室宗亲，大清国的一位王爷让他死，那谁敢拦着？

大清朝皇室的爵位共分十二级，这位王爷的爵位排在头一等，次一等是郡王、贝勒，这些爵位父死子袭，按祖制一代降一级，好比亲王死了，儿子里只有一个人能继承亲王的爵位，其余的是郡王，郡王死了儿子是贝勒，贝勒死了儿子是贝子，贝子死了是褥子，褥子没了是席子，席子没了就剩床板子了。所以说亲王的爵位已经到顶了，非但如此，这个王爷还是铁帽子王，什么叫铁帽子王？这么跟您说吧，铁帽子王世袭罔替，甭管传多少代，一直是亲王，不用降级。当年康熙爷平三藩之乱，定下了异姓不封王的规矩，大清国二百六十年江山，总共只有一十二位铁帽子王，这位亲王的祖上正是其中之一，您说这个王爷有多大吧，满朝的文武百官谁敢跟他说个“不”字？

庞三爷是开绸缎庄的生意人，为人忠厚爽直，平日里交朋好友、仗义疏财，称得起是个大大的好人，这样的人怎么会惹上铁帽子王呢？

这个话得从头上说了，庞三爷到处有朋友，各行各业干什么的都有，虽说他交朋友不论贵贱，可大多数还是从商的居多，这就叫“鱼找鱼虾找虾乌龟找王八”。做买卖的朋友之中有一位古连城古爷，是在北城官银号旁开珠宝楼的，积祖传了多少代的财主，天津城中屈指可数的大户人家，古连城是当家的大爷。

有一次赶上这位铁帽子王爷来天津，干什么来的呢？倒不是公干，说白了也是闲着没事儿上这儿玩来了。这位王爷也好看玩意儿，有时候看腻了京班大戏，换上便装逛逛天桥，吹拉弹唱、杂耍变练，瞧个新鲜。听人说天津城鱼龙混杂，也是个热闹所在，就带了几个随从，骑上快马连玩带走，来到了天津城。他这一来不要紧，把当地的官员都惊动了，免不了远接高迎，好吃好喝伺候。不用当官的掏钱，从古到今，攀附权贵的大有人在，听说王爷到了天津卫，城里的富商巨贾争相做东，就为了讨王爷的欢心，找个靠山。可俗话说伴君如伴虎，虽说王爷不是皇上，搁在天津城也到顶了，谁能摸得准王爷的心思？指不定哪句话说错了，哪件事儿办坏了，那可是杀身之祸！

这一天轮到古连城做东，包了下天津城最好的酒楼，由当地的各位官老爷陪同王爷赴宴。王爷当天的兴致不错，想在酒席宴前卖派卖派，心下寻思：你古连城一个开珠宝楼的土财主，卖的东西再好也不过是民间之物，能跟王府相比吗？我们王府中的奇珍异宝，随便拣出一样就可以让你心服口服。

酒过了三巡，菜过了五味，王爷喝得也差不多了，往椅子背上一靠，大大咧咧地说："承蒙古老板做东，听说你是开珠宝楼的，想必见过不少好东西，我身边有个小玩意儿，谈不上多好，你给定定行市？"

王爷开口了那还有个不行？还没等古连城答应，当官的就在一旁谄媚："我的爷，您这是要吓死他呀，王府的东西那还了得？连痰盂儿都是玛瑙的。他这肉眼凡胎的，哪配给您的东西定行市，您要是恩典，拿出来让我们开开眼，就算我们在座的祖坟上冒青烟了。"

官老爷有吩咐，古家大爷古连城也不敢怠慢，讲了几句场面上的话，恭请王爷亮宝。

王爷的派头儿大，先让手下人将酒楼中的灯都灭了，四周登时一片漆黑，这才不慌不忙从怀中取出一颗夜明珠，足有鸭蛋大小，通体洁白、烁烁放光，把这屋内照得通亮。在场之人看了一个瞠目结舌，真乃好宝贝。在座众人没别的，一个字——捧！把王爷这颗宝珠夸到天上去了，玉皇大帝的帽子上都未必有这么一颗，当真是世间罕有，天上难寻，独一无二的奇珍异宝。

古连城看不惯一众官员溜须拍马的丑态，一时之间意气用事，开口说道："王爷，俗话说要饱家常饭、要暖粗布衣，小民我斗胆，明日在家设摆两桌，请王爷和各位大人尝尝老百姓家的粗茶淡饭，不知王爷能否赏脸。"

王爷一听这倒也无妨，平日里山珍海味吃多了，老百姓家里的饭菜说不定别有风味，仗着刚才人前显贵心里痛快，当即应允了。谁知古连城请王爷去家里吃饭，却是别有用心，他吃了熊心豹子胆，居然想和王爷斗宝！

5

扣子留到此处，崔老道又拿出小笸箩收钱。听书的也都知道，不给够了钱他不往下说，纷纷从怀里掏出钱来，你两个大子儿我三个大子儿往那小笸箩里扔。看着笸箩里又有这么三四块钱了，崔老道这才接着讲：

闲话休提，转天傍晚，古连城家里打扫得纤尘不染，门口更是张灯结彩，恭迎王爷来到厅堂之上。众人行过礼，古连城说："王爷，今天您能赏脸到家里来，寒舍蓬荜生辉，不知几辈子修来的福分。如今这天气不凉不热正舒服，小人的后园不能与王府相比，却也颇有几分景致，小人已经置下酒席，想请王爷和列位大人饮酒赏月，不知王爷意下如何？"

王爷贵为皇亲，可也知道客随主便，于是点了点头。一众人等在厅堂之内用罢茶点，天色也黑透了，在古连城的引领下，众星捧月一般簇拥王爷来到后园。一瞧这园子可真讲究，亭廊水榭、楼台殿阁、花草石木尽皆不凡，凉亭之中已经摆好了宴席。王爷之前挺高兴，倒背着双手走到亭子前，脸色突然往下一沉，怎么呢？瞧出古连城跟他显摆上了。亭中没有灯烛，桌上只摆了一个灯架，灯碗中稳稳当当托着一颗夜明珠，可比王爷前一天拿出来的那颗大多了，也更加明亮，光照百步，鉴人毛发，园中有这夜明珠，根本不用点灯。

王爷一看这意思，会不明白古连城什么用意？脸往下一沉，当时就不高兴，可还不好发作，仗势欺人反倒更让人家笑话，只好忍下一口气，好歹吃了两口，席间一句话没说。

这一桌上的人都看得出来，此乃古连城故意为之，存心与王爷争个高下，你还要不要脑袋了？竟敢与王爷作对，那是你惹得起的？却谁也不敢说破，免得王爷下不来台，气氛十分凝重，又不知找个什么话头，当真是如坐针毡，浑身上下都难受。好在王爷坐了片刻便走了，众人松了一口气，均是乘兴而来败兴而归。

第二天一早，王爷就带随行人马返回了北京城，没过几日古连城被公差带去衙门问话，一进门不由分说先打了一顿板子，打之前当官的特地交代了一句“用心打”。这三个字干系重大，当官的如果不说这话，家里人再把银钱使到了，衙役们打起来也是啪啪山响、血肉模糊，却只伤皮肉不及筋骨，回到家上点儿药，过几天就好了；如若当官的说了“用心打”三个字，这意思就是往死里招呼，衙役三班手中的水火无情棍，一起一落实实在在招呼到古连城身上，足以将人打得半死。打完了拖到堂上，官府才告诉古连城为什么挨板子，诬陷他私藏失窃的大内珍宝，此乃欺君之罪，按律当万剐凌迟，赃物夜明珠上缴充公。

古连城肠子都悔青了，悔不该逞一时之快与王爷斗宝，惹下了杀身之祸。不过这世上没有卖后悔药的，那夜明珠也真不是他的，虽说他的买卖不小，却不趁这颗珠子，那么珠子是哪儿来的呢？找开绸缎庄的庞三爷借来的。庞三爷买卖做得大，平日又喜欢搜敛些奇珍异宝，因此上得了这么一颗稀世的夜明珠，乃是家中的镇宅之宝。这样的东西没有价，真论价钱能买下半个天津城。古连城为了在王爷面前显摆显摆，就去找庞三爷借宝。庞三爷和古连城是结交多年常来常往的朋友，二话没说借了夜明珠给他。他用过之后已经还给庞三爷了，如今打死也不能把庞三爷连累其中，想的是能扛就扛，扛不住大不了一死了之。

衙门口儿派人到古连城家四处搜查，掘地三尺没搜到夜明珠，回来又对古连城严加拷打，讯问夜明珠的下落。古连城是条汉子，咬住了牙就是不说，可架不住打得太狠，棒创发作死在了牢中。官府又挨个儿审问古家上下人等，那些个人亲眼瞧见本家大爷被活活打死，全都吓傻了，再让做官的一吓唬，便将古连城找庞三爷借宝之事和盘托出。官府托人将此事禀明王爷，询问接下来如何结案。王爷还在气头上，心说：姓古的不是东西，大庭广众之下取笑我府上无宝，让我丢人现眼下不来台，真真该死。这个庞元庆也不是良民，若不是他将夜明珠借给姓古的，哪会有这样的事情，此人也可恨，该杀！

当地官府明白了王爷的意思，该你庞三爷倒霉，王爷让你死，谁还保得了你？班头捕快旋风也似冲进庞家，如狼似虎一般拿住庞三爷，绳捆索绑带到公堂上。前边有车后边有辙，怎么打的古连城，也怎么打庞元庆。好在衙役三班都得过庞三爷的好处，又有李四海从中打点，这才没把人打死。屈打成招拿了口供，押到大牢之中，只等刑部公文回来，立即万剐凌迟。李四海和庞家的人使尽银钱上下打点，托遍了关系、找遍了朋友，一直疏通到了刑部。按照王爷冤枉庞元庆的罪名，进宫盗取宝珠那是反罪，按照大清律法该判磔刑，三百六十刀把人剐碎了。刑部的官员知道此乃冤案，又收了不少银子的好处，笔下留德改了一个“斩”字，案由改成收纳贼赃。不是他进宫盗的，但是收了这个贼赃，按律也得死，只不过不用凌迟，免受千刀万剐之苦，改成秋后开刀问斩，让庞三爷少受点儿罪，也只能做到这一步，命是没人保得了。

日子不等人，眼瞅到了秋后，这一天早上敲罢晨钟，大堂里暖阁开放，官老爷转屏风入座，叫了一声：“来呀，将死囚犯庞元庆给我押上堂来。”当差的得令，去大牢中提出人犯，抹肩头拢二背绑定了庞三爷，这根绳子绑上可就不解了，直等到人头落地，收敛尸首的时候才能解下来。据说捆过死刑犯的绳子是一宝，专门儿有人在法场等着收，拿回去截成小段，用它来拴牲口不会惊。大老爷用毛笔蘸朱砂勾了招子，插在庞元庆的背后。两个差人上前把人架起来，脚不粘尘往外就走。打入木笼囚车，从衙门口出来一路推至法场。当时的小西关法场只是一片洼地，边上有一套桌椅，那是给监斩官预备的。这一天砍的也不止庞三爷一个人，落了草的土匪、滚了马的强盗、作奸犯科的贼人，加起来得有这么七八位，面朝西跪成一排。午时三刻三声号炮响过，监斩官一声令下开刀问斩，刽子手怀抱鬼头大刀走上前去，一口黄酒喷在刀口上，一刀下去就是一颗人头落地，霎时间人头滚滚，血流遍地。

最后轮到庞三爷，刽子手用一块红布擦了擦鬼头刀上的血迹，走到庞三爷近前，推金山倒玉柱跪在地上，口称："兄长，我今日里送你一程！"庞元庆抬头观瞧，来砍他脑袋的不是别人，正是当初一个头磕在地上的结义兄弟，好的跟一个人似的李四海。

天津卫上上下下无人不知，这二位是一个头磕在地上的结拜兄弟，而今庞元庆却要死在李四海的刀下。庞三爷是养尊处优的大财主，比不了杀人越货的强盗，想跟李四海说话也开不了口，人到这时候已经吓蒙了，只是流下两行泪水。李四海凑在庞元庆耳边说："兄长如若信得过我，可将我这一句切记于心——稍后我在你背后猛击一掌，连喊三次庞元庆，兄长千万得答应我一声！"

庞三爷不知李四海的用意，含泪点了点头。李四海起身抹去泪水，手捧鬼头刀，绕至庞三爷背后，伸出右手朝他的后心猛击一掌，高叫三声："庞元庆！庞元庆！庞元庆！"庞三爷死到临头，三魂七魄已散，忽听李四海大叫他三声，不觉心中一凛，一个"啊"字脱口而出。说时迟那时快，李四海手起刀落，只听"扑哧"一声红光迸现，欲知后事如何，且听下回分解。

第十三章　金刀李四海（下）

1

众人正听在瘾头儿上，完全入了迷，崔老道又拴上扣儿了，任凭听书的如何追问，今天也不能往下说了。倒不是惦记明天的嚼谷，皆因崔老道明白，说到此处是个“死扣儿”，后事如何他也不知道。那天夜宿城隍庙，半夜进来的那位，只给他讲到这儿。崔老道今天出来之前跟家里人说过，晚上不回去了，还得去一趟城隍庙中，看看能否再遇上那位爷，问出后文书的结果。

说话这会儿天色尚早，此时去城隍庙未必碰得上那位。崔老道今天也没少挣钱，有了钱不愁没地方去，先找了一个小澡堂子，连搓带烫泡美了，躺在床榻之上，让伙计给他切了一盘青萝卜。崔老道一吃这萝卜还真好，是西郊小沙窝的“赛鸭梨”，个儿大、皮儿薄、口儿脆、汁儿多，咬一口甜得赛过鸭梨，掉在地上能摔八瓣儿。天津卫城里城外那么多种萝卜的，唯独小沙窝的最好，因为那里的土地好、井水甜，不是吃井水长出来的萝卜，绝对没有这个味道。俗话说“萝卜配热茶，气得大夫满地爬”，吃青萝卜喝别的茶不成，非得是碧螺春才对，又让伙计泡了一壶碧螺春。他在澡堂子吃萝卜喝茶，那也是一美。估摸快到饭点儿了，叫小饭馆送来一大盘宽汁儿熘肉片，外带一碗白面二两酒，吃饱喝足又去回个水儿，这才从澡堂子出来。

崔老道抬头看看天色不早了，晕晕乎乎直奔城隍庙，推门进去道了一声“叨扰”，躺在供桌下边干等。半夜时分，忽觉庙内阴风打转，上次那位果然又来了，黑灯瞎火看不见脸。

此人上前来问：“崔道爷，你怎么又来了？”

崔老道说：“《金刀李四海》那段书您没给我念叨完啊！老道我已经说不下去了，这不是想再找您请教请教吗，李四海一刀砍下去，庞三爷是死是活？”

那个人说：“不瞒崔道爷，后事如何我也不知道。”

崔老道暗地里一抖落手，心说“完了”，钱我也挣了，听书的腮帮子也勾上了，如若说不出个下回分解，以后怎么在南门口立足？听书的还不得揍我？忙跟那个人说好话：“这位爷，咱都是这一亩三分地上的人，您可别坑我，书我已经说出去了，送佛送到西，您就把底给我揭了吧。”

那个人告诉崔老道：“崔道爷别急，这个底我当真不知，不过有人知道。”

崔老道急道：“爷台，有茶不喝您就别端着了，谁知道您告诉我一声，我踢破门槛子也得把这个书底打听出！”

那个人问道："崔道爷空着手去不成？"

崔老道一拍脑门子："对对对，还是您想得周到，贫道我先买上二斤桂顺斋的大小八件儿，然后再上门学能耐。"

那个人说："不用买点心，城隍庙后头有一口刀，你带上刀，明天夜半三更去小西关那片洼地，后面的事你就知道了。"

崔老道心想：大半夜的让我带上一把刀出城？上小西关找谁去呢？他还想再问，却突然打了一个冷战，睁开双眼已是天光大亮。崔老道心里明白，给他说《金刀李四海》的这位非鬼即神，说不定就是城隍老爷，显身给他讲这一段前朝旧事，其中定有玄机。当下爬起身来，绕到城隍爷的神像后边，果真见到一个红布包袱，打开一看，里边裹了一柄刀，刀鞘之上贴有封条。崔老道将刀捧在手中，"仓啷啷"一声抽出鞘来，但觉一阵阵寒气钻皮透肉，刀身明晃晃夺人二目，冷森森令人胆寒，好一柄杀人的鬼头刀：刀身是直的，顶部斜切下去，刀尖入木三分，刀锋削铁如泥。长三尺七寸，砍去三魂七魄；宽六寸七分，斩尽六欲七情。刀柄上是一个鬼头，头上长角、口出獠牙。乌木刀柄黑中透亮、亮中透黑。以前北京城刽子手的刀，供在南城土地庙，天津城刽子手用的刀，供在城隍庙。

崔老道还刀入鞘，又用红布包好，离开城隍庙回了家。今天的书是不能说了，不去小西关问个明白，编也编不出来。当天夜里，崔老道穿上道袍，身背拂尘，将裹刀的红布包袱夹在腋下，出城来到小西关洼地。

这一带是杀人的法场，当时还挺荒凉，周围没有人家，借朦朦胧胧的月色一看，远处好似有个人影，站在洼地当中一动不动。崔老道暗觉古怪，这大半夜的，什么人敢只身在此停留？转念一想，许是这个人的祖先触犯王法，在此处掉了脑袋，上这儿来祭奠先人亦未可知。不过按照老例儿，烧纸祭祀多在定更天前后，哪有夜半三更一个人来漫洼野地烧纸的？难不成是大庙不收、小庙不留的孤魂野鬼？又一想也不对，有影必有形，应该不是鬼。不过这个人是谁呢？又怎会知道《金刀李四海》的书底？

2

崔老道想罢多时，壮起胆子走过去，他也怕吓着对方，先在背后咳嗽了一声。

惊得那位一回头，崔老道这才瞧清楚，这个人是个做买卖的商贩打扮。商人瞧见是个老道，当即施了一礼，问道："道长深夜至此有何贵干？"

崔老道心想：我还没问你，你倒先问起我来了，可我怎么说呢？我说我来找你，让你给我说说李四海刀斩庞元庆的结果？人家肯定会问我怎么知道他在此处，又为何来找他揭底？我说贫道我夜宿城隍庙，半夜做梦梦到的，人家还不把我当成失了心迷了魂的疯子？崔老道是吃开口饭的，面子上来面子上去的话绝对难不住他，张嘴就来："贫道我途经此地，瞧见您在此祭拜先人，特地过来告诉您一声，这地方野狗多，深更半夜的您一个人可得小心了。"

商贩说："多谢道长好意，不过我并非在此祭拜先人。"

崔老道心说：可怪了，大半夜的一个人来这开洼野地，还能是干什么的呢？他也不好明说，便使上相术门中十三簧的伎俩，没话找话攀谈起来，很快摸透了这个人的底。

此人从两千里地之外的嘉兴来这边做买卖，想当年也是白手起家，如今买卖越做越大，日子过得不错，却一直不知自己姓甚名谁，也不知道老家在哪儿。按过去的说法，他这是一时迷住了心窍，把前事都忘了。后来就在当地成了亲，娶的媳妇儿挺贤惠，前几年给他生了一对孩儿，又白又胖，鼻子是鼻子，眼睛是眼睛，怎么看怎么招人喜欢，两口子也高兴。怎知到了三四岁，这俩孩子仍不会走路，站起来就倒，坐都坐不稳。请了多少郎中花了多少钱，也没查出个结果，不久相继夭折。

这一次做生意路过此地，夜里一个人在城中喝闷酒，虽说买卖不错，可自己对前事一无所知，整天过得浑浑噩噩，得了两个孩儿也没留住，越想越觉得别扭，就想出来走走。稀里糊涂溜达到了小西关，让荒洼野地中的冷风一吹，酒劲儿也过去了，正在此时遇上了崔老道。

崔老道大失所望，此人是个外来的，喝多了到处乱走，怎会知道《金刀李四海》的书底？再待着也没用了，于是敷衍了几句，借故要走。

那个做买卖的商贩却问："道长该不是杀人越货的强盗？"

崔老道一愣，问对方："阁下何出此言？"

那位一指崔老道怀中的包袱："安分守己之人岂会在深夜携刀出门？"

崔老道恍然大悟，他从城隍庙中取出的鬼头刀，虽然用包袱裹住了，那也看得出是刀，大半夜的抱着刀出城溜达，岂是良民所为，怪不得此人误会，忙说：“您别多想，贫道我这是前朝刽子手的鬼头刀，也叫法刀，劫财行凶的歹人可不会用鬼头刀，如若不信，你且来瞧！”说罢打开包袱，“仓啷啷”一声响，鬼头刀出了鞘，月下泛起一道寒光。城隍庙这口鬼头刀历明清两朝，在法场之上杀人无数，煞气可有多重？再看对面这位脸色突变，“扑通”一下栽倒在地。崔老道也吃了一惊，低头一瞧哪里有什么商人，倒在地上这位分明是一个纸人！

崔老道一辈子捉妖拿鬼、遣将召神，可从没见过如此诡异的情形，鬼头刀一出鞘，刚才还在说话的一个大活人，一下变成了出殡扎的纸人。崔老道虽不至于肝胆俱裂，那也吓得不轻，待了半晌才稳住心神。

此事虽然匪夷所思，但崔老道吃的是这碗饭，其中的因果他也猜得出几分。他眼珠子转了几转，当即点上一把火，将纸人焚为灰烬，又回到城隍庙，将杀人的鬼头刀放归原位。此时已是后半夜了，崔老道一想，我干脆也别回家了，在供桌底下一躺，琢磨《金刀李四海》这段书怎么往下说。至于刚才的怪事，崔老道不能完全参透，只好把前后因果串在一起，想不明白的地方胡编几句，对他来说不是难事。这段书有头有尾，终于可以说圆了。

崔老道一觉睡到了鸡鸣天亮，爬起身来给城隍老爷磕了几个响头，吃过早点又来到南门口。当时围拢上来很多人：“崔道爷，您了真坑人，前天甩完扣子拍屁股走了，转天可倒是来啊！我们这没着没落的，溜溜儿等了一天，您可倒好，愣把我们给晾了！今天要不把这段书说完了，我们可不能放您走！跑到天边我们都跟着您！”

崔老道满脸堆笑，先赔一个礼，又装神弄鬼地说：“各位，非是贫道我成心拴死扣儿，皆因书底未见分晓，非得等贫道亲自出马，才了却了这段因果。三老四少少安毋躁，且听贫道书接前文……”

3

上文书正说到，天津城外小西关法场出红差，待决之人中有一位庞元庆庞三爷，是开绸缎庄的大财主，平生交朋好友，仗义疏财，无奈何惹上了王爷，屈打成招问成死罪，今日在法场之上开刀问斩。正应了那句话，穷不与富斗，富不与官斗，再怎么有钱也是老百姓，皇亲国戚高高在上，手握生杀大权，你纵有撞破天的屈，也只得到了阎王殿上再去鸣冤。行刑的刽子手名叫李四海，刑房的头一把金刀，他和这位庞三爷乃是莫逆之交，一个头磕在地上拜了把子的异姓兄弟，两人好得不能再好了。不过王法当前身不由己，今日不得不手足相残。李四海双目垂泪，暗中告诉庞三爷，他稍后会在他背之上猛击一掌，连叫三次“庞元庆”，让庞三爷切记答应一声。

庞三爷不知他兄弟这话是什么意思，眼看要掉脑袋了，哪还有心思多问，闭上眼只等一死。耳听得监斩官一声令下，李四海怀抱鬼头大刀绕至庞三爷身后，拔下招子扔到一旁，伸出右手在庞三爷后背猛击一掌，高呼三声:“庞元庆！庞元庆！庞元庆！”庞三爷恍恍惚惚“啊”了一声，与此同时，李四海手起刀落，但听“扑哧”一声，红光迸现，庞三爷尸身倒地。

再看李四海，甩去刀身之上的鲜血，一声不吭转头便走，来到衙门拜见上官，双手把鬼头刀往上一托，跟大老爷请命封刀。当官的也明白，今天这趟红差难为他了，额外赏了李四海十两银子，恩准封刀。李四海从衙门出来，把鬼头刀送到城隍庙，连家也没回，直接出了天津城去找庞三爷。

这话说得奇怪，庞三爷不是死了吗？李四海去阴曹地府找他不成？书中代言，庞三爷被砍了脑袋，身首异处、倒在血泊之中那是不假，但是李四海之前拍的一掌，可以拍出人的三魂。仅仅拍得三魂出窍也不成，这个人该死还是得死，因为法场上处决犯人之时，周围都有走阴差的等候，只等人死之后勾住亡魂送入地府。

而且在法场上掉了头的人犯，无论是否含冤负屈，皆为横死，要入枉死城。那一城饿鬼，享受不到香火供奉，凄苦不可言表。李四海不忍结拜的兄长在阴间受苦，提前去找了皮二狗两口子。这夫妻俩在西头开了个扎彩铺。皮二狗上无三兄下无四弟，认识的人都喊他皮二爷，之所以称为“二爷”是老天津卫的习惯，过去有句老话叫“龙生九子”，九子中的老大叫赑屃，形似一头大王八，口出獠牙、背驮石碑，天津人习惯称之为“王八大爷”。叫大爷相当于骂人是王八，因此见了不知道大小排行的人，一概以“二爷”相称。相传开扎彩铺的皮二狗两口子是阴差，阴差和鬼差不同，鬼差是阎王爷身边的差官，牛头马面、黑白无常之流，阴差则是阳世上的活人。为什么让活人来当阴差？因为鬼差不能白天出来，见不得日头，还有很多地方进不去，这都得让走阴差的去勾魂，带到十字路口再交给鬼差。

皮二狗两口子都是走阴差的，平日里以扎纸人为生，在西头开了一间小小的扎彩铺，家中只有他们两口子会喘气儿，其余都是涂胭脂抹粉的纸人。李四海在行刑之前，上扎彩铺找到皮二狗两口子，问能否想个法子，保住庞元庆的三魂不被勾入地府？皮二狗两口子认得李四海，但是此事无法可想。自古生死皆由命，福祸三生总在天，他庞三爷发多大财、受多大的冤，全是他命中带来的，天理昭彰、因果循环，岂可由人计较？别说这么做了，仅仅起了这个念头，只怕也会遭报应！

李四海看出皮二狗两口子挺为难，也别多说了，打开身后带的包袱，摆出十根黄澄澄的金条。李四海一个当刽子手的哪儿来这么多钱？因为他平时不少赚，庞三爷也没少帮衬，一来二去攒了不少，想等封刀之后修桥补路，多行功德。眼下为了朋友，顾不得那些了，把家中的浮财敛了敛，使的用的、家居摆设，能当的当、能卖的卖，凑成整整十根金条。

皮二狗两口子走阴差没有进项，只是积下阴功而已，平日里糊纸人能挣几个钱？二人见了黄澄澄的十根金条，忍不住直咽唾沫，这么多钱几辈子也挣不来。皮二狗一抱拳："四哥，此事虽说为难，可也不是不能办，我们两口子豁出去天打雷劈，替你承担了便是。"

当天说定了，送走李四海，皮二狗两口子关上门，扎了两个一模一样的纸人。寻常的纸人只要有个人形画上五官即可，不能太像人了，以免附上什么东西作怪，这一次他们两口子使上了绝活儿，将纸人扎得与真人无异，结结实实扎好了纸人，又去成衣铺买了两身活人穿的衣服，从头至脚给纸人装扮上，用两张黄表纸写上庞元庆的名姓以及生辰八字，分别贴在纸人身上，在门后一边立一个，只等开刀问斩的那一天。

很快到了处决庞三爷的日子，皮二狗将一个纸人抬到法场后边，另一个摆在十字路口。李四海高叫三声猛击一掌，惊出了庞元庆的三魂，撞到法场后边的纸人身上起来就跑。皮二狗两口子在十字路口烧了另一个纸人，当成替身应付鬼差，使了一招瞒天过海。这两口子回到家中，收拾金银细软，一切应用之物，正准备远走他乡，却听“咔嚓嚓”一声炸雷，穿破了房瓦正劈在二人身上。周围邻居听见有响动跑过来，只见房顶上破了一个大窟窿，满屋子的纸人身上连个火星子也没有，皮二狗两口子却全身焦黑，死尸跪在地上冒出阵阵青烟。

回过头来咱再说庞元庆，生魂上了纸人的身，看上去和常人无异，只是让那一刀吓破了胆，头也不回地跑出了两千多里，他也不知道自己姓甚名谁，浑浑噩噩四处乱走，不吃东西也不觉得饿，不喝水也不觉得渴，不睡觉也不觉得困。兔走鸟飞、白驹过隙，转眼过了几十年，出来寻找他的李四海早已不在人世，兄弟二人到死也没能聚首。庞三爷虽忘了前事，但是做生意的本领仍在，白手起家做上了小买卖，后来把生意做大了，挣了不少钱，结交了很多朋友。又过了几年，有人给他张罗了一房媳妇儿，柴米油盐过起了日子。以前一个人的时候，不喝不知道渴，不吃不知道饿，而今成家立业，沾上了人间烟火，庞元庆和常人再没两样。白天在店里迎来送往，晚上回家过日子，得了两个孩儿，到三岁仍不会走路，站都站不起来，只因这俩孩子全是鬼胎。

此时的庞元庆，也是个天不收地不留的孤魂野鬼，他却全然蒙在鼓里，直到有一次做买卖路过天津城。

说话这会儿已经是民国年间，天津城变化不小，不过当年的格局尚在。他隐隐约约觉得很多地方似曾相识，怎么想可也想不起来。庞元庆心中说不清道不明的烦闷，一个人借酒浇愁，酒入愁肠愁更愁，几壶酒下去喝了个酩酊大醉，什么都不知道了。赶等再明白过来，发觉自己站在城外的荒郊野地之中，也不知道为什么，说不出的那么害怕，只觉浑身发冷，鸡皮疙瘩一层接一层往下掉。

正当此时，走过来一个老道。书中暗表：这个老道因在龙虎山上偷看天书、妄窥玄机，又放走了五雷殿中的金蟾，落得一世贫困，虽有道法在身，却从不敢用，平日里仅以卖卦说书糊口。有一次夜宿城隍庙，城隍老爷见这道人开过玄窍，便借他之手了却一件因果。阴司当年已在生死簿上勾去了庞元庆的名字，无奈有人从中作梗，放走了庞元庆的三魂。如今庞元庆回到天津城，正是拿他的机会，故此给这道人托梦，命他取出城隍庙的鬼头刀，去小西关见庞元庆。当时这个老道不明所以，拔出刀来让庞元庆看。庞元庆只看了这么一眼，脑子里“嗡”的一声，前尘旧事一齐涌上心头，当场吓掉了三魂，只留下一个纸人倒在地上。这正是：

天理昭彰逃脱难，
生死有数运该然；
纵有弥罗无穷法，
不救匹夫一命亡！

崔老道将这一段书说入了扣，很多人也听出来了，书中的道人是崔老道不成？不得不佩服崔老道，这才叫说书，真真假假、假假真真，世间之事本就如此，越是拧眉瞪眼非让人信服，越是让人觉得假，崔老道轻描淡写不曾道破天机，反倒让人信以为真。

经此一事，崔老道更会说书了，也可以说是开了窍，再不说《精忠岳飞传》了，而是将自己的平生际遇添油加醋当成评书来说。他这几段野书，天底下再没二一个人能说，虽然没发什么大财，可也不至于再挨饿了。

他这辈子认识许多奇人，结交了许多朋友，许多老辈儿人都知道他的事情，比如“大闹白事会”、“太原城捉妖”、“夜闯董妃坟”、“火炼人皮纸”、“金刀李四海”、“崔老道拜师”、“跑关东下南洋”，等等。不过您可听好了，这都是他自己讲的，他说全是真的也没人全当真的来听，因为崔老道将自己的所作所为说得神乎其神、玄而又玄，至于其中内情如何，恐怕只有他自己才知道，反正谁也没见过。到后来又有许多民间艺人，把崔老道的事迹加工编纂成了鼓书、快板、野台子戏，传下了很多完全不一样的版本。

比如崔老道自称他这一身从来不敢用的道法，是从龙虎山五雷殿的天书上看来的，可也有人说是他师父白鹤真人所传，还有人说是他自己误打误撞学来的。

相传当年崔老道去混一个财主家的白事，没出息在席上吃多了，平常肚子里没什么油水，一下子吃了这么多鸡鸭鱼肉，滑了肠子跑肚拉稀，大半夜憋不住，蹲到草丛里出恭。正值皓月当空，又大又圆，耳听乱草深处唰唰直响，就往他这边过来了。他心说：敢情没出息的不止我一个，赶等到了近前，才瞧见来不是人，而是一条五花蛇，还有一只大壁虎。双方你来我往缠斗了半晌，五花蛇逮着一个破绽，一口把壁虎给吞进了肚子。崔老道看了个满眼，心说：这可是我的造化，曾经听别人说过，蛇吞壁虎难得一遇，这叫作“龙虎合”，从形势上说这个地方肯定有宝。崔道爷急忙提上裤子，找了个破树枝子就往地下挖，挖来挖去挖出一个生锈的铁盒子，打开一看，盒子里边有一卷残破发黄的古书。具体这本古书叫什么名字就无从得知了，他的本事全是从这本书上得来的。不过这本书没有别人见过，估计只是本普普通通算卦相面的书，跟什么“龙虎合”没半点关系。

关于崔老道的奇遇，可谓众说纷纭，再加上传了这么多年，更让人无从知晓哪段是真哪段是虚，如同崔老道其人，本身就有点高深莫测，既平庸又离奇。按他自己的话说，世间之事变幻莫测，常人只见其外，不知其内。他这辈子是应劫而生，尚有许多不为世人所知的奇踪异迹。

欲知详情如何，且看崔老道“三探无底洞”、“分宝阴阳岭”、“斗法定乾坤”。

《崔老道捉妖：夜闯董妃坟》　完

图书在版编目（CIP）数据

崔老道捉妖．1，夜闯董妃坟 / 天下霸唱著．-- 北京：中国文联出版社，2018.1

ISBN 978-7-5190-3366-8

Ⅰ．①崔… Ⅱ．①天… Ⅲ．①长篇小说－中国－当代 Ⅳ．①I247.5

中国版本图书馆 CIP 数据核字（2017）第 321608 号

崔老道捉妖 1：夜闯董妃坟

作　　者：天下霸唱

出 版 人：朱　庆

终 审 人：奚耀华　　复 审 人：胡　笋

责任编辑：蒋爱民　　责任校对：傅泉泽

封面设计：王　鑫　　责任印制：陈　晨

出版发行：中国文联出版社

地　　址：北京市朝阳区农展馆南里 10 号，100125

电　　话：010-85923066（咨询）85923000（编务）85923020（邮购）

传　　真：010-85923000（总编室），010-85923020（发行部）

网　　址：http://www.clapnet.cn　http://www.claplus.cn

E - mail：clap@clapnet.cn　jiangam@clapnet.cn

印　　刷：北京市松源印刷有限公司

装　　订：北京市松源印刷有限公司

法律顾问：北京天驰君泰律师事务所徐波律师

开　　本：620 × 889　　1/16

字　　数：179 千字　　印张：19

版　　次：2018 年 1 月第 1 版　　印次：2018 年 1 月第 1 次印刷

书　　号：ISBN 978-7-5190-3366-8

定　　价：59.50 元